中國語言文字研究輯刊

初 編

許錟輝 主編

第 4 冊

馬瑞辰《毛詩傳箋通釋》通叚字研究

王安碩 著

花木蘭文化出版社

國家圖書館出版品預行編目資料

馬瑞辰《毛詩傳箋通釋》通叚字研究／王安碩 著 -- 初版 -- 新
北市：花木蘭文化出版社，2011〔民100〕
目 2+196 面；21×29.7 公分
（中國語言文字研究輯刊　初編；第 4 冊）
ISBN：978-986-254-700-7（精裝）
1. 詩經　2. 中國文字　3. 研究考訂
802.08　　　　　　　　　　　　　　　　100016356

ISBN-978-986-254-700-7

9 789862 547007

中國語言文字研究輯刊
初　編　第 四 冊　　　　　ISBN：978-986-254-700-7

馬瑞辰《毛詩傳箋通釋》通叚字研究

作　　者　王安碩
主　　編　許錟輝
總 編 輯　杜潔祥
出　　版　花木蘭文化出版社
發 行 所　花木蘭文化出版社
發 行 人　高小娟
聯絡地址　新北市永和區中正路五九五號七樓之三
　　　　　電話：02-2923-1455／傳眞：02-2923-1452
網　　址　http://www.huamulan.tw 信箱 sut81518@gmail.com
印　　刷　普羅文化出版廣告事業
初　　版　2011 年 9 月
定　　價　初編 20 冊（精裝）新台幣 45,000 元
　　　　　　　　　　　　　　　　版權所有・請勿翻印

馬瑞辰《毛詩傳箋通釋》通叚字研究

王安碩　著

作者簡介

　　王安碩，字仲偉，西元 1979 年生，臺灣臺北人。

　　天主教輔仁大學中國文學系、私立東海大學中國文學系碩士班畢業。目前於私立東海大學中國文學系博士班修業中，現爲東海大學中國文學系兼任講師。

提　要

　　馬瑞辰爲清乾嘉時期注解《毛詩》之佼佼者，其《毛詩傳箋通釋》一書對《詩經》中之章句詞義、名物制度、禮制等等均有廣泛且深入的考證，對《詩經》詮釋與疏解有極大的價值與貢獻。《毛詩傳箋通釋》一書中，辨別通叚字佔了很大份量，雖然馬瑞辰辨識通叚字「因聲求義」之方式與清代考據學者並無二致，但他善於運用異文比對、詩文上下文脈及詞語與句型上的歸納，充分掌握詩義，在通叚字的考辨上確實有優於前儒之處，故能得到相當豐碩的成果。然而，馬氏對通叚字之判讀並非全無問題，本文擬擇要考辨馬瑞辰《毛詩傳箋通釋》討論通叚問題實值得在商榷之若干條例，以解決馬瑞辰《毛詩傳箋通釋》一書以通叚詮釋《詩經》時所呈現出的問題。

第一章　緒　論 …………………………………………… 1
　　第一節　研究動機 …………………………………… 1
　　第二節　相關文獻著作資料 ……………………………… 2
　　第三節　研究方法與寫作目標 …………………………… 4
第二章　馬瑞辰與《毛詩傳箋通釋》 …………………… 7
　　第一節　馬瑞辰生平事蹟 ……………………………… 7
　　第二節　《毛詩傳箋通釋》寫作旨趣、體例、特色與缺
　　　　　　失 ………………………………………………… 9
　　第三節　《毛詩傳箋通釋》寫作體例 ………………… 13
　　第四節　《毛詩傳箋通釋》釋《詩》缺失 ………… 17
　　第五節　《毛詩傳箋通釋》之學術價值 …………… 21
第三章　六書假借與經傳用字叚借釋義 ……………… 25
　　第一節　六書假借與經傳通叚 ………………………… 25
　　第二節　通叚字與本字 ………………………………… 30
　　第三節　如何界定與避免濫用通叚字 …………… 35
　　第四節　馬瑞辰《毛詩傳箋通釋》的通叚觀 ……… 39
第四章　《毛詩傳箋通釋》通叚用例考辨（上）…… 47
　　第一節　《毛詩傳箋通釋》通叚正確例 …………… 47
　　第二節　《毛詩傳箋通釋》通叚訓解不周例 ………… 64
　　第三節　《毛詩傳箋通釋》通叚可備一說例 ………… 81
第五章　《毛詩傳箋通釋》通叚用例考辨（下）…… 91
　　第一節　《毛詩傳箋通釋》通叚濫用例 …………… 91
　　第二節　《毛詩傳箋通釋》未釋通叚之例 ………… 109
　　第三節　《毛詩傳箋通釋》徵引文獻與通叚以外之若
　　　　　　干問題 ……………………………………… 118
第六章　結　論 ………………………………………… 125
　　第一節　馬瑞辰論通叚字之優點及其價值 …………125
　　第二節　馬瑞辰論通叚字之缺失 ………………… 126
參考書目 ………………………………………………… 129
附表：《三家詩》、王氏父子、馬瑞辰《詩經》通叚字
　　　異同表 ……………………………………………133

目　次

第一章　緒　論

第一節　研究動機

　　我國古籍中，常存有一種特殊的用字方式，前人對此種特別的用字方式稱為「假借」，清儒又以「通叚」來與許慎之「假借」區隔。然而古籍中，通叚字與本字時常兼相運用，使用上甚是繁雜，容易帶給閱讀古籍的人許多不便，更由於對經籍中「通叚」意義產生誤解，而無法瞭解經文原意。訓詁工作之本意在於解釋語言，以已知解未知，以今語釋古語，使人知其所不知，對古籍文意才能有充分的瞭解。故以訓詁的角度來說，欲訓解古籍經傳，必須先考證文字的本字本義，及其假借或通用的緣由，是極為重要的課題。然而自東漢至清代，由於各家前輩學人師法不同，解字方式亦各自有異，致「通叚字」至今尚沒能有較完整且有系統的定論；加上今日我輩學子多視小學為畏途，致使考據學風日下，對古籍經文之訓解愈發流於表面，無法一探經典深義、詞章精妙之處，乃訓詁考據之一大憾事。有鑑於此，在感嘆之餘，引起我個人欲探究訓詁考據之學及「通假字」在古籍訓詁上種種問題的動機，期望能更進一步整理與研究，同時亦能對日漸衰微的訓詁學，略盡棉薄之力。

　　「通叚」乃因文字運用造成，往往只是偶然發生，也常因時因人而有不同的差異。如果將所有的古籍視為一個整體來進行研究，必定會因為範圍過大、

漫無體例而徒勞無功。故欲解決「通叚字」之問題，需要大題化小，先就單部經書的材料來進行研究，進而將研究結果參以同時期之古籍著作，而得到較爲可信的結論。本論文撰寫之初；擬以《詩經》「通叚字」爲研究對象，本期望能將眾家注疏所討論之「通叚字」進行整理，進而考辨眾家「通叚字」的優劣得失，然拘於才學，範圍仍是過大，想做這樣的工作，似乎是不知剪裁；千頭萬緒之際，幸得呂師珍玉指點，既然訓詁爲清代學術之大宗，何不以清儒作品作爲討論對象？馬瑞辰《毛詩傳箋通釋》一書是歷來學者認爲遜清嘉慶、道光年間重要的《詩經》注疏作品，更是清儒以「通叚字」釋《詩》之翹楚；由於國內對馬瑞辰與此書的研究相當缺乏，至目前爲止亦尚未有學人針對馬氏書中的「通叚」議題作出專論，故在呂師首肯下，將研究範圍定於《毛詩傳箋通釋》一書使用「通叚字」釋《詩》872 句的討論上，期望能對「通叚字」於《詩經》訓詁上的作用，做出進一步的研讀與檢討。

本論文的撰寫，以《毛詩傳箋通釋》中所提出的「通叚字」爲主要對象，僅初步解決「通叚字」判讀上的問題。又筆者個人認爲馬氏此書爲研讀《詩經》的入門注疏書籍，故對書中「通叚字」的形、音、義等問題均以嚴格的語音條件檢視，期望對「通叚字」在古籍中的運用得到最可信的結果，使對研讀《詩經》有興趣的學人，能夠在一窺《詩經》堂奧的同時，對先人文字運用的奧妙之處，也能稍有瞭解。

第二節　相關文獻著作資料

王引之《經義述聞》言：「訓詁之旨，存乎聲音。字之聲同音近者，經傳往往假借，學者以聲求義，破其假借之字，而讀以本字，則渙然冰釋，如其叚借之字而強爲之解，則詁籒爲病矣。」[註1] 我國經典文字中，本字與通叚字間相互用，至爲繁複，研讀古籍若不明文字通叚之用，必會望文生義，衍生錯誤，致使經典解讀流於表面附會。故自《毛傳》、《鄭箋》以來，歷代注《詩》學者多注重對通叚字的判讀，其中清人考據學風極盛，故成果頗爲豐盛：王引之《經義述聞》、段玉裁《詩經小學》、俞樾《群經平議》、馬瑞辰《毛詩傳箋通釋》、王先謙《詩三家義集疏》於釋《詩》通叚上均成就卓著，貢獻頗高。而民國之

〔註1〕王引之：《經義述聞·序》，（臺北：世界書局，1975 年出版），頁 2。

後至於現代，學者接續其業，高本漢《詩經注釋》、趙汝眞《詩國風通假字考》、
〔註2〕史玲玲《詩經雅頌叚借字攷》、〔註3〕劉彩祥《毛詩國風用字叚借研究》
〔註4〕均對《詩經》中通叚字運用有詳細研究。然高本漢《詩經注釋》雖矯正
清儒輕言通假之缺失，但卻有矯枉過正之弊，且因他對中國經典難免誤讀，因
而有所遺憾。趙汝眞、史玲玲兩位前輩研究精湛，但其體例未脫清代遺風，考
證本字仍受《說文》所限，多有不甚完備之處。劉彩祥先進《毛詩・國風用字
叚借研究》擺脫前人訓解方式，考證本字能徵之卜辭、吉金及古文字考索字源，
解讀文義，頗有見地。然討論稍有分散，雖簡潔明瞭，但於詩文形象、情感表
述似有簡化；以古文字考索字源，甚是得體，爲其特色，但訓詁之要求與文字
學、字源學有別，對詩文詞義之掌握略嫌不足爲其遺憾處。然大體而言，三位
前輩著作，爲現代《詩經》通叚字研究之精要著作，貢獻卓著。

　　馬瑞辰爲清代研究《毛詩》之佼佼者，其《毛詩傳箋通釋》對《詩經》中
之章句詞義、名物制度、禮制等等均有廣泛且深入的考證，對《詩經》詮釋與
疏解有極大的價值與貢獻。馬氏在《詩經》學史上雖有極重要的地位與價值，
但歷來對針對馬氏研究的學術著作卻寥若晨星，與馬瑞辰在《詩經》學術上的
聲望不成比例；研究馬氏的學術著作有：劉邦治《馬瑞辰毛詩傳箋通釋研究》、
〔註5〕洪文婷《毛詩傳箋通釋析論》〔註6〕、陳智賢《清儒以說文釋詩之研究：
以段玉裁、陳奐、馬瑞辰之著作爲依據》〔註7〕、邱惠芬《胡承珙馬瑞辰陳奐三
家詩學研究》〔註8〕共四本。單篇期刊論文則有：黃忠愼〈馬瑞辰「詩入樂說」

〔註 2〕趙汝眞：《詩國風通叚字考》，（臺北：私立中國文化大學中國文學研究所碩士論文，
　　　　1969 年 6 月）。

〔註 3〕史玲玲：《詩經雅頌叚借字攷》，（臺北：黎明文化事業股份有限公司，1980 年 7 月）。

〔註 4〕劉彩祥：《毛詩國風用字叚借研究》，（新竹：私立玄奘人文社會學院中國語文研究
　　　　所碩士學位論文，2002 年 1 月）。

〔註 5〕劉邦治：《馬瑞辰毛詩傳箋通釋研究》，（臺北：私立東吳大學中國文學文研究所碩
　　　　士學位論文，1989 年）。

〔註 6〕洪文婷：《毛詩傳箋通釋析論》，（中壢：國立中央大學中國文學研究所碩士論文，
　　　　1991 年）。後於 1993 年由臺北文津出版社出版。

〔註 7〕陳智賢：《清儒以說文釋詩之研究：以段玉裁、陳奐、馬瑞辰之著作爲依據》，（臺
　　　　北：國立政治大學中國文學研究所博士學位論文，1996 年）。

〔註 8〕邱惠芬：《胡承珙馬瑞辰陳奐三家詩學研究》，（臺北：國立台灣師範大學國文研究

演論〉〔註9〕、黃忠慎：〈馬瑞辰詩經學中考證研究〉〔註10〕、王曉平〈馬瑞辰《毛詩傳箋通釋》的訓釋方法〉〔註11〕、孫良朋〈古籍譯注依據句法結構釋義的一範例——讀馬瑞辰《毛詩傳箋通釋》〉〔註12〕、黃忠慎〈清代中葉《毛詩》學三大家解經之歧異——以對《詩序》、《毛傳》、《鄭箋》的依違爲考察基點〉、〔註13〕黃忠慎〈馬瑞辰《毛詩傳箋通釋》對通叚字判讀問題〉〔註14〕等六篇。以馬氏在清代《詩經》學的地位與價值而言，相關研究學術著作數量上的短缺，反映現代對馬瑞辰之研究仍有不足，且對於馬氏最擅長之訓解方式——通叚問題——僅有概略性之敘述，對通叚問題優劣得失，與經典詮釋之影響亦未有深入之探討，乃學術界一大憾事。余雖不敏，然讀馬氏《毛詩傳箋通釋》一書，對其通叚字之考辨仍略有所得，撰爲此文以塡補此片研究空白。

第三節　研究方法與寫作目標

　　《詩經》爲我國早期詩歌總集，保留許多先秦時期之詞彙、語法及用字現象，爲研究我國上古語言學之最佳材料。然先秦時期距今相去甚遠，除資料短缺蒐羅不易外，更存在著文獻資料眞僞問題，如何完整掌握上古語言運用之法則，實爲一大難題。所幸，近代大量出土之古文字資料與鐘鼎器物，排除許多

所博士學位論文，2002 年）。

〔註 9〕黃忠慎：〈馬瑞辰「詩入樂說」演論〉，《孔孟月刊》27 卷 5 期，（臺北：孔孟月刊社，1989 年 1 月），頁 30～34。

〔註 10〕黃忠慎：〈馬瑞辰詩經學中考證研究〉，《孔孟學報》62 期，（臺北：中華民國孔孟學會，1991 年），頁 51～88。

〔註 11〕王曉平：〈馬瑞辰《毛詩傳箋通釋》的訓釋方法〉，《中國經學史論文選集》，（臺北：文史哲出版社，1993 年 3 月），頁 545～565。

〔註 12〕孫良朋：〈古籍譯注依據句法結構釋義的——範例——讀馬瑞辰《毛詩傳箋通釋》〉，《古籍整理研究學刊》44 期，（長春：東北師範大學古籍整理研究所，1993 年 7 月），頁 8～11。

〔註 13〕黃忠慎：〈清代中葉《毛詩》學三大家解經之歧異——以對《詩序》、《毛傳》、《鄭箋》的依違爲考察基點〉，《國文學誌》6 期，（彰化：彰化師範大學中國文學系，2002 年 12 月），頁 91～112。

〔註14〕黃忠慎：〈馬瑞辰《毛詩傳箋通釋》對通叚字判讀問題〉，《彰化師大文學院學報》，（彰化：彰化師範大學中國文學系，2003 年 11 月），頁 1～20。

上古語言資料短缺之障礙，不僅爲上古時期文獻資料解讀開闢新的道路，更是訓詁考據學上的一大進步。此即王國維所言之「二重證據法」，雖然此法並非適用於我國古代研究之每一階段，但就《詩經》創生之先秦時期而言，「二重證據法」仍是掌握上古語言文字脈動之重要法門。因此，本論文寫作對「二重證據法」之指導原則多所運用，對馬瑞辰所舉之通叚本字，除以相關文獻加以印證，復以甲骨文、金文加以驗證，期於對古文字之演變與運用全力掌握，以求所論通叚本字正確無誤。

又訓詁一門學科內容繁富，所論範圍不限於文字考據一端。現代訓詁學可謂之爲古漢語詞義學，除須考據文字本源、音韻問題之外，尚必須滿足詞義、章法、邏輯等問題，方可達到解讀古籍的最終目的。《詩經》內容豐富充盈，舉凡上古禮制、章法、服飾、燕饗、器物甚至多見鳥獸蟲魚之名。此皆與辨別《詩經》中所出現之通叚字與本字一脈相連，若考證執著於文字一端，而忽略詞彙等方面之運用，所得必然有限，便無法通解文義。故於下筆之時，除以甲骨、金文考索文字，亦力求訓解合於文脈、章法與時代環境，以達解讀古籍之最大效用。以上簡述本文研究方法與概念，茲將細節部分，依各章節討論內容，詳列於下：

1、六書假借與用字通叚有別，而清儒多寬泛言之，爲正視聽，於第三章首先討論六書假借與經傳通叚之不同，以釐清源頭，確立概念。

2、討論《詩》句各章節以今本《詩經》內容次序爲主，先國風，後及雅、頌，每次論述一句，分別列出，不相襍廁。

3、依馬瑞辰《毛詩傳箋通釋》所舉通叚字例之論述，從內容上分爲「正確例」、「未確例」、「濫用例」於各章節分別討論，最後另闢一節，將馬瑞辰未討論，但應爲通叚之字例補上並詳細討論。

4、各條論述先引《毛傳》、《鄭箋》與眾家說法，若《毛傳》無訓則僅錄《鄭箋》，反之亦然。後引馬瑞辰《毛詩傳箋通釋》之論述，以見論點。

5、爲明經恉，說解討論不盡從《毛傳》、《鄭箋》或馬氏任何一人之說，務求訓解與經恉相合，不受成說所圇。

6、通叚本字判定原則上依段本《說文解字注》所錄本訓爲據，但不以《說文》爲尊，若文字可上遡甲骨、金文或古文字本源，則細考之，以求文

字形、義之可靠性；復以《詩經》時代相近之字書、典籍加以驗證，降低清儒為《說文》所制約之風險，確保客觀。

7、馬瑞辰主張「以古音古義證其譌互，以雙聲疊韻別其通借」勘定通叚字或詮釋詩義。故掌握文字古音韻，對通叚字辨識工作極為重要。本論文亦甚重視，古音韻擬音標準如下：聲母擬音採黃侃先生之古音十九紐；韻母擬音據陳新雄先生古韻三十二部為準。

8、通叚本字尋得之後，先依周何《中國訓詁學》論通叚之「必須條件」、「滿足條件」加以檢視，以加強本字之可靠性；後將通叚本字回歸《詩經》原文中驗證，以求文通字順，尋求合於經怡之最佳詮釋。若本字不足訓解《詩經》原意，或無法滿足其他相關條件，則不以通叚視之，另求較為合理之詮釋。

9、最後統整《三家詩》所錄與清儒釋經大家王氏父子、馬瑞辰《毛詩傳箋通釋》所判定之通叚字比較，作附表：〈《三家詩》、王氏父子、馬瑞辰通叚字例異同表〉以明各家通叚之異同；同時將《毛詩傳箋通釋》通叚條例未收入本論文正文討論之條例略加考辨，並備註其條件，若仍須補充，則於頁尾加註詳述。

由以上之研究方法進行寫作，仔細檢視，努力比對，慎重下筆寫作，期望本論文達到以下目標：

1、審視清代《詩經》學大家馬瑞辰著作所討論通叚問題，是否合於經典原怡意，若有未合，期求出適當之本字或訓解，以求得詮釋《詩經》之正詁。

2、考辨《詩經》通叚字之本字與源流，瞭解古籍經典用字實際狀況，避免訓詁工作濫用通叚，誤導讀者。

3、以甲骨文、金文等出土資料配合古典文獻檢視《詩經》中之通叚字，上索下求，追本溯源，以明文字與初形本義。

4、明瞭《說文》等工具書與文獻資料對訓詁實際操作的侷限性，打破學者盲從古籍之迷思。

5、標示訓詁學詮釋古籍之原則與重要性，以供有志同好參考。

第二章　馬瑞辰與《毛詩傳箋通釋》

第一節　馬瑞辰生平事蹟

　　馬瑞辰，字元伯，安徽桐城人，為有清一代著名的訓詁學人之一，生於清乾隆四十七年，卒於清咸豐三年，年七十九。馬瑞辰除《毛詩傳箋通釋》一書，並無任何文學集冊傳世，因生平相關資料短缺，因此後代學人欲一窺其生平事蹟，實屬不易。一般對馬瑞辰生平事誼之敘述，多半都承襲《清史稿》中的記載：

> 馬宗槤，字器之……。子瑞辰，字元伯。嘉慶十五年進士，選翰林院庶吉士。散館，改工部營繕司主事。擢郎中，因事罣誤，發盛京效力。旋賞主事，奏留工部，補員外郎。復坐事發往黑龍江，未幾釋歸。歷主江西白鹿洞、山東嶧山、安徽廬陽書院講席。髮賊陷桐城，眾驚走，賊脅之降，瑞辰大言曰：「吾前翰林院庶吉士、工部水都司員外郎馬瑞辰也！吾二子團練鄉兵，今仲子死，少子從軍，吾豈降賊者耶？」賊執其髮，爇其背而擁之行。行數里，罵愈厲，遂死，年七十九。事聞，恤廕如例，敕建專祠。[註1]

又云：

〔註 1〕國史館校註：《清史稿校註‧卷四百六十九‧列傳二百六十九‧儒林三》，（臺北：台灣商務印書館，1999 年 9 月出版），頁 11077。

> 瑞辰勤學著書，亳而不倦。嘗謂：「《詩》自齊、魯、韓三家旣亡，說
> 《詩》者以毛詩爲最古。……《毛詩》用古文，其經字多假借，類皆
> 本於雙聲、疊韻，而《正義》或有未達。」於是乃撰《毛詩傳箋通釋》
> 三十二卷，以三家辨其異同，以全經明其義例，以古音、古義證其譌
> 互，以雙聲、疊韻別其通借。篤守家法，義據通深。〔註2〕

由以上的記載可知馬瑞辰曾爲京官，仕宦初期官運頗爲順遂，但後因事罣誤而
受到影響，兩度遭黜，晚年期間在多所書院講學，於咸豐年間死於太平天國亂
軍之手。關於瑞辰的生平事蹟，尚可見於《清儒學案》：

> 馬瑞辰，字獻生，號元伯。魯陳之子，嘉慶癸亥進士，選庶吉士，
> 散館，改工部主事，洊遷郎中，練習部務，力懲胥吏積弊，爲時所
> 忌，坐事罷職，發盛京效力，尋予主事，仍官工部補員外郎，復坐
> 事謫戍黑龍江，未幾釋還。歷主江西白鹿、山東嶧山、安徽盧陽諸
> 書院。咸豐三年，粵匪陷桐城，罵賊，死甚烈，年七十九。卹蔭如
> 例，敕建專祠。〔註3〕

及孫雨航編輯的《近四百年來安徽學人錄》：

> 馬瑞辰，字元伯，桐城人，嘉慶十年進士，改翰林院庶吉士，歷官
> 工部都水司郎中，以事遣戍瀋陽，時吉林將軍富俊聞其名，延主長
> 白書院，生徒中試者二人，富俊以造士有效，奏賞主事，尋擢員外
> 郎，復遣戍黑龍江，納贖回籍，鄉居數十年，以著作自娛，太平軍
> 之役，命二子練鄉兵自衛，家人以其年老，扶避山中，桐城陷，仲
> 子死，兵圍宅搜山，見一老倨上坐，拽之起，瑞辰直立大言曰，吾
> 前工部員外郎馬某也，勸降不屈，遂遇害，時咸豐三年也，年七十
> 二……。〔註4〕

〔註2〕《清史稿》「說詩者以毛詩爲最古」一句，馬氏書中作「以毛、鄭爲最古。」當
以原著作爲準。國史館校註：《清史稿校註・卷四百六十九・列傳二百六十九・儒
林三》，（臺北：台灣商務印書館，1999 年 9 月出版），頁 11077。

〔註3〕楊家駱主編：《清儒學案・卷一百十一・魯陳學案》，（臺北：世界書局印行，1962
年），頁 12。

〔註4〕孫雨航輯：《近四百年來安徽學人錄・卷五》，（臺北：孫雨航印行，1965 年），頁

上引史料基本上與《清史稿》所載差異不多，惟在瑞辰之字號、中進士之年份、卒年有所出入而已。〔註5〕前面提過，馬瑞辰在死後並未留下文集傳世，而載有瑞辰生平事蹟的史料又頗爲簡略，無法清晰勾勒出馬瑞辰的人物形象，因此後世學人對於馬瑞辰的研究，也就只能集中在他寫作的《毛詩傳箋通釋》一書上了。

第二節　《毛詩傳箋通釋》寫作旨趣、體例、特色與缺失

馬瑞辰的父親馬宗槤是清代頗有盛名之學人，據《清史稿》記載：

> 馬宗槤，字器之，桐城人。由舉人官東流縣教諭。嘉慶六年成進士，又一年卒。少從舅氏姚鼐學詩、古文詞，所作多沈博絕麗……後從邵晉涵、任大椿、王念孫遊，其學益進……生平敦實，寡嗜好，惟以著述爲樂。嘗撰《左氏補注》三卷，博徵漢、魏諸儒之説，不苟同立異。所著別有《毛鄭詩詁訓考證》、《周禮鄭注疏證》、《穀梁傳疏證》、《説文字義廣證》、《戰國策地理考》、《南海鬱林合浦蒼梧四郡沿革考》、《嶺南詩鈔》，共數十卷，《校經堂詩鈔》二卷。〔註6〕

由上引資料可知馬宗槤治學涵蓋《周禮》、《詩經》、《戰國策》、《說文》等領域，復與王念孫等人交遊，其在訓詁考據上必有相當的興趣。而由其著有《毛鄭詩詁訓考證》一書來看，馬瑞辰以《詩經》作爲研究目標，以考據的觀點寫成《毛詩傳箋通釋》，可謂繼志述事，自有其家學淵源。

《毛詩傳箋通釋》寫作至成書總共歷時十六年，大致是馬瑞辰在歸鄉之後，將年少時所研究之心得與見解逐一編寫而成，他在本書的自序中說：

56。

〔註5〕關於馬瑞辰之字與號，文獻記載有所歧異，《清史稿》言：「字元伯。」而《清儒學案》則言：「字獻生，號元伯。」兩者說法有異，但因馬瑞辰並無文集傳世，其生平記載頗難考辨，故在此僅提出異載之處，不作考辨。又《清史稿》、《續修四庫全書提要》記載其爲嘉慶十五年進士，而孫雨航《近四百年來安徽學人錄》則載爲嘉慶十年進士，據《明清歷科進士題名碑錄》一書記載，馬瑞辰乃嘉慶十年乙丑科賜進士出身第二甲進士，故當以此說爲正，《清史稿》、《續修四庫全書提要》應爲誤載。

〔註6〕國史館校註：《清史稿校註・卷四百六十九・列傳二百六十九・儒林三》，（臺北：台灣商務印書館，1999年9月出版），頁11076～11077。

> 余幼稟義方，性耽著述；愧羣經僅能涉獵，喜葩詞別有會通。……
> 四十以後，乞身歸養；既絕意於仕途，乃殫心於經術。爰取少壯所
> 采獲，及於孔《疏》、陸義有未能洞澈於胸者，重加研究。以三家辨
> 其異同，以全經明其義例；以古音古義證其譌互，以雙聲疊韻別其
> 通借。意有省會，復加點竄。歷時十有六年，書成三十二卷。將徧
> 質之通人，遂妄付諸剞劂。初名《毛詩翼注》，嗣改《傳箋通釋》。

〔註7〕

由這段文字可以知道，馬瑞辰自少年時期便對《詩經》頗有研究，在解官歸田之後，便「爰取少壯所采獲」寫成了《毛詩傳箋通釋》一書。而馬瑞辰更在全書卷前的例言中，清楚交代了《毛詩傳箋通釋》全書寫作的目的：

> 《詩》自《齊》、《魯》、《韓》三家既亡，說《詩》者以毛、鄭為最
> 古。據《鄭志》答張逸云：「注《詩》宗毛為主。毛義隱略，則更表
> 明。」是鄭君大恉，本以述毛，其箋《詩》改讀，非盡易《傳》，而
> 《正義》或誤以為毛、鄭異義。又鄭君先從張恭祖受《韓詩》，凡《箋》
> 異毛者多本《韓》說，其答張逸亦云：「如有不同，即下己意。」而
> 《正義》又誤合《傳》、《箋》為一。瑞辰粗犟二學，有確見其分合
> 異致，為《義疏》所剖析者，各分疏之，故以《傳箋通釋》為名。

〔註8〕

馬瑞辰認為現存釋《詩》以毛、鄭最古，鄭玄注《禮》、箋《詩》，自言「注《詩》宗毛為主」、「如有不同，即下己意」，明顯可知兩者有所區別；而《正義》或不明鄭玄以今文申論《毛傳》，或不明鄭玄以三家詩改讀《毛傳》，因而往往把《傳》、《箋》妄加分合，或妄自臆度，使《詩》義乖違，歧異性加大，如〈邶風‧泉水〉首章「聊與之謀」一句，《毛傳》言：「聊，願也。」《箋》曰：「聊，且，略之辭。」《正義》疏經則言：「鄭唯以聊為且欲略與之謀為異，餘同。」孔氏如此說法，可知他認為《傳》、《箋》有所不同，但馬瑞辰卻指出《正義》解釋不當之處，《毛詩傳箋通釋》曰：

〔註7〕 馬瑞辰：《毛詩傳箋通釋‧自序》，（北京：中華書局，1989年），頁1。

〔註8〕 馬瑞辰：《毛詩傳箋通釋‧例言》，（北京：中華書局，1989年），頁1。

《說文》傮字注：「一曰且也。」字通作憀。《玉篇》引《聲類》曰：「憀，且也。」凡聊訓且者，皆傮字之假借。〈十月之交〉詩：「不憖遺一老。」《小爾雅》曰：「憖，願也，且也。」《說文》：「憖，肎也。一曰說也。一曰且也。」是知《毛傳》訓聊爲願者，願亦且也。《箋》申《傳》，非易《傳》也。《正義》謂《傳》、《箋》異義，失之。〔註9〕

馬瑞辰據《說文》、《小爾雅》的說法，認爲「願」與「聊」之意義相近，所以《傳》、《箋》意義相承，而《正義》誤將《傳》、《箋》區別，橫生枝節。

又如〈大雅・思齊〉末章「小子有造」一句，《毛傳》言：「造，爲也。」《箋》言：「子弟皆有所造成。」《正義》曰：「《釋言》文，有爲者，爲所習有業，不虛廢也。……故周之成人皆有成德，小子未成皆有所造爲，進於善也。」又云：「《箋》以此爲助祭所化……子弟有造成，言其終有所成，不爲此時已成也。」《毛詩傳箋通釋》言：

《說文》：「造，就也。」造、就二字疊韻爲義。《爾雅・釋言》：「造，爲也。」《廣雅・釋詁》爲、造二字並云「成也。」《淮南子・天文訓》「介蟲不爲」，高注：「不成爲介蟲也。」是爲即成也。是知《傳》訓造爲爲，《箋》以成釋之，正是申明《傳》義。〈閔予小子〉詩「遭家不造」，《傳》：「造，爲。」《箋》云：「造，猶成也。」義與此章正同。《正義》以爲異義，失之。〔註10〕

馬瑞辰根據《說文》、《爾雅》、《廣雅》、《淮南子》等古籍資料考證，認爲其實《箋》訓申《傳》意，而《正義》對古代詞彙瞭解不夠，妄自區別，因此加以辨正。

《正義》除將《傳》、《箋》妄分外，有時又以「疏不破注」之觀點企圖牽合《傳》、《箋》之差異，但卻使詩意更加乖違。如〈大雅・韓奕〉四章「汾王之甥」，《傳》言：「汾，大也。」《箋》曰：「汾王，厲王也。」《正義》言：「《傳》、《箋》之意皆以爲厲王。」《毛詩傳箋通釋》云：

〔註 9〕馬瑞辰：《毛詩傳箋通釋・卷四》，（北京：中華書局，1989 年），頁 148

〔註 10〕馬瑞辰：《毛詩傳箋通釋・卷二十四》，（北京：中華書局，1989 年），頁 837。

汾者，墳之假借，故《傳》訓爲大。《傳》泛言大王，但以爲美稱耳，未嘗專指屬王。《正義》謂《傳》、《箋》皆以爲屬王，非也。屬爲惡謚，若因流彘而稱汾王，亦非美稱。詩人頌美宣王，不應舉屬王之惡稱，當從《傳》泛言大王爲是。……又按《釋親》：「女子子之子爲外孫」，而〈猗嗟〉《傳》云「外孫曰甥」，毛意亦當指汾王之外孫，與《箋》異義。《正義》合而一之，亦誤。〔註11〕

馬氏認爲《毛傳》以汾爲墳之假借，以汾王爲大王之泛稱，與《箋》所指「汾王」爲屬王不同，而《正義》未察假借之理，誤合《傳》、《箋》爲一，以爲《傳》、《箋》均指屬王而言，故加以辨正。

又如〈商頌·那〉「萬舞有奕」，《傳》云：「奕奕然閑也。」《箋》謂：「其干舞又閑習。」《正義》曰：「執其干戈爲萬舞者，有奕然而閑習，言其用樂之得宜也。」馬氏《毛詩傳箋通釋》曰：

《廣雅·釋訓》：「閑閑、奕奕，盛也。」盛、大義相近，〈韓奕〉詩《傳》：「奕奕，大也。」《說文》：「奕，大也。」萬爲大舞，故奕爲大貌，閑亦大也。〈殷武〉詩「旅楹有閑」，《韓詩章句》曰：「閑，大也，謂閑然大也。」是知此《傳》「奕奕然閑也」猶云奕奕然大也。

《箋》訓閑習，與《傳》異義，《正義》合而一之，誤矣。〔註12〕

此句《毛傳》言「奕奕然閑也」，《箋》訓閑習，二者顯然有所區別。馬瑞辰認爲當從《傳》以閑訓大，而《傳》、《箋》異義，《正義》又誤合《傳》、《箋》爲一。

由此可以看出馬瑞辰《毛詩傳箋通釋》的著眼點，是爲了辨正孔穎達《毛詩正義》對於《傳》、《箋》釋義上的疏漏與缺失。《毛詩正義》寫作之目的本在調和《毛傳》與《鄭箋》，但《正義》往往理解有誤，妄加分合，致使詩意乖違不清，馬瑞辰一一加以分疏、辨正，希望能達到〈自序〉所提到的「述鄭兼以述毛，規孔有同規杜」的目標。而全書初名《毛詩翼注》，但實際上內容卻不專爲《傳》、《箋》立說而作，其中更有對《正義》的辨誤，因此最後改名爲《毛詩傳箋通釋》，以便更符合書中的詮釋內容。

〔註11〕馬瑞辰：《毛詩傳箋通釋·卷二十七》，（北京：中華書局，1989年），頁1012。

〔註12〕馬瑞辰：《毛詩傳箋通釋·卷三十二》，（北京：中華書局，1989年），頁1161。

第三節　《毛詩傳箋通釋》寫作體例

馬瑞辰《毛詩傳箋通釋》一書共分三十二卷，首卷〈雜考各說〉之部，載有〈詩入樂說〉、〈魯詩無傳辨〉、〈毛詩詁訓傳名義考〉等十九篇單篇文章，記錄馬瑞辰對於《詩經》外緣問題的基本論述，也可看出其研究《詩經》的理論所在。如〈鄭箋多本韓詩考〉便指出鄭玄箋《詩》以宗毛為主，但與《毛傳》有異之處便往往引用三家詩，又因其師承，故又以引《韓詩》為最多。另從〈詩人義同字變例〉、〈毛詩古文多假借考〉中，可見馬瑞辰對於訓詁的觀念與方法，對全書的訓解方式可有初步之認識。

卷二至卷三十二則為本書之主體，凡未在首卷〈雜考各說〉討論到的問題而需有所補充時，馬瑞辰會先在各卷卷首提出總論，然後依照次第詮釋，先列出《傳》、《箋》之說，再以按語之方式申論己意。釋《詩》大致不列《詩序》，以詩句訓詁為主，採用單句條列之方法訓釋字句，不列全詩經文，僅擇舉進行考證之句，並多引《說文》、《爾雅》等字書以證成己說。此處需注意的是，馬瑞辰雖對《詩序》著墨不多，各卷考證也少引《詩序》，但絕不可認為馬瑞辰是反對《詩序》的。由首卷之〈詩譜逸文考〉、〈十五國風次序論〉兩篇，可見馬瑞辰對《詩譜》、人物、史地之考證；在卷九〈齊風‧還〉詩前論序更提到「《序》本經文以立訓」，〔註13〕可以看出馬瑞辰是接受並相信《詩序》的，〔註14〕而他不在各詩之前列《詩序》，也許是因為在卷首〈雜考各說〉已經論述過這個問題，為了避免重複，因此不再贅述《詩序》的相關問題。

馬瑞辰在自序中說明了《毛詩傳箋通釋》全書的訓釋方法，其言曰：「以三家辨其異同，以全經明其義例；以古音古義證其譌互，以雙聲疊韻別其通借。意有省會，復加點竄。」〔註15〕這不僅是全書訓詁的作法，更可由此發現《毛詩傳箋通釋》一書訓釋《詩經》的特色所在。馬氏在書前的〈例言〉部分提到：

〔註13〕馬瑞辰：《毛詩傳箋通釋‧卷九》，（北京：中華書局，1989 年），頁 295。

〔註14〕洪文婷《毛詩傳箋通釋析論》即指出：「馬瑞辰在詮釋《詩經》時，對於《詩序》是信任的，因而關於許多詩義的解釋，他大體上都接受《詩序》的說法，以進行申論，並以此作為判斷、批評他說的依據。」洪文婷：《毛詩傳箋通釋析論》，（臺北：文津出版社，1993 年），頁 176。

〔註15〕馬瑞辰：《毛詩傳箋通釋‧自序》，（北京：中華書局，1989 年），頁 1。

《三家詩》與《毛詩》各有家法，實爲異流同原。凡三家遺說有可
與《傳》、《箋》互相證明者，均各廣爲引證，剖判是非，以歸一致。
〔註16〕

清儒在經籍訓詁考證上往往會墨守師法與家學，凡理解與前人有所不同，
多半不敢逾越，但由上引的例言中可以發現，馬瑞辰在訓釋《詩經》時往往可
以摒除門戶之見，除了引用三家遺說考證之外，對於《鄭箋》與其他異文的優
點，他都可以兼容並蓄，吸收所長以釋詩。如〈王風·中谷有蓷〉「啜其泣矣」
馬瑞辰說：

瑞辰按：《韓詩外傳》引作「惙其泣矣」，《毛詩》作啜，即惙之假借。
《釋名》：「啜，惙也。心有念，惙然發此聲也。」是啜、惙音義同。
《一切經音義》四引《聲類》：「惙，短气貌也。」又十九引《字林》：
「惙，憂也。」短气貌即憂貌，義正相成。〔註17〕

馬瑞辰認爲此句「啜」字《韓詩外傳》作「惙」，看似與《毛傳》有異。但實際
上乃因「啜」爲「惙」之假借，應解釋爲「短气貌」或「憂貌」，便可證明《毛
傳》與《韓詩》有殊途同歸之處，可印證例言中所提及「《三家詩》與《毛詩》
各有家法，實爲異流同原」之說法。又如〈齊風·還〉「子之還兮」條，《毛傳》
言：「還，便捷之貌。」馬瑞辰認爲有未妥之處，其言：

瑞辰按：還、旋古通用，《釋文傳》作「便旋」爲是。《說文》：「趨，
疾也。」《傳》訓便捷，以還爲趨之假借。《說文》：「懁，急也。」
義與趨近。《釋文》引《韓詩》作嫙，云「嫙，好貌。」據下章「子
之茂兮」、「子之昌兮」，茂、昌皆爲好，則還者，嫙之假借，從《韓
詩》訓好爲是。〔註18〕

馬瑞辰由全詩三章一義的考量，認爲《毛傳》之解釋無法與下二章成文，則「子
之還兮」之「還」應從《韓詩》訓「好」爲當。也做到了例言中「凡三家遺說
有可與《傳》、《箋》互相證明者，均各廣爲引證，剖判是非，以歸一致」的釋

〔註16〕馬瑞辰：《毛詩傳箋通釋·例言》，（北京：中華書局，1989 年），頁 1。

〔註17〕馬瑞辰：《毛詩傳箋通釋·卷七》，（北京：中華書局，1989 年），頁 238。

〔註18〕馬瑞辰：《毛詩傳箋通釋·卷九》，（北京：中華書局，1989 年），頁 295。

詩目標。馬氏「以三家辨其異同」的作法可謂本書訓詁之特色之一，他能夠跳出傳統的藩籬，訓釋不獨尊《毛傳》，又能夠兼容眾家說法，擇善解詩，故能在訓詁上有不錯的成績。

　　《毛詩傳箋通釋》釋詩的另一特色是自序中所言「以全經明其義例」一項，馬氏著眼於綜合全書的句法與用例，依照詩篇上下文的意義連貫以釋詩，往往可以得出與《毛傳》、《鄭箋》不同的結論，甚至點出《傳》、《箋》解釋上的不當之處；如前舉〈齊風・還〉「子之還兮」之例，馬氏即以全詩文意為考量，並舉《韓詩》之訓為例，認為依《韓詩》訓解方可成文；又如〈大雅・雲漢〉「則不我遺」，《箋》云：「天將遂旱餓殺我與？」，馬氏則認為《箋》說與文意不相貫：

> 瑞辰按：遺當讀如問遺之遺。《廣雅・釋詁》：「問，遺也。」「宜，與也。」與人以物謂之問，亦謂之遺。〈鄭風〉「雜佩以問之」，問即遺也。與人相恤問亦謂之遺。此詩「則不我遺」猶五章「則不我聞」，聞當讀問，問猶恤問也。六章「則不我虞」，《廣雅・釋詁》：「虞，助也。」正與四章「則不我助」同義。遺也，聞也，助也，虞也，義皆相近。若如《正義》訓為留遺，則與上文「靡有孑遺」語相複矣。《箋》訓聞為聽聞，虞為度，竝失之。〔註19〕

馬瑞辰由疊章相同位置、句法相同審其文例，又以〈鄭風〉出現「問」之字句及《廣雅》訓「問」為「遺」之例為證，說明「則不我遺」之「遺」應訓為問遺之「遺」，方可連貫文意。上舉兩例便可看出《毛詩傳箋通釋》在訓釋詩句時可以跳脫《傳》、《箋》的影響，由全詩的句例通讀為基準，兼引各家釋詩之所長，以達到自序中所說「志存繹聖，冀兼綜乎諸家；論戒鑿空，希折衷於至當」的理想。

　　至於其言「以古音古義證其譌互，以雙聲疊韻別其通借」，意即是參之以前人研究與訓解，判析古文字義之變化，並以合於當時之古音古義來尋求文字章句之正詁。此本就為清代樸學考證之常法，馬氏著書運用此法極為自然，但他運用此一方式觸類旁通，詳細引證於經傳書籍，則又為馬氏著書的一大特點，其書前例言曰：

〔註19〕馬瑞辰：《毛詩傳箋通釋・卷二十六》，（北京：中華書局，1989年），頁980。

《毛詩》用古文，其經字多假借，類皆本於雙聲疊韻，而《正義》

或有未達。有可證之經傳者，均各考其原流，不敢妄憑肊見。〔註20〕

馬瑞辰認爲《毛詩》爲古文，經文往往假借成文，因此「通其假借」實爲治《詩》的首要工作，他嘗言：「說《詩》者必先通其假借，而經義始明。」〔註21〕馬氏善用音義關係考證文字、詮釋字義，因此在《毛詩傳箋通釋》中有大量的通叚字出現，亦是本書在內容與訓詁考證上的一大特色；如〈鄭風‧揚之水〉「人實迋女」，《毛傳》：「迋，誑也。」馬氏考證則曰：

瑞辰按：《說文》：「迋，往也。」「誑，欺也。」誑、迋古音近，故

《傳》以迋爲誑之假借。《說文》迋字注引《春秋傳》曰：「子無我

迋。」又《左氏傳》曰：「是我迋吾兄也。」皆借迋爲誑。〔註22〕

在此馬瑞辰認爲《說文》「迋」的本意爲「往」，「誑」字的本意爲「欺」，兩者聲符相同，古音相近；又以文義考察與其他經傳相證之後，認爲此詩「迋」應爲「誑」之假借。又如〈大雅‧民勞〉「戎雖小子」一條，《傳》言：「戎，大也。」《箋》：「戎，猶女也。」馬瑞辰說：

瑞辰按：戎、女一聲之轉，故《箋》以戎爲女之假借。〔註23〕

馬瑞辰認爲「戎」、「女」在聲韻上有關連，因此判定《箋》所以釋「戎」爲「女」，是因爲兩者之間有假借關係。這種假借的例子在《毛詩傳箋通釋》中至爲多見，馬瑞辰藉由聲音的關係，找出《詩經》中「本字」與「借字」的關係，再經由相關經傳與異文比對，最後印證於文義之中，從而認定某字在經文中是否有通叚的現象。且不論馬瑞辰運用通叚的時機是否得宜或正確與否，〔註24〕他這種因聲求義，詳引各書的訓詁方法，確實減少了以往清儒著述望文生義、穿鑿附

〔註20〕馬瑞辰：《毛詩傳箋通釋‧例言》，（北京：中華書局，1989 年），頁 1。

〔註21〕馬瑞辰：《毛詩傳箋通釋‧卷一‧毛詩古文多假借考》，（北京：中華書局，1989 年），頁 23。

〔註22〕馬瑞辰：《毛詩傳箋通釋‧卷八》，（北京：中華書局，1989 年），頁 282。

〔註23〕馬瑞辰：《毛詩傳箋通釋‧卷二十五》，（北京：中華書局，1989 年），頁 922。

〔註24〕馬瑞辰使用通叚的例子，在本書佔有很大的比例，此節僅就通叚的例子作出舉例，關於馬氏的通叚觀念、通叚是否得宜等問題，將在本論文的後續章節中詳細討論，此不贅述。

會的缺點，對於《詩經》文義析解有不小的貢獻，與陳奐《詩毛氏傳疏》、胡承珙《毛詩後箋》並稱嘉慶、道光年間重要的疏《詩》鉅作。近人夏傳才即言：

> 馬瑞辰是以古文爲主、今文通學的《詩經》專家。他的名著《毛詩傳箋通釋》（三十二卷），以鄭玄《毛詩傳箋》爲本，吸取乾嘉考據學的成果，通過對音韻的轉變、字義的引伸和假借名物考古、訓詁、世次、地理等廣泛考證，對三〇五篇逐篇疏釋。他著重糾正唐孔穎達《毛詩正義》疏釋的錯誤，也糾正毛傳鄭箋的失誤。除了利用乾嘉考據學派的材料，爲了求實也像鄭玄一樣，吸取今文三家詩可取的疏解，或通過個人考證，提出新的見解。……不失爲研究毛鄭而超出毛鄭的重要著作。〔註25〕

第四節　《毛詩傳箋通釋》釋《詩》缺失

《毛詩傳箋通釋》雖是清代著名的疏《詩》名著，但是書在內容上仍有若干的缺失；首先在內容之體例上，本書若干條例並未嚴謹的依循卷前的例言而行，馬氏在卷前例言嘗謂：

> 說經最戒雷同，凡涉獵諸家，有先我得者，半皆隨時刪削。間有義歸一是，而取證不同，或引據未周，而說可加證，必先著其爲何家之說，再以己說附之。又有積疑既久，偶得一說，昭若發矇，而其書或尚未廣布，遂兼取而詳載之。亦許叔重「博采通人」之意也。
>
> 〔註26〕

馬瑞辰在釋《詩》時若有說法與他人相同，大致會先言明根據何人之說，再下最後之結論；但在書中卻仍有若干對虛詞之判讀採用王引之《經傳釋詞》之說，但卻沒有標明來源，洪文婷《毛詩傳箋通釋析論》中提到：

> 把《通釋》中對虛詞的解釋與王引之《經傳釋詞》的內容比對，可知馬瑞辰對虛詞的解釋，大多是由《經傳釋詞》得來的。……馬瑞辰用王引之《經傳釋詞》的說法，有些有標明王氏的說法……但也

〔註25〕夏傳才：《詩經研究史概要》，（臺北：萬卷樓圖書有限公司，1993年），頁219。

〔註26〕馬瑞辰：《毛詩傳箋通釋·例言》，（北京：中華書局，1989年），頁1。

有不少句例，雖然採用了王氏的說法，但未標明來源……。〔註27〕

馬氏引用《經傳釋詞》之說而未註明，且不論是一時疏忽或是有意略過，但單就寫作的體例而言，便已經違背了馬氏自身所定的凡例，不免使人有自相矛盾之感。

馬氏釋《詩》不受《傳》、《箋》之限制，故於《詩經》章句往往會得出與前人不同之創見；此原本是馬氏訓詁上的特色，但也就因爲不盡從《傳》、《箋》，在解釋上有時便不夠周密，甚至曲解詩意，以成己說，如〈大雅・瞻卬〉「舍爾介狄」，《傳》言：「狄，遠。」，馬氏考證曰：

> 《説文》：「狄之言淫辟也。」《廣雅・釋言》：「狄，辟也。」古或通
> 以淫辟之稱。介狄謂大狄，猶云元惡也。「舍爾介狄」，「彼宜有罪，
> 女覆説之」……。〔註28〕

馬瑞辰據《說文》認爲「狄」爲北狄，爲淫辟之通稱，言《傳》訓遠失之。然以其說法印證於全詩，亦無法成文。《說文》：「逖，遠也。」是《毛傳》以「狄」爲「逖」之假借，故訓遠，馬瑞辰以「舍爾介狄」爲上章「彼宜有罪，女覆説之」之義的說法實在牽強，無法令人採信。

另外，前面已經提過通叚字是《毛詩傳箋通釋》的特色之一，但馬氏在羅列通叚字例時，有時卻會出現前後說法矛盾之處，如他在卷一〈毛詩古文多假借考〉中指出：「《毛詩・大明》『俔天之妹』，《傳》：「俔，磬也。」據《韓詩》作『磬天之妹』，知俔即磬假借也。」，〔註29〕可見他認爲《毛傳》作「俔」爲假借字，《韓詩》作「磬」爲正字。然而在卷二十四〈大明〉「俔天之妹」的疏文卻提到：

> 俔、磬二字雙聲，故通用。……據《説文》：「俔，譬諭也。」當以
> 俔爲正字，《韓詩》作磬，通借字也。〔註30〕

同一句之字，在卷一與卷二十四的說解竟然相反，令人不解；又〈大雅・雲漢〉

〔註27〕洪文婷：《毛詩傳箋通釋析論》，（臺北：文津出版社，1993年），頁54～55。

〔註28〕馬瑞辰：《毛詩傳箋通釋・卷二十七》，（北京：中華書局，1989年），頁1033。

〔註29〕馬瑞辰：《毛詩傳箋通釋・卷一・毛詩古文多假借考》，（北京：中華書局，1989年），頁23。

〔註30〕馬瑞辰：《毛詩傳箋通釋・卷二十四》，（北京：中華書局，1989年），頁805。

「疚哉冢宰」，《毛傳》云：「疚，病也。」馬氏按曰：「作疢者正字，疚與究皆假借字。」〔註31〕在此馬瑞辰以「疚」爲「疢」之假借，但〈周頌・閔予小子〉「嬛嬛在疚」一條，《傳》言：「疚，病也。」，馬瑞辰卻說：「至疚訓病，字以作疚爲正，作疢者，假借字也。」〔註32〕同一字，《毛傳》同訓爲病，但馬瑞辰所釋之本字卻前後矛盾，可見其考證不甚嚴謹，才會出現前後說解不一致的現象。

又馬瑞辰在考定通叚字時，常好輾轉爲之，或是多說兼採並存，過度蔓延，而有浮濫之嫌；如《衛風・碩人》「巧笑倩兮」，《毛傳》曰：「倩，好口輔。」馬瑞辰考釋云：

> 《說文》：「倩，人美字也。」是倩本人美之稱，因而笑之好亦謂之倩。《釋文》：「倩，本又做蒨。」乃倩之假借。《韓詩》遂以「蒼白色」釋之，誤矣。又按倩與瑳，瑳與此，皆雙聲。〈竹竿〉詩云「巧笑之瑳」，而此云「巧笑倩兮」，倩當即瑳之假借，瑳又爲齜之假借。高誘《淮南子注》曰：「將笑則好齒兒。」正與《說文》訓齜爲「開口見齒兒」義合。〔註33〕

馬氏先以異文關係，說明《韓詩》作「蒨」乃「倩」的假借，又引申說「笑之好亦謂之倩」，似乎是以「倩」爲正字，但旋又以「倩」、「瑳」、「此」三字皆爲雙聲，並舉〈竹竿〉「巧笑之瑳」一句爲例，認爲「倩當即瑳之假借」，然最後竟然再由《淮南子注》與《說文》相互爲證，言「瑳又爲齜之假借」。如此輾轉訓解文字，層層展開，實在過於複雜，最後所得出的結論，也可能不夠客觀。

又如〈大雅・假樂〉「顯顯令德」一條，《傳》言：「顯顯，光也。」馬瑞辰說：

> 《爾雅・釋詁》：「顯，光也。」《說文》：「㬎，從日下視絲，古文以爲顯字。」《廣雅・釋訓》：「顯，顯著也。」《中庸》引《詩》作「憲憲」，顯與憲雙聲，故假憲爲顯。〈小司寇〉注：「憲，表也。」《說文》：

〔註31〕馬瑞辰：《毛詩傳箋通釋・卷二十六》，（北京：中華書局，1989 年），頁 985。

〔註32〕馬瑞辰：《毛詩傳箋通釋・卷三十》，（北京：中華書局，1989 年），頁 1092。

〔註33〕馬瑞辰：《毛詩傳箋通釋・卷六》，（北京：中華書局，1989 年），頁 205。

「憲，敏也。」敏疾則明，憲有表、明之義，亦與顯義同。〔註34〕

馬瑞辰以《中庸》爲據，判定此詩「顯顯」爲「憲憲」之假借，後又依〈小司寇〉注與《說文》說明「憲」亦有表明之義，顯然認爲「憲」亦可引申有「顯」的意義，既然「憲」可引申爲「顯」，那麼以「憲」爲「顯」之假借，似乎便沒有很大的意義，因爲在同一句的疏文中引申、假借並陳，容易造成讀者之困擾。由此顯見馬瑞辰對於引申與叚借的具體分別觀念並非十分清楚、統一。王力《中國語言學史》一書便說：「語言有社會性，文字也有它的社會性，不能設想古人專愛寫別字。」〔註35〕其說甚是。

又如〈大雅‧卷阿〉「茀祿爾康矣」一句，《傳》言：「茀，小也。」《箋》謂：「茀，福。」可看出《傳》、《箋》的說法不同，馬氏疏曰：

《爾雅‧釋言》：「茀，小也。」《傳》以茀爲茀之假借，故訓爲小，對下「純嘏」爲大福言也。《爾雅‧釋詁》：「祓，福也。」郭注引《詩》「祓祿康矣」，蓋本《三家詩》。茀與祓雙聲。《方言》：「福祿爲之祓戩。」《箋》以茀爲祓之假借，故訓爲福，猶〈生民〉《箋》讀茀爲祓也。《傳》、《箋》各有所本。……。〔註36〕

由此句之疏解不難發現，馬氏認爲「《傳》、《箋》各有所本」，因此兼採爲用，兩說並陳。兩種不同說法同時並列，也許是馬瑞辰認爲兩說都可言之成理，不妨同時列出，但卻難免會使讀者莫衷一是，無所適從。由此可見馬瑞辰《毛詩傳箋通釋》取證的態度或有不嚴，在通叚的認定上也太過寬鬆，成爲釋《詩》的缺失。

馬瑞辰《毛詩傳箋通釋》在訓詁上有不錯的成績，乃在於是書旁徵博引、觸類旁通。但令人訝異的是，《毛詩傳箋通釋》最爲人詬病的缺失，也在於徵引文獻上。馬瑞辰善於引用豐富的古籍注疏資料及文獻佐證其說，但有時徵引過度，反使行文瑣碎，甚至爲了成就己說而曲解引文之意，如卷一〈周南召南考〉，馬瑞辰以爲〈周南〉、〈召南〉之「南」爲國名，其考證曰：

《呂氏春秋‧音初篇》：「塗山女歌曰：『候人兮猗！』實始作爲南音。

〔註34〕馬瑞辰：《毛詩傳箋通釋‧卷二十五》，（北京：中華書局，1989 年），頁 901。

〔註35〕王力：《中國語言學史》，（臺北：谷風出版社，1987 年），頁 195。

〔註36〕馬瑞辰：《毛詩傳箋通釋‧卷二十五》，（北京：中華書局，1989 年），頁 915～916。

周公、召公取〈風〉焉，以爲〈周南〉、〈召南〉。」高誘注：「南音，南方南國之音。」蓋以「南」爲古國名，故於「南方」下更繫以「南國」也。〔註37〕

馬氏認爲依照《呂氏春秋》高誘注的「南方南國之音」的說法，指的是南方的古國，意即〈周南〉、〈召南〉之「南」應爲古國之名。但在《呂氏春秋・音初篇》的原文中還有提到「乃作爲破斧之歌，實始爲東音」、「秦繆公取風焉，實始作爲秦音」、「二女作歌，一終曰燕燕往飛，實始作爲北音」〔註38〕原文中既提到尚有「東音」、「秦音」、「北音」，可知《呂氏春秋》所欲表示的是四方之樂音。所謂之「南音」之「南」，乃指南方地域之國而言，並非專指某國。很明顯的馬瑞辰誤解其意。近人屈萬里亦說：「南，南方之國；周南，王朝所轄南方之國也」、「召南，召穆公所統轄之南國也」〔註39〕屈說是也。

　　又馬瑞辰喜用群書比對考證結論，故於訓詁上可觸類旁通，得到古書的正解。但如此廣引經傳群書的作法，卻必須考慮到引文資料的可靠性。馬瑞辰在書中常引用《三禮》、《三傳》考證禮制或史事，或以《文選李善注》中引用《韓詩》部分章句來考字等等；然而《三禮》、《三傳》在成書時間上均較《詩經》晚出，且多爲今文，其中隱含許多漢儒的思想與創作，將其套入《詩經》的解釋，顯然不是最恰當的作法。又《文選・李善》注時代更晚，徵用其書中轉引的第三手資料，其原文是否經過整理者刻意的更動，也是必須考量的因素，若以此作爲解經、考字的標準，得出的結論無疑是難以採信的。

　　《毛詩傳箋通釋》在訓詁上的成績確實相當亮麗，其發揮了清濡在小學考據上的特色與優點，使學人對《詩經》經文的文義有正確瞭解，對於文字、名物也有通盤的啓發。但此書仍有一些小缺失，像是在行文上有時體例不嚴、在說通叚時和引申觀念模糊，而使讀者產生混淆；而徵引過度，有時也難免主觀臆測。故馬瑞辰《毛詩傳箋通釋》雖在訓詁上有很優異的成績，吾人在研究本書時仍須注意到若干的缺失與未妥之處，方可對全書有完整的認識。

〔註37〕馬瑞辰：《毛詩傳箋通釋・卷一・周南召南考》，（北京：中華書局，1989 年），頁 11。

〔註38〕林品石註譯：《呂氏春秋今註今譯》，（臺北：臺灣商務印書館，1985 年），頁 155～157。

〔註39〕屈萬里著：《詩經詮釋》，（臺北：聯經出版事業股份有限公司，2004 年），頁 3、21。

第五節　《毛詩傳箋通釋》之學術價值

　　清儒在《詩經》學上之最大成績即在考證之學，梁啓超《清代學術概論》便說：「夫無考證學則是無清學也。」〔註40〕然考證學範圍甚廣，舉凡輯佚、版本、目錄、校勘、訓詁都在考證學之範疇，而清儒在考證學中成就最大者當首推訓詁一科，梁啓超亦云：「考證學之研究方法雖甚精善，其研究範圍卻甚拘迂。其中成績最高者，爲訓詁一科；然經數大師發明略盡，所餘者不過糟粕。」〔註41〕可見訓詁學，實爲清代相當重要的一門學問。然清人訓詁又有漢學與宋學的門派之分，漢學精於考據，但其固守家法，常墨守古訓而不知變通；宋學較能不受古義拘束，但往往望文生義，立論空泛，也有疏於訓詁之弊端。故清代學者或囿於門派師法，治經有所偏頗，時常不能得到經意正詁，對經典的詮釋也容易有所誤差。

　　眾多清儒投入研究的經書中，《詩經》爲時代較早之作品，除了擁有份量浩繁的文字音韻問題，又有古文《毛詩》、今文之《三家詩》的差異，不僅在字義、章句上有所區隔，更會對經文意義的詮釋造成歧異。因此，《詩經》不僅在內容與材料上提供了清儒發揮訓詁考證的空間，也成爲最能顯現清代訓詁學成就的一部經典。在眾多學者關於《詩經》的著作中，最能凸顯清人文字、音韻、名物、考據之優點者，便是馬瑞辰的《毛詩傳箋通釋》一書。

　　馬瑞辰繼父之志以考據學爲研究標的，其交遊之友人如胡承珙、郝懿行等亦多爲考據學名家，想必對其實事求是的研究態度亦多所影響；《毛詩傳箋通釋》書前例言提到：

> 考證之學，首在以經證經，實事求是。顧取證既同，其說遂有出門之合。瑞辰昔治是經，與郝蘭皋戶部、胡墨莊觀察有針芥之投，說多不謀而合，非彼此或有襲取也。〔註42〕

又說：

> 說經最戒雷同，凡涉獵諸家，有先我得者，半皆隨時刪削。間有義歸一是，而取證不同，或引據未周，而說可加證，必先著其爲何家之說，再以己說附之。又有積疑既久，偶得一說，昭若發矇，而其

〔註40〕梁啓超：《清代學術概論》，（臺北：臺灣商務印書館，1994 年 1 月），頁 51。

〔註41〕梁啓超：《清代學術概論》，（臺北：臺灣商務印書館，1994 年 1 月），頁 115。

〔註42〕馬瑞辰：《毛詩傳箋通釋‧例言》，（北京：中華書局，1989 年），頁 1。

書或尚未廣布，遂兼取而詳載之。亦許叔重「博采通人」之意也。
〔註43〕

馬瑞辰著書旨在通釋《傳》、《箋》，所以希望以實事求是之精神來達成疏通《傳》、《箋》的目的，同時兼採各家之長，凡是有益於解經之說法，他都加以引證。馬氏如此的治學態度，不僅可以經由異文比對出經傳的正解；其實事求是的考證觀念，是對宋、元、明以來，較長時間釋《詩》空疏的反推。

更重要的是，馬瑞辰在解釋《詩經》時不為門派宗法與《傳》、《箋》所囿，訓解舊說，證據較為周全。相對於不少學者尊崇古義的態度，馬氏以中立的角度，脫離傳統舊說的羈絆，疏釋《傳》、《箋》之餘，尚兼採《三家詩》以解經，釐清自鄭玄以來《毛詩》與《三家詩》所產生的混淆，尋求詩意正詁的同時，也對古文的《毛傳》與今文的《三家詩》做出了調和與折衷。為清代經學漢學、宋學門派之爭與今古文爭論另闢蹊徑，故可自成一家。《毛詩傳箋通釋》在清代治《詩》作品中有著相當重要的地位，後人對此書也頗有好評，李慈銘在《越縵堂讀書記》評曰：

> 乃依詩詮釋，先列《傳》、《箋》，下申己意，亦往往與毛鄭相違，為必本之古訓古言，且多駁正宋以後儒肊決之說，固為治詩者不可少耳。〔註44〕

梁啟超也說：

> 清學自當以經學為中堅，其最有功於經學者，則諸經殆皆有新疏也。……其在詩：則有陳奐之《詩毛氏傳疏》，馬瑞辰之《毛詩傳箋通釋》，胡承珙之《毛詩後箋》。〔註45〕

在《中國近三百年學術史》中也說：

> 由今觀之，乾隆間經學全盛，而專治詩者無人，戴東原輩雖草創體例，而沒有完書，到嘉道間，纔先後出現三部名著，一、胡墨莊（承珙）的《毛詩後箋》，二、馬元伯的（瑞辰）的《毛詩傳箋通釋》，

〔註43〕馬瑞辰：《毛詩傳箋通釋・例言》，（北京：中華書局，1989 年），頁 2。

〔註44〕李慈銘著：《越縵堂讀書記》，（臺北：世界書局，1961 年），頁 584。

〔註45〕梁啟超：《清代學術概論》，（臺北：臺灣商務印書館，1994 年 1 月），頁 81。

陳碩甫的（奐）的《詩毛氏傳疏》，胡、馬皆《毛》、《鄭》並釋，陳則專於《毛》，胡、馬皆有新解方標專條，無者闕焉，陳氏則純爲義疏體，逐字句訓釋。〔註46〕

近人屈萬里對馬瑞辰的《毛詩傳箋通釋》更有很高的評價，他說：

清代關於《詩經》的著作很多，卓然可取的也很不少。其中專主《毛傳》而功力最深的，有胡承珙的《毛詩後箋》，和陳奐的《詩毛氏傳疏》。兼申毛鄭；又不拘門戶之見的，則有馬瑞辰的《毛詩傳箋通釋》。在清代說詩的專書裡，我認爲馬氏此書，是一部最好的著作。〔註47〕

　　總而言之，清人從事訓詁工作時，不論遵從漢學派的固守舊說，或是宋學派的勇於創新，對《詩經》的詮釋上都會產生許多難解的問題。而馬瑞辰《毛詩傳箋通釋》一書，以實事求是的態度，摒棄門派之見，擷取前人說詩所長，兼採《三家詩》的異文資料以疏通《毛傳》、《鄭箋》，不僅在《詩經》學上解決了許多古音義的問題，在經學的角度上，更調和了漢學與宋學的衝突，從而展現出一種全新的視野，對《詩經》的研究有很大的意義與價值。

〔註46〕梁啓超：《中國近三百年學術史》，（臺北：臺灣中華書局，1956年），頁184。

〔註47〕屈萬里著：《詩經詮釋》，（臺北：聯經出版事業股份有限公司，2004年），頁23。

第三章　六書假借與經傳用字叚借釋義

第一節　六書假借與經傳通叚

　　訓詁是清人學術的重心，而訓詁的基礎則在於字詞之訓解。而訓解古籍經傳的字詞往往因為時空的不同或用字習慣的改變而產生變化，造成研讀、考據上的困難；在古籍中存有一種特殊的用字方式，便是前人所說的「叚借字」。我國古籍中，假借字與本字時常兼相互用，使用上甚是繁雜，時常帶給閱讀古籍的人許多不便，更容易對經籍的文句產生誤解。故以訓詁的角度來說，要訓解古籍經傳，就必須先考證文字的本字本義，以及其假借或通用的來由，這是訓詁工作上極為重要的課題。清人王引之便說：

> 訓詁之旨，存乎聲音。字之聲同聲近者，經傳往往假借。學者以聲求義，破其假借之字而讀以本字，則渙然冰釋，如其假借之字而強為之解，則詁籟為病矣。〔註1〕

　　王氏之說解釋了假借對於解讀古籍的重要性，也說明了「通假借」是訓詁工作上不可缺少的步驟。故歷來研究古籍之學人，在訓解古書的同時，都必須要先解決假借字所帶來的問題。馬瑞辰研究《毛詩》，而《毛詩》為古文經，經文甚

〔註1〕王引之：《經義述聞‧序》，（臺北：世界書局，1975年出版），頁2。

多假借，因此馬氏對於假借字也相當的重視，他在《毛詩傳箋通釋》中即言：

> 《毛詩》爲古文，其經字類多假借。……說《詩》者必先通其假借，
>
> 而經義始明。〔註2〕

馬瑞辰認爲「通假借」是詮釋《毛詩》時的首要工作，對於解讀《毛詩》有很大的作用，說解《毛詩》詩句必須辨識詩句中的假借字，進而可以追本溯源，詮釋或考證詩意或前人的解釋，方可得到正詁。

　　然而，訓詁範疇所使用的假借，一般稱爲通叚，與六書的假借有所不同。當我們在面對通叚的問題時，不得不牽涉到六書假借的討論，因爲早期研究假借字之學人，往往會把通叚與六書的假借混爲一談，使得假借與通叚不明，自然在假借字的取捨上，便會產生許多問題。本論文之目的在討論《毛詩傳箋通釋》一書之通叚字，故必須先對假借觀念有所釐清，界定其假借之範疇，方可詳論馬氏書中假借。本章擬先辨析六書假借與經傳通叚的界定，然後論通叚字之相關議題與馬瑞辰面對假借時的觀念與得失。

　　假借原是《說文解字》中六書理論之一，《說文解字·敘》中提到：

> 假借者，本無其字，依聲託事，令、長是也。〔註3〕

段玉裁注曰：

> 叚借者，古文初作，而文不備，乃以同聲爲同義……託者，寄也。謂
>
> 依傍同聲而寄於此，則凡事物之無字者，皆得有所寄而有字。〔註4〕

　　據許叔重的定義與段玉裁解釋，所謂的假借是記錄語言的時候，依循同音多同義的原則，借用已經造出的同音文字，來替代未造出的文字。「古文初作，而文不備」只是假借字出現的原因之一，主要的原因在於，很多抽象的語助詞、代詞或方位詞無法用象形、指事、形聲的方法造字，故便假借同音的字來替代；如「隹」字本爲鳥之總名借作發語詞、「西」本爲鳥巢的象形，後借爲方位詞。由此可以看出，假借其實是一種克服造字困難的造字法，由字形的角度看來，

〔註2〕馬瑞辰：《毛詩傳箋通釋·卷一·毛詩古文多假借考》，（北京：中華書局，1989年），頁23。

〔註3〕許慎：《說文解字·敘》，（臺北：洪葉文化事業有限公司，1998年10月出版），頁764。

〔註4〕許慎著、段玉裁注：《說文解字注·敘》，（臺北：洪葉文化事業有限公司，1998年10月出版），頁764。

並未造出新字，但在文字與語言的實際配合上，假借等於是造出了新字；如「人」字的異文「大」被借作大小之「大」，用來表示抽象的大小概念，僅僅只是借用了「大」字的字形與字音，和原來的本義是完全沒有關係的。

故六書的假借字其實是被當作一種表音的符號來使用，不再具有表意的功能，因此可視爲一種造字的方法。李國英在《說文類釋》中言：

> 造字假借者，凡會意、形聲所从形符或聲符乃佗字之假借者屬此類。
>
> 所假之字，故惟取音同，而無涉於義。〔註5〕

六書的假借是完全從聲音的角度來考量的，假借字與被借字毫無意義上的關連，假借字只是被視爲一種表音的符號，通過對文字的假借，不僅可以減少造新字，更可以解決造字的困難，是一種可以使語言與文字在使用上互相適應的造字方法。

自許慎以來，歷代小學家在討論到假借時，都將假借與其他五書同視爲造字的方法之一。至清代戴震提出「四體二用」說，認爲指事、象形、形聲、會意爲造字之法，而轉注、假借爲用字之法，他的弟子段玉裁深受影響，也認爲六書應該依體、用分爲兩類：

> 戴先生曰：「指事、象形、形聲、會意四者，字之體也；轉注、假借二者，字之用也。」……蓋有指事、象形而後有會意、形聲，有是四者爲體，而後有轉注、假借二者爲用。〔註6〕

自戴、段二人倡「四體二用」之說，清代小學家對於六書假借字的本質產生討論，但也因此與經傳的通叚產生了混淆。

將六書依照體、用分爲兩類是相當不妥的作法，因爲轉注字在性質上並非用字，如「老」、「考」二字互訓，但「老」與「考」是絕對的同義詞，僅僅在字形與字音上稍微不同而已。轉注與形聲字的造字方法相同，且轉注字也都是形聲字。如《爾雅・釋詁》：「初、哉、首、基、肇、祖、元、胎、俶落、權輿，始也。」〔註7〕除「始」以外，其餘不是假借就是引申。戴、段以訓詁學上的通

〔註5〕 李國英：《說文類釋》，（臺北：南嶽出版社，1970年3月），頁518。

〔註6〕 許慎著、段玉裁注：《說文解字注・敘》，（臺北：洪葉文化事業有限公司，1998年10月出版），頁762～764。

〔註7〕 李學勤主編：《爾雅注疏》，（北京：北京大學出版社，1999年出版），頁8。

叚與詞義的引申來界定轉注，是不正確也不必要的作法；又六書的假借如前所述，乃運用借音推義的方法，使語言中的未造字得以有所寄託，在字形的使用上造出新字，亦當視為造字之法，與用字的通叚毫無相關，不可混為一談。魯實先《假借遡原》便說：

> 苟非諦知初形本義，亦未可言轉注假借。此所以二者皆為造字之法，振古莫明者矣。要而言之，中夏文字所以迴絕四夷者，乃以其形義相合。自象形指事而繹為會意形聲，捨狀聲與譯音之字，及方國之名以外，一切皆以象形為主。其有相違者，非許氏釋義之誤，與釋形之誤，則為字形之譌，或為假借構字。此證之《說文》釋義，與殷周古文，及先秦漢晉之載記，可以斷言六書之假借，必如劉氏《七略》之言，為造字之軌則。惟其所言率略，是蓋得知傳聞，非必知其詳審，此所有待於遡原之作也。許氏未知此恉，故誤以引申說假借，且以形聲之字聲不示義者，為其正例。後之說者，見形聲字聲不示義，則曰形聲多兼會意，而未知必兼會意也。或曰凡從某聲必有某義，而未知聲文相同者，或有假借寓其中，故不必義訓連屬也。或如劉熙《釋名》之類，據假借之字而加以曲解，是皆未知假借造字之理，故爾立說多岐。遜清以還之言文字訓詁者，大率求之聲音，而愁就其字形，是尤失其之輕重不侔矣。……準是而言，文字因轉注緜衍，以假借而構字，多為會意形聲，亦有象形指事，是知六書乃造字之四體六法，而非四體二用。〔註8〕

魯實先所言甚是，六書假借確為造字之法，非戴、段所言之用字之法，且與古籍經傳所言之用字不同。故假借在性質上可分為造字假借與用字假借，兩者不可一概而言之。

以上所言均屬「本無其字」之假借，即文字學上六書之假借。而在先秦古籍中，另存有一種相當特殊的假借方式，不屬於本無其字的假借，而是屬於本有其字的「用字假借」，清儒通稱為「通叚」，以便與許慎的六書「假借」作區隔。這種有本字的借字，或因古時字少，或因古人著述態度不夠謹慎而出現，《經典釋文》引鄭玄之語云：「其始書之也，倉卒無其字，或以音類比方為之，趣於

〔註8〕魯實先：《假借遡原》，（臺北：文史哲出版社，1973年出版），頁256～259。

近之而已。」〔註9〕古文及經典文字，因爲「倉卒無其字」，往往本字現存，卻不用本字，而用同音的通叚字，可說是有意的借用他字來表意。如《論語·子路》篇言：

刑罰不中，則民無所錯手足。〔註10〕

「錯」本義爲涂，《說文》：「錯，金涂也。」但此句「民無所錯手足」意爲百姓手足無措，無所適從之意，若以「錯」字本義解釋則不成辭，故知此句之「錯」乃是「措」之通叚。

又如《論語·陽貨》：

公山弗擾以費畔，召，子欲往。〔註11〕

此句「畔」字之本義爲田界，《說文》：「畔，田界也。」而此句乃言公山弗擾踞費邑意圖謀反，請孔子，孔子準備前往。若以「田界」解釋則無法成文，故此句之「畔」乃同於《孟子·公孫丑下》所言：「周公知其將畔而使之與？」〔註12〕之「畔」，皆當爲「叛」之通叚。

借「錯」爲「措」、借「畔」爲「叛」便是所謂的「用字假借」，是運用假借的原理，以便靈活使用文字，這是屬於訓詁上的範疇，與六書的假借無關。李國英便云：

運用假借者，是乃文字之用，所以濟象形、指事、會意、形聲、轉注之窮而通其用於不窮者也。轉注所以恣文字之孳乳，而運用假借則所以節文字之孳乳者也。轉注必音同義近，假借則但取音同而已。

〔註13〕

這類有本字的「用字假借」，在先秦經典中時常出現，其原因或由於記錄語

〔註 9〕陸德明：《經典釋文·序》，（濟南：山東友誼書社，1991 年出版），頁 14。

〔註10〕李學勤主編：《十三經注疏·論語注疏》，（北京：北京大學出版社，1999 年 12 月），頁 171。

〔註11〕李學勤主編：《十三經注疏·論語注疏》，（北京：北京大學出版社，1999 年 12 月），頁 234。

〔註12〕李學勤主編：《十三經注疏·孟子注疏》，（北京：北京大學出版社，1999 年 12 月），頁 118。

〔註13〕李國英：《說文類釋》，（臺北：南嶽出版社，1970 年 3 月），頁 447～448。

言時，一時想不起本字，便以同音字替代，即鄭玄所說「倉卒無其字」；或由於避諱而改字；〔註14〕又或爲使文字和語言配合更加貼近。〔註15〕不論通叚目的爲何，我國古書中普遍出現的通叚字與六書的假借雖然本源一樣，但在使用的性質上卻是大相逕庭的，兩者不同在於：前者是爲了書寫需要靈活運用文字；後者則是爲補救造字不足。前者在界定上必先求出與其同音或音近之本字，方可貫穿文義，得出正解；後者則在文字上已屬普遍，若非追求造字本源，已無討論的必要。

因此，六書假借與經傳通叚在性質上完全不一樣，不可以混淆討論的。然而清代學者往往太過注重訓詁工作，忽略了兩種借字在性質上的差異，因此將六書假借與通叚當成同一類來解釋，在訓詁經典時便容易緣詞生訓、穿鑿附會，無法求出正詁。故訓詁的假借是以本字爲討論對象，非針對某字的本身字義是否假借或造字與否。而本論文討論馬瑞辰《毛詩傳箋通釋》一書之假借字，正屬「用字假借」的通叚字之範疇，故在討論其通叚字之前，必先對馬氏所談假借之範圍與觀念作一釐清。

第二節　通叚字與本字

訓詁學上所謂的「本字」是與「通叚字」相對的名稱，由於我國古籍中出現通叚字的情形相當普遍，解經者欲求經義正解，必先通過對通叚本字的考證，以求經傳正解，因此若脫離通叚的範疇而討論本字，是沒有任何意義的。因此，想要深入討論通叚的問題，則必先對本字的定義與其和通叚字之間的關係有所認識。本節擬先討論本字一詞的適當定義，再就本字與通叚字的關係加以討論。

關於本字一詞，前人在使用上並不一致，或有人以爲本字指的是文字初作時的「原始」字形，如將「𦥑」當作「舜」的本字。但事實上「𦥑」與「舜」僅有字形上之不同，乃因文字由篆文演進至楷書產生的差異，基本上只可說是

〔註14〕古人往往爲避帝王或聖人名諱而改字，如古人改「孔丘」爲「孔邱」、改「邦風」爲「國風」，皆因爲避諱而改以同音之字替代。

〔註15〕裘錫圭《文字學概要》提到：「有些有本字的假借字，有分散文字職務的作用。……用假借字來分散文字的職務，往往明顯地具有使文字能更好地反映語言的目的。」裘錫圭：《文字學概要》，（臺北：萬卷樓圖書有限公司，1994 年出版），頁 209～210。

異體字，或起於古今音變，或由於字義變遷而產生，他如「旁」與「雱」、「祀」與「禩」之類，其實都只是同一字的異體而已，與本字是毫無關係的。

另有人認為本字應解釋為「本來」之字，以古今相對的立場，將本字與後起字互相對立，認為後起的文字不可能為本字。如此的解釋並不妥當，將文字以時間的角度對立起來，便忽略在使用文字時必須要以「別義」為原則。在使用文字時，有時為了避免因假借產生的字義混淆，往往會另為叚借字加上意符，為叚借義另造本字，如「⿰」本義為羽翼，在甲文中常借為「翌日」之「翌」，為使羽翼和翌日有所區別，甲文中亦有加「日」以強調叚借義的「⿰」字；又如「栗」的本義為栗樹，但古籍同時叚借為「凓冽」與「戰慄」義，如《詩・豳風・七月》：「二之日栗烈」；《論語・八佾》：「周人以栗，曰，使民戰栗。」〔註16〕而後人為了使叚借義更加明確，便加上表示性質的意符，另造出「凓」與「慄」兩個各表「凓冽」與「戰慄」的本字，以便文字別義，在使用上不會產生混淆。這類「本字後造」的後起本字，各自符合其造字的本意，也都有別義的功能，若是因為其為後起字，認為不可能作為叚借的本字，在理論上是無法成立的。因此，將本字釋為「本來」之字，而將其與後起字互相對立，也是不妥當的解釋。

由上述的討論可知，「本字」指的並非是文字的「原始字形」，也非是指「本來」之字。所謂「本字」，正確來說應是指合於文字「造字本意」之字，《說文》中所載之字多半屬於此類，如「某」字，《說文》說：「酸果也，從木甘。」《說文》依字形解釋文字造作之本意，因此僅記錄「某」字酸果的本義，而對其作為代詞的假借義存而不錄；又如「簡」字，《說文》曰：「牒也。」許慎僅對「簡」的本義作解釋，而不紀錄「簡略」、「輕慢」等假借義。清人王念孫云：

> 《說文》之訓，首列製字之本意，而亦不廢假借。凡言一曰及所引經，類多有之。……不明乎假借之指，則或據《說文》本字以改書傳假借之字，或據《說文》引經假借之字以改經之本字，而訓詁之學晦矣。〔註17〕

〔註16〕李學勤主編：《十三經注疏・論語注疏》，（北京：北京大學出版社，1999 年 12 月），頁 30。

〔註17〕許慎著、段玉裁注：《說文解字注・王念孫序》，（臺北：洪葉文化事業有限公司，

王說所言極是，所謂本字即爲合於「造字本意」之字，若某字在經籍中只借用另一字之字音，其字形與文意無涉，自爲假借字無疑。如《詩·小雅·小明》：「自貽伊戚」之「戚」，本是指兵器而言，然於此句之中，僅僅只借用其字音以表示憂感義，在字形上與文意是無關的，《論語·述而》：「小人長戚戚」〔註18〕亦同。

我國文字經過長時間的演進，使用文字的方式相當多元；用以表示自身本義的字稱爲本字，由本義繁衍派生之義則爲引申，而本字現存，卻不用本字，而易以同音之字替換者，則稱爲叚借，或稱通叚。李國英《說文類釋》云：

> 有本字之假借者，各有本義，唯以聲音關係而相借用，或同音假借，或雙聲假借，或疊韻假借。凡屬此類，或借字行而本字廢，或借義行而本義廢，或並行比配。〔註19〕

以下即將有本字之叚借分爲三類，各舉例討論之，以說清通叚字與本字之關係：

（一）借字行而本字廢

此類文字不論時代早晚，各有造出本字以替代經典常用之通叚字，但或許是因爲文字使用上的習慣，使得本字造出之後，使用的人甚少，經典亦未見用例，這些本字反成爲死字或冷僻字，沒有成功的取代習用的通叚字。如：

「然」，《說文》：「然，燒也。」是「燃」之初文，經典或文字使用上時常使用之然否之意則爲叚借。《說文》另有「嘫」字，云：「嘫，語聲也，從口，然聲。」這是爲表示然否之意的後造本字，但是「嘫」字並未通行，經典中至爲少見，一般仍沿用「然」表示然否之意。

「衛」，《說文》：「將也。」此爲將帥之本字，然經典中言將帥只見用「帥」，而無用「衛」之例。「帥」之本義爲佩巾，《說文》曰：「帥，佩巾也。」帥作將帥乃是叚借之用法，但本字「衛」卻沒有通行而成死字。

「須」，《說文》：「須，頤下毛也。」「須」之本義爲鬍鬚，而等待義「須」

1998 年 10 月出版），頁 1。

〔註18〕李學勤主編：《十三經注疏·論語注疏》，（北京：北京大學出版社，1999 年 12 月），頁 77。

〔註19〕李國英：《說文類釋》，（臺北：南嶽出版社，1970 年 3 月），頁 462。

則是叚借義，為使本義借義區隔，另造「竢」字以表等待之意，《說文》：「竢，立而待也。」其字從立，以表示立而等待之意，但「竢」字沒有通行，反而成為罕見的冷僻字，據段玉裁言，此字僅見於《漢書・翟方進傳》。〔註20〕

「衰」，是「蓑」字初文，故篆文作「兪」，象有草在衣上之形，本為草製雨衣，後叚借為表衰敗之義。《說文》中另有收「癏」字，言：「癏，減也。」字從疒以使衰敗義更顯著，但經傳用字仍沿用「衰」表衰敗，並未採用後起的本字。

此類文字均有為叚借義專造的本字，但或由於叚借義通行已久，或由於使用文字的習慣，致使刻意造出的本字不被採用，而漸漸成為死字或冷僻字，最終為語言所淘汰而消失，便是所謂「借字行而本字廢」之通叚字。

（二）借義行而本義廢

此類文字並沒有為假借義另造本字，且假借的時間也長，故漸漸約定俗成，文字通行愈久，便愈難察覺此類文字的本義為何。例如：

「豆」，《說文》曰：「豆，古食肉器也。」本指古代盛肉所用之食器，後為「菽豆」之假借義所專，久假不歸，而致使本義不見，後人僅用其表示「菽豆」之義。

「北」，《說文》：「北，乖也，從二人相背。」北的本義為相背，因北方為背陽之方位，故假借為方位詞，時間一久，便取代原來本義，成為方位之專字。

「來」，《說文》：「來，周所受瑞麥來麰也，……，天所來也，故為行來之來。」來本指穀物，後假借為行來之來，便使本義為假借義所專，而專指行來之義。

「尊」，《說文》曰：「尊，酒器也。《周禮》六尊：犧尊、象尊、著尊、壺尊、大尊、山尊，以待祭祀賓客之禮。」尊本祭祀時所用之酒器，後為尊重義所專，遂使本義不再通行。

這類文字其實都各有本義存在，但是因為假借之後久借不還，約定俗成之

〔註20〕「竢」字下段氏注曰：「須者，竢之假借，竢字僅見於《漢書・翟方進傳》。」段玉裁：《說文解字注》，（臺北：洪葉文化事業公司，1998 年出版），頁 505。

下，以漸成爲專指假借義的文字，加上沒有另外製作可區隔假借義的本字，沿用至今，一般用字者實難察覺其爲假借之字，而若非需要探究文字的本源，已無討論之必要。

（三）叚借義與本義並行比配

此類文字在使用上除了本字本用以外，尚同時兼表其他的假借義，使借義本義並行，如：

「師」，《說文》曰：「師，兩千五百人爲師。」師本爲師眾之意，後叚借爲「教師」，如韓愈《師說》：「古之學者必有師」；又叚借爲「獅」，如《漢書・西域傳》〔註 21〕作「師子」。師作爲師眾的本字今仍存在，且又兼有「教師」、「獅子」之叚借義，一字數義。

「簡」，《說文》：「簡，牒也。」簡之本義爲簡牒，同時也兼表「輕慢」之意，如《孟子・離婁下》云：「我欲行禮，子傲以我爲簡，不亦異乎？」〔註22〕又借爲「簡略」之意《論語・雍也》：「居敬而行簡。」〔註23〕「簡」一字兼表數義，本義叚借義並行。

「角」，《說文》云：「角，獸角也。」角之本義爲獸角，亦引伸有號角等義，除本字本用之外，角又假借爲「宮」、「商」、「角」、「徵」、「羽」之音律名稱；又假借爲「角色」；或可假借爲「口角」。同一字除了原有之本義，又兼表其他假借義。

「矢」，《說文》：「矢，弓弩矢也。」矢之本義爲弓弩所射之箭，至今仍使用本義，如「眾矢之的」。同時又可假借爲「誓」，如《詩・大雅・大明》：「矢於牧野」；或借爲「屎」，如《史記・廉頗藺相如列傳》：「三遺矢。」〔註24〕

〔註21〕《漢書・西域傳》：「烏弋山離國，王去長安萬二千二百里……有桃拔、師子、犀牛……。」班固：《漢書・西域傳》，（臺北：洪氏出版社，1975 年出版），頁 3889。

〔註22〕李學勤主編：《十三經注疏・孟子注疏》，（北京：北京大學出版社，1999 年 12 月），頁 232。

〔註23〕李學勤主編：《十三經注疏・論語注疏》，（北京：北京大學出版社，1999 年 12 月），頁 70。

〔註24〕司馬遷：《史記三家注・廉頗藺相如列傳》，（臺北：七畧出版社，1991 年 9 月 2 版），頁 989。

這類本義與假借義同時並行的字數量相當龐大，一字時常兼有本義與假借義，而假借義有時還不只一種，在判讀上需藉由前後文意的比對，才會發現其通叚後所表達的意義。

以上針對「本字」之定義、性質與通叚字之關係做出闡釋，並舉例說明以清眉目，對於理解我國古籍中大量的通叚字而言，認識「本字」與其和通叚字的關係，是有其必要性的。

第三節　如何界定與避免濫用通叚字

在詳細的討論通叚字之前，首先我們必須要面對的是：那些是通叚字？如何辨識散見在典籍中的通叚字？如何從古書中發現通叚字，是頗有難度問題。其原因在於我們面對古書時，古書的作者並不會說明那一類的字屬於通叚，甚至在六書理論完整建立之前，解經的經師也許根本沒有假借的觀念；如《毛詩》為古文，經文中有許多叚借字，但是毛亨作傳時，卻從未說明那些字是通叚字。這種現象普遍存在於先秦的典籍中，往往本字現存，卻借用其他音同音近的字來替代，研讀古書之人若改讀以本字，便可怡然理順，若不破字讀之，則以文害辭，曲解文意。漢代經師解經，亦發現這種情況，在訓釋典籍時，便會以若干術語指出通叚之處，提醒治經者應該改回本字讀之。

研究訓詁的目的在於通曉古籍，而散見於古籍中的大量通叚字，對讀者而言是一大困擾，而漢人為解決這樣的難題，便在注解古書時，往往使用訓詁術語來指出需改讀以本字之處，茲列舉如下：

（一）讀為、讀曰

讀為、讀曰兩術語，主要用在以注音破讀通叚字。「讀」，《說文》釋為「籀書」，段玉裁注曰：

> 漢儒注經，斷其章句為讀，如《周禮》注鄭司農讀火絕之，《儀禮》注舊讀昆弟在下，舊讀合大夫之妾為君之庶子，女子子嫁者，未嫁者是也。擬其音曰讀，凡言讀如、讀若皆是也，易其字以釋其義曰讀，凡言讀為、讀曰、當為皆是也。〔註25〕

〔註25〕許慎著、段玉裁注：《說文解字注》，（臺北：洪葉文化事業有限公司，1998 年 10

由段氏之言可知,凡漢儒注經出現讀如、讀若之例者,主要目的在爲漢字注音;而凡是經典需要破讀之字,便使用讀爲、讀曰之例。故可知讀爲、讀曰乃是用在破讀古人改字或通叚之上,常見的形式爲「Ａ讀爲Ｂ」、「Ａ讀曰Ｂ」,即表示Ａ爲通叚字,Ｂ爲本字。如:

> 《詩・衛風・氓》:「隰則有泮。」《箋》:「泮讀爲畔,畔,涯也。」
> 〔註26〕

> 《詩・小雅・斯干》:「似續妣祖。」《箋》:「似讀爲巳午之巳。」
> 〔註27〕

> 《禮記・樂記》:「禮得報則樂,樂得其反則安。」鄭注云:「報讀爲褒,猶進也。」〔註28〕

故前人注釋古書,以讀爲、讀曰之例標明注音以破叚借字,即段玉裁所言之「易其字」,其目的在於提醒治經者需易字改讀,避免對經文產生誤解。

(二)當爲、當作

當爲、當作一般用來校正因字形或字音上的譌誤所產生的改字,段玉裁曾說:

> 當爲者,定爲字之誤、聲之誤而改其字也,爲救正之詞,形近而訛,謂之字之誤,聲近而訛,謂之聲之誤,字誤聲誤而正之,皆謂之當爲。凡言讀爲者,不以爲誤;凡言當爲者,直斥其誤。〔註29〕

又說:

> 凡易字之例,於其音之同部或相近而易之曰讀爲;其音無關涉而改易,字之誤,則曰當爲,或音可相關,而義絕無關者,定爲聲之誤,則亦曰當爲。〔註30〕

月出版),頁91。

〔註26〕鄭玄:《毛詩傳箋》,(臺北:新興書局,1964年10月新一版),頁25。

〔註27〕鄭玄:《毛詩傳箋》,(臺北:新興書局,1964年10月新一版),頁73。

〔註28〕孫希旦:《禮記集解》,(臺北:文史哲出版社,1988年出版),頁944。

〔註29〕段玉裁:《段玉裁遺書・周禮漢讀考序》,(臺北:大化書局,1986年),頁632。

〔註30〕段玉裁:《段玉裁遺書・周禮漢讀考序》,(臺北:大化書局,1986年),頁635。

據段氏之言，形近而誤則爲「字之誤」，音近而誤則爲「聲之誤」。古籍之中如遇字誤、聲誤，需改正而後義順之例，則出當爲、當作之例。如：

《禮記・學記》：「兌命曰。」鄭注：「兌當爲説字之誤也。」〔註31〕

《禮記・樂記》：「石聲磬」鄭注：「石聲磬，當爲罄字之誤也。」

〔註32〕

《詩・邶風・雄雉》：「自詒伊阻」《箋》：「伊當作繄。繄，猶是也。」

〔註33〕

《詩・小雅・常棣》：「常棣之華，鄂不韡韡。」《箋》云：「承華者曰鄂。不，當作拊。拊，鄂足也。」〔註34〕

當爲、當作雖主要用以訂正字形或字音上之訛誤，但因「聲之誤」與叚借相近，故當爲、當作有時亦可用來破讀叚借字，如上舉《詩・小雅・常棣》之例。

（三）某與某古通用、古聲某某同

文字古今不同，讀音往往亦有區別，前儒注解經書，如遇古同音相通叚者，便出某與某古通用或古聲某某同之例，以說明通叚關係。如：

《詩・大雅・文王》：「陳錫哉周。」《毛傳》：「哉，載。」《正義》云：「哉與載古字通用。」

《詩・豳風・東山》：「烝在栗薪。」《箋》曰：「栗，析也。言君子又久見使者析薪，於事尤苦也。古者聲栗、裂同也。」

《詩・小雅・常棣》：「烝也無戎。」《毛傳》：「烝，塡。」《箋》：「古聲塡、寴、塵同。」

通叚的問題時常發生在閱讀古籍之中，經過遜清學者大力的整理之後，現今學人所面對的問題，已不完全在於如何從古書中發現通叚字，更需注重如何取捨與判斷清儒所指出的通叚字的正確性。清儒爲訓解古籍而研究通叚，本是對注解古書的一大助力，但某些學者對於通叚的使用過於浮濫，往往發現古籍

〔註31〕　孫希旦：《禮記集解》，（臺北：文史哲出版社，1988 年出版），頁 877。

〔註32〕　孫希旦：《禮記集解》，（臺北：文史哲出版社，1988 年出版），頁 933。

〔註33〕　鄭玄：《毛詩傳箋》，（臺北：新興書局，1964 年 10 月新一版），頁 13。

〔註34〕　鄭玄：《毛詩傳箋》，（臺北：新興書局，1964 年 10 月新一版），頁 60。

文意與自身理解不同，便妄言通叚，風氣一開，便出現不少的流弊。

講通叚，一般都以同音或音近的字而言，即所謂「同音通叚」、「音近通叚」。但許多清儒喜言「雙聲」、「疊韻」，認爲只要聲母或韻母相同便可通借，甚至還有所謂的「一聲之轉」，即使兩字聲韻俱異，亦可通叚。如此將通叚字的範圍無限的擴大延展，不免太過冗雜，漫無體例，如馬瑞辰在《詩‧大雅‧文王》「有周丕顯，帝命不時」一條下言：「時當讀爲承，時、承一聲之轉。」〔註35〕以時訓美，爲承之叚借，但以文句看來，此句乃言凡周之人士，累世皆光明偉大，上帝不拘於時而給予庇佑，依文句已可通讀，實無通叚改字之必要。又如同詩「無聲無臭」條，馬瑞辰言：「聲當爲馨之假借。」〔註36〕馬氏當以香臭之對立爲訓，然「臭」應是氣味之總稱，乃言天道難以捉摸，耳不可聞其聲，鼻不可嗅其味。此句亦可直接訓解，無勞通叚，馬氏之解乃妄言通叚。

通叚字產生於文字書寫用字之中，只單憑一字，是無從判斷其是否爲通叚字的。故須以謹慎之態度面對，絕不可將通叚字作單獨的討論，必先以文句作考量，文句中本義與引申都不可解時，才考慮通叚的問題，否則便容易穿鑿附會，曲解經意。近人高本漢在面對清儒通叚問題時，態度便極爲謹慎保守，董同龢翻譯高氏《詩經注釋》，即在序中提到：

> 高氏不輕言假借。前人說某字是某字假借時，他必定用現在的古音知識來看那兩個字古代確否同音（包括聲母和韻母的每一部分）。如是，再來看古書裡有沒有同樣確實可靠的例證。……他曾不止一次的批評馬瑞辰的輕言假借。他說：中國字的同音字很多，如果漫無節制的談假借，我們簡直可以把一句詩隨便照自己的意思去講，那是不足爲訓的。〔註37〕

且不論高本漢的作法是否過於保守，或有矯枉過正之處，但是他嚴謹的處理通叚問題，這種態度卻是無庸置疑的。由古籍句讀中尋求通叚字，所找出的本字並沒有絕對的必然性，因爲通叚產生是由於前人用字不嚴所致，並非所有的通

〔註35〕馬瑞辰：《毛詩傳箋通釋‧卷二十四》，（北京：中華書局，1989 年），頁 793。

〔註36〕馬瑞辰：《毛詩傳箋通釋‧卷二十四》，（北京：中華書局，1989 年），頁 800。

〔註37〕高本漢著、董同龢譯：《詩經注釋‧譯序》，（臺北：國立編譯館中華叢書編輯委員會，1979 年），頁 4。

叚都是有意爲之的。而清人往往在此處琢磨過多，自不免鑿空妄言，與實際的情況相差甚遠。因此，欲討論通叚字，除對通叚的觀念有清楚的認識之外，尚須以謹慎的態度來取捨、衡量通叚字的正確與否，否則便是以文害辭，大大降低訓詁對經典的功用了。

第四節　馬瑞辰《毛詩傳箋通釋》的通叚觀

我國古書中存有許多的通叚字，如果忽視或是不當的解讀它們，就會對古書的文意產生誤解。通叚字或在日常生活中不使用，或停止使用的年代頗早，時常對研讀古籍的人造成一定程度上的困擾。清儒解讀古籍的水準極高，他們爲許多古籍中的通叚字找到可以匹配句意的本字，解決了許多研讀古書的障礙，此清儒在訓詁上的重要表現。

馬瑞辰的《毛詩傳箋通釋》是乾嘉時期釋《詩》的代表作之一，其書雖不以通叚字爲研究對象，但因《毛詩》中存有大量的通叚字，故以通叚釋《詩》便是《毛詩傳箋通釋》訓解詩句的重要方法之一。馬瑞辰說：

> 《毛詩》爲古文，其經字類多假借。……說《詩》者必先通其假借，
>
> 而經義始明。〔註38〕

馬瑞辰認爲《毛詩》經文通叚字甚多，因此要是不明通叚，就無法正確的解讀《詩經》。考辨通叚字既是《毛詩傳箋通釋》一書釋《詩》的重要方法，則對馬瑞辰個人通叚觀與對他通叚字判定之標準，亦有先瞭解與討論的必要。上一章已經提到，馬氏面對通叚的態度頗爲寬鬆，許多清儒不以通叚釋《詩》之處，馬氏往往仍以通叚的角度來看待，如《周南・卷耳》：「云何吁矣」，《毛傳》言：「吁，憂也。」陳奐從《傳》認爲「吁」爲「盱」之誤寫，馬氏則認爲「吁」是「忓」通叚；〔註39〕又如《邶風・靜女》：「靜女其姝」之「靜」，《毛傳》曰：「靜，貞靜也。」陳奐以爲從《毛傳》解爲「貞靜」即可，但馬瑞辰認爲「靜」應該是「靖」之通叚。〔註40〕且先不討論馬瑞辰所認定的通叚與找出的本字是

〔註38〕馬瑞辰：《毛詩傳箋通釋・卷一・毛詩古文多假借考》，（北京：中華書局，1989 年），頁 23。

〔註39〕馬瑞辰：《毛詩傳箋通釋・卷二》，（北京：中華書局，1989 年），頁 47。

〔註40〕馬瑞辰：《毛詩傳箋通釋・卷四》，（北京：中華書局，1989 年），頁 156。

否正確，從《毛詩傳箋通釋》喜好以通叚解讀《詩經》之作法，約略可看出馬瑞辰對通叚的態度是持比較寬鬆的態度。馬瑞辰藉由異文比對、相似句型、相關典籍作爲尋求通叚字證據的方法，大致上是與其他清代學者無異，然在認定通叚字的標準上，馬瑞辰就與其他清儒有大相逕庭之處，頗值得討論。

清儒從事訓詁工作時，喜好以《說文》爲據來考證古籍中的文字是否爲通叚字，馬瑞辰雖不能免俗，但面對《說文》的態度，卻與其他清儒有很大的差別；一般來說，清儒訓解古籍若遇到《說文》未收之字，或是相關異文資料時，會較謹慎的從校勘的方向著眼，如《詩・大雅・抑》：「無言不讎」之「讎」字，《毛傳》：「讎，用也。」《箋》曰：「教令之出如賣物，物善則其售賈貴，物惡則其售賈賤。」《說文》未收「售」字，段玉裁「讎」字下注：「《詩》云：『無言不讎』是也，引伸之爲物價之讎……物價之讎後人妄易其字曰售。」〔註41〕段氏以爲《說文》未收字「售」是後人所妄改，但馬瑞辰卻說：「鄭《箋》以售釋之，讎即售之本字。」〔註42〕認爲《說文》雖未收錄，但《詩經》仍用本字。同樣一字，但兩人得出之結論卻完全不同，段玉裁以謹慎的態度處理《說文》未收錄之字，不輕易以通叚作考量；馬瑞辰則以較爲寬泛的態度處理《說文》未收字，這樣的情形在《毛詩傳箋通釋》書中屢屢可見。

正因馬瑞辰以較寬鬆的態度處理《說文》中未收錄的字，他時常以字義相合的觀念來判定《毛詩》文句中之用字，因此對於《毛傳》出現《說文》未收字時，他往往會認爲此未收字便是通叚字。如《詩・王風・大車》：「大車檻檻」，《傳》言：「檻檻，車行聲也。」馬瑞辰說：

> 檻檻乃轞轞之假借。服虔《通俗文》：「車聲曰轞。」張參《五經文字》：「轞，大車聲。」詩借檻字。〔註43〕

《說文》無「轞」字，但馬瑞辰根據相關典籍的說解佐證，認爲《毛傳》作「檻」是借字，訓車聲當以「轞」爲是。以字義來看，訓車之聲，將從木之「檻」改

〔註41〕許慎著、段玉裁注：《說文解字注》，（臺北：洪葉文化事業有限公司，1998 年 10月出版），頁 90。

〔註42〕馬瑞辰：《毛詩傳箋通釋・卷一・詩人義同字變例》，（北京：中華書局，1989 年），頁 20。

〔註43〕馬瑞辰：《毛詩傳箋通釋・卷七》，（北京：中華書局，1989 年），頁 243。

爲從車之「轞」是無庸置疑的，但較耐人尋味的是《詩・秦風・車鄰》有「有車鄰鄰」一句，《毛傳》仍以車聲釋之，馬瑞辰卻說：

> 《漢書・地理志》引《詩》作轔，張參《五經文字》轔字注云「《詩》本亦作鄰」，《說文》有鄰無轔……是古本作鄰，轔乃後人增益之字。……《三家詩》或有作轔者，遂並改《毛詩》作轔耳……。
> 〔註44〕

馬氏顯然認爲此詩「鄰」爲本字，作「轔」是後人據《三家詩》之異文所改，但若依上舉《王風・大車》之例來看，形容車聲之字，似乎以「轔」作本字較爲合理，況且馬瑞辰自言「《三家詩》或有作轔」，但最後卻仍以爲《毛詩》古本作鄰。同樣表車聲且都爲《說文》未收之字，爲何兩條訓示準則不同，著實令人不解。

又如《小雅・天保》：「降爾遐福」，《箋》曰：「遐，遠也。」馬瑞辰言：

> 遐與嘏聲近而義同。《爾雅》：「嘏，大也。」《說文》：「嘏，大遠也。」
> 遐訓遠者，當即嘏字之假借。〔註45〕

《說文》未收「遐」，「嘏」字下段注曰：「許獨兼遠言之者，大則必遠。」〔註46〕又「遐」、「嘏」二字均從叚聲，故馬氏認爲「遐」當是「嘏」字之通叚。馬氏之說法有《說文》之本義爲佐證，「嘏」有遠義是可相信的，但訓遠之字經典均習用「遐」字而未見有以「嘏」字示遠義者，如《尚書・太甲》：「若升高必自下，若陟遐必自邇。」〔註47〕、司馬相如《難蜀父老》：「遐邇一體，中外禔福，不亦康乎！」〔註48〕《說文》未收「遐」，但經傳卻習用此字來表示遠義，以訓詁的角度來看，本句似乎沒有通叚改字的必要。

〔註44〕馬瑞辰：《毛詩傳箋通釋・卷十二》，（北京：中華書局，1989 年），頁 362。

〔註45〕馬瑞辰：《毛詩傳箋通釋・卷十二》，（北京：中華書局，1989 年），頁 511。

〔註46〕許慎著、段玉裁注：《說文解字注》，（臺北：洪葉文化事業有限公司，1998 年 10 月出版），頁 89。

〔註47〕李學勤主編：《十三經注疏・尚書正義》，（北京：北京大學出版社，1999 年 12 月），頁 213。

〔註48〕昭明太子編：《昭明文選・司馬相如・難蜀父老》，（臺北：藝文印書館，1983 年），頁 638。

　　由上舉諸例中，由「大車檻檻」、「有車鄰鄰」對「轞」、「鄰」、「轔」之判斷，可以看出馬氏對於認定通叚字的標準並不一致。而由「降爾遐福」一條，則又可看出馬瑞辰對於通叚認定上頗混亂。這種混亂主要肇因於馬瑞辰以《說文》未收之後起本字當作《說文》所收字的叚借字所致；前面提過，訓詁所言之通叚是一種用字現象，故訓詁所討論的本字乃是針對文意考量，並非是就文字是否假借，或是有無專門字而言。如「豆」、「北」借爲「菽豆」與「方位」之義，由於一直沒有爲假借義造出本字，在文字學上便視爲本無其字之假借；但在訓詁學的範疇內，「豆」作爲「菽豆」、「北」表示「方位」已是眾人所熟知的用法，在訓解古籍時，一般都會將此二字視作「菽豆」與「方位」義的本字。由此看來，則上舉「遐」字亦然，訓遠乃爲本字本用，無須考慮通叚的問題。因此，馬瑞辰將《說文》未收字當作通叚字來處理，便容易忽略一般經典常用之習用義，使通叚的觀念混亂不清。而在訓解古籍通叚時強與《說文》結合，則又會使訓詁對古籍的功用降低。

　　上一章曾提過，馬瑞辰在討論通叚時喜輾轉訓解。此類訓釋方式，往往會先求出經傳通叚之本字，然後再引《說文》爲證，指出《說文》中的本字爲何。如《詩·召南·摽有梅》：「頃筐墍之」，《毛傳》訓「墍」爲取，馬瑞辰釋曰：

> 墍者，摡之假借。《玉篇》引詩：「頃筐摡之」，蓋本《三家詩》。《廣雅》：「摡，取也。」摡亦省作既，《左氏傳》「董澤之蒲，可勝既乎？」既亦取也。《說文》訓摡爲滌……《說文》气作气，音氣，後變作乞，訓爲乞取。……气、乞、氣一字，摡、既皆當爲乞之聲近假借，故得訓取。气之通作摡，猶氣之通作既也。〔註49〕

又如《詩·衛風·碩人》：「巧笑倩兮」，《毛傳》訓「倩」爲「好口輔」，馬瑞辰言：

> 《說文》：「倩，人美字也。」是倩本人美之稱，因而笑之好亦謂之倩。《釋文》：「倩，本又做蒨。」乃倩之假借。《韓詩》遂以「蒼白色」釋之，誤矣。又按倩與瑳，瑳與此，皆雙聲。〈竹竿〉詩云「巧笑之瑳」，而此云「巧笑倩分」，倩當即之瑳假借，又爲齜之假借。

〔註49〕馬瑞辰：《毛詩傳箋通釋·卷三》，（北京：中華書局，1989年），頁92。

高誘《淮南子注》曰：「將笑則好齒兒。」正與《說文》訓「開口見齒兒」義合。〔註50〕

由上舉的兩例，可看出馬瑞辰在易字改讀的時候，喜歡用《說文》中的釋義來作爲立論的證據，但《說文》的本義對於解讀古籍的章句文意，卻不一定有幫助；如上舉《詩·召南·摽有梅》：「頃筐墍之」一句，馬瑞辰先說明「墍」訓爲取，爲「摡」之假借，又引《說文》說明「摡」訓爲滌，而訓取之本字應爲「乞」。以訓詁通讀文脈的角度來看，馬氏之訓解只需提及《玉篇》、《廣雅》之說，將「墍」解爲「摡」之假借即可，不需要將討論範圍延伸到《說文》。因爲雖然「摡」之本義爲「滌」，但或許在經典上有通行之義可訓爲「取」，故《玉篇》、《廣雅》皆以「取」義作解釋；而若舉《說文》以「乞」作本字，在文意上便無法通讀，「頃筐墍之」乃言手拿籃子拾攏落地之梅，而「乞」義爲乞求，於文義明顯不合，無法爲訓。更不用說以《說文》訓字本義立場而言，「乞」本身已經是假借義，〔註51〕欲以其作爲本字解釋經文，立論上似乎是站不住腳的。

再看「巧笑倩兮」一句，馬瑞辰先以《韓詩》作「䧏」乃「倩」的假借，又言「倩」爲「瑳」之假借，最後再由《說文》指出本字爲「齔」。然《碩人》詩第二章：「手如柔荑，膚如凝脂。領如蝤蠐，齒如瓠犀，螓首蛾眉。巧笑倩兮，美目盼兮。」此章言美人體貌之美，由細部的「手」、「膚」、「領」、「齒」、「螓首」、「蛾眉」等部位來形容女子體貌之美，進而以「巧笑倩兮」、「美目盼兮」兩句化靜爲動，言美女之笑顏與美目。依全詩文脈看來，既然已先提及「齒如瓠犀」形容美齒之貌，再以「齔」表達「開口見齒」之意意義上便顯得重複而無必要。馬氏通過《說文》找出的本字「齔」，反不如以原句中的「倩」直接解釋合於文意。找出文字的本義本字，對於考據學有一定的重要性，但訓詁側重在對於章句文義的判讀，在訓解古籍時若忽略文字的習用義，硬是由《說文》探究製字之本源，對訓詁來說是沒有必要的。如上舉二例，將《說文》本義放入原句，不僅無助於解讀文意，更容易曲解經典之原意，以文害辭。馬瑞辰如

〔註50〕馬瑞辰：《毛詩傳箋通釋·卷六》，（北京：中華書局，1989年），頁205。

〔註51〕「乞」是隸變後之字形，《說文》中只作「气」，《說文》：「雲气也。」作乞求之「乞」乃爲假借之用法，如《齊侯壺》：「洹子孟姜，用乞嘉命。」是「乞」乃由雲气之气假借而來。

此先求經典用字本義，再擴及《說文》本義之作法，除了對訓詁工作沒有幫助之外，同時也顯示他對用字假借與六書假借的觀念並沒有釐劃清楚。

由此看來，馬瑞辰雖然時常可以跳脫門戶之見，提出嶄新的見解，但他似乎仍如其他清代學者一樣，無法擺脫《說文》的控制。我們不能否認，《說文》對訓詁而言是一本很重要的「本字字典」，但卻不必要字字皆據《說文》所收字尋求本義，而忽略到文字使用上的習用義與社會性，如此對解讀古書文意，是完全沒有幫助的。如《詩・召南・草蟲》：「我心則降」，《毛傳》：「降，下也。」馬瑞辰說：

> 降者，夅之假借。《說文》：「夅，服也。」正與二章「我心則說」《傳》
> 訓爲服同義。《爾雅・釋詁》：「悅，樂也。」又曰：「悅，服也。」
> 是知夅服亦說義也。今經傳降服字通借作降。〔註52〕

降服之本字爲「夅」是沒有問題的，但既然「經傳降服字通借作降」，則表示「降」作降服之義在經典已是習用義，則以訓詁的角度而言，以習用義「降」解讀比使用經典罕見字「夅」要更能達到解讀章句之目的。又如《詩・小雅・節南山》：「不弔昊天」之「弔」，《毛傳》訓至，《箋》言：「至，猶善也。」馬瑞辰則以爲「弔」爲「迗」之假借：

> 《說文》：「迗，至也。」弔者，迗之省借。弔有善意。《漢書・五行
> 志》載哀公十六年《左傳》「昊天不弔」，應劭注曰：「昊天不善於
> 魯。」……「不弔昊天」謂此不善之昊天，不宜使人居此尊位，空
> 窮我之眾民，猶《左傳》言「昊天不弔」也。〔註53〕

《毛傳》「弔」訓至，《箋》申其意爲「善」，則表示指的是「至善」之意，與《說文》從「辵」訓至之「迗」明顯有所不同，況經傳均用「弔」，僅《說文》可見「迗」字，亦爲經典少用之字，在訓詁上並無法作爲「弔」之本字，何況「迗」還很有可能是個錯字，〔註54〕更不能作爲經典用字之本字，而此詩「弔」之本字應作「尗」。可見，在訓解古書時完全以《說文》爲準，不見得能夠充分掌握

〔註52〕馬瑞辰：《毛詩傳箋通釋・卷三》，（北京：中華書局，1989 年），頁 78。

〔註53〕馬瑞辰：《毛詩傳箋通釋・卷二十》，（北京：中華書局，1989 年），頁 594～595。

〔註54〕《說文》「迗」字下段玉裁注曰：「《釋詁》、《毛傳》皆云：「弔，至也。」至者，弔中引申之義，加辵乃後人爲之。許蓋本無此字。

經傳用字的情況，反而有時容易穿鑿附會，衍生出更多問題，故王力嘗言：「語言有社會性，文字也有它的社會性，不能設想古人專愛寫別字。」〔註55〕王說甚是，一味的據《說文》尋求本字，從而忽略經傳使用文字的實際狀況，對於通叚字的觀念與本字的掌握，自然就會有所偏差，而無法得到正詁。

　　馬瑞辰迷信《說文》，除了使他的通叚觀念混淆不清之外，有時也會因為《說文》本身解字的錯誤，致使他在尋求本字時，也無法避免的產生錯誤。自甲骨文、金文大量的出土之後，對於漢字字形的研究，也不必再侷限於《說文》一端，對於《說文》說解錯誤之字，可藉由古文字的字例加以改正，同樣的，對於《毛詩傳箋通釋》書中因《說文》說解錯誤而產生的誤釋，也可以加以修正。如《詩·陳風·衡門》：「豈其取妻」之「妻」，《箋》：「何必大國之女然後可以妻，亦取其貞順而已。」馬瑞辰解釋為：

　　《說文》：「古文妻从𡜙女。𡜙，古文貴字。」是古者妻必貴女，故
　　字取貴女會意。此詩正反其義以取興。〔註56〕

此由《說文》指出「妻」是由貴女會意而成字，然由《說文》來看，「妻」字下確實有言「𡜙，古文貴字。」但是段玉裁注曰：「古文貴不見於貝部，恐有遺奪。」〔註57〕再者「妻」篆文作「𡜐」，金文作「𡜃」，甲文作「𡚽」等形，字形構件無一處與「貴」字之義相關，故《說文》：「𡜙，古文貴字」之說恐怕有誤，引用此字為訓，就不免會跟著產生錯誤了。

　　又如《詩·大雅·大明》：「大任有身」，《傳》曰：「身，重也。」《箋》：「重，為懷孕也。」馬瑞辰曰：

　　身者，傸之省借。身字从人，厂聲；傸復从人，身聲。是其字从二
　　人，以象懷孕者之重人也。《毛傳》：「身，重也。」《說文》：「傸，
　　神也。」據《爾雅·釋詁》「申、神，重也」，神有重義，是知《說
　　文》訓神與《毛傳》訓重同義。傸之訓神，猶《說文》申亦訓神，
　　神即重也。段玉裁為《說文》神當作身，又謂申訓神不可通，竝失

〔註55〕王力：《中國語言學史》，（臺北：谷風出版社，1987年），頁195。

〔註56〕馬瑞辰：《毛詩傳箋通釋·卷十三》，（北京：中華書局，1989年），頁408。

〔註57〕許慎著、段玉裁注：《說文解字注》，（臺北：洪葉文化事業有限公司，1998年 10月出版），頁764、620。

之。〔註58〕

身之篆文作「𦝿」，金文作「𤰈」，甲文作「𤰈」，身本就是一象人懷孕的象形字，若指懷孕，「身」當爲本字，而非從人之「傆」的省借。「身」、「傆」當是同一字之古今字，段注曰：「《大雅》曰：『大任有身』……身者古字，傆者今字。」，〔註59〕《說文》一分爲二乃是訓解之疏失，則此句當從句義直接訓解即可，若從《說文》尋求本字，則會爲《說文》本身的錯誤而誤導。

由上述討論可知，馬瑞辰釋《詩》雖能摒除門戶之見，並且兼容並蓄的處理《詩經》解讀上的問題，往往可得出超越前人的成果。但值得注意的是他在判定、處理通叚問題時是否有統一的標準，對用字的通叚與六書假借觀念是否一致，是否過度的依賴《說文》，忽略經典用字時的實際情形等問題，如此都可能會使訓詁的功能降低，甚至影響全文的解讀。馬瑞辰好以通叚釋《詩》，雖然時常經由通叚改字的方法，得到解讀《詩經》重要的結論，但或許仍有許多條例的訓解是對訓詁釋義幫助不大，有待商榷的。同時亦反映出清儒訓解古籍，有過度使用《說文》的毛病，值得後人反省與注意。

〔註58〕馬瑞辰：《毛詩傳箋通釋・卷二十四》，（北京：中華書局，1989 年），頁 802～803。

〔註59〕許慎著、段玉裁注：《說文解字注》，（臺北：洪葉文化事業有限公司，1998 年 10 月出版），頁 764、387。

第四章　《毛詩傳箋通釋》通叚用例考辨（上）

第一節　《毛詩傳箋通釋》通叚正確例

　　《詩經》為六經中極重要之經典，詩者志之所之，詩道教人以興、觀、群、怨，詩教又以溫、柔、敦、厚為要旨，習詩近可事父兄尊長，遠則可事國家君子，而在其諷詠酬唱之中，亦可一窺我國上古時期之社會生活形態，並欣賞古代詩歌藝術之特色，其重要性可見一斑。

　　《詩經》誕生年代極為久遠，據信兩周之世已有定本存在，但因年代久遠，傳鈔筆誤在所難免，典籍引用或論述時也多有斑駁，真假難辨，致使經恉不明，治《詩》者每感困惑；又秦火之後，《詩》出魯、齊、韓、毛四家，詩文又有古今假借之區隔，儒者口耳相授，受《詩》者非一人一邦，嚴守師法，致使異文雜出，訓詁分歧離碎，更令治《詩》者無所適從。是以後人詮釋《詩經》者，必先考辨其源流，彰明其本形本義，破解其通叚，方能尋得正詁，以明經恉。馬氏書中討論通叚字 872 條，本文礙於篇幅，無法一一詳考，第四、第五二章僅擇精要討論馬氏《毛詩傳箋通釋》一書中所呈現之通叚問題，其餘未列入正文論述之條例，則收於附錄：〈《三家詩》、王氏父子、馬瑞辰《詩經》通叚字表〉中，各句均有簡易之考辨與古音韻關係之備註，以補正文之不足。

　　馬瑞辰撰《毛詩傳箋通釋》，為有清一代詮釋《毛詩》之佼佼者，《毛詩》

爲古文經，經文通叚甚多，馬氏詮釋自然對通叚字琢磨甚多，馬氏嘗言曰：「《毛詩》爲古文，其經字類多假借。……說《詩》者必先通其假借，而經義始明。」〔註1〕馬氏利用清人在音韻、文字、考據等學科上之進步，除採用傳統「因聲求義」之方法，尚依文立解，以《詩經》之全文文義作爲考量，並參照相關文獻與鐘鼎文資料加以考辨，增加詮釋《詩經》之靈活性與正確性，故能時而提出新解，於傳統舊注上另闢蹊徑，自成一家之言。本節即以馬氏論述之正確例爲討論範圍，擇其精要舉二十例於下：

1、〈周南・卷耳〉：「云何吁矣」

《毛傳》：「吁，憂也。」馬瑞辰曰：

> 《爾雅・釋詁》：「盱，惥也。」《說文》：「盱，張目也。」「忓，憂也。讀若吁。」「吁，驚詞也。」是盱、吁皆忓字之假借。《爾雅・釋文》：「盱，本作忓。」從正字也。〈何人斯〉云「何其盱」，〈都人士〉「何盱矣」，無《傳》者，義同此詩訓憂也。〔註2〕

案：馬氏所言甚是，《說文》：「吁，驚詞也。」「盱，張目也。」皆與「憂」義無涉，唯「忓」字《說文》云：「忓，憂也」，其字從心，是訓「憂」之自當以「忓」爲本字，「吁」、「盱」爲通叚字，「忓」、「吁」、「盱」古音同屬曉母魚部，同音可通叚。〈何人斯〉：「云何其盱」、〈都人士〉：「云何盱矣」《箋》具訓爲「病」，乃以其與「憂」義相近之故，故自當與此詩同訓爲「憂」。

又王先謙論此句云：

> 《說文》：「盱，張目也。」《列子》釋文引作「仰目也」。張目仰目，皆遠望意，不見賢人，憂思長望，故曰盱，憂也，意字貫注，非必借字。〔註3〕

王氏此說看似成理，實則過於牽強，「憂」者乃由心而發，從心之事必與「目」無關，本句「云何吁矣」當以從心之「忓」爲本字，王氏之說過於曲折，萬不可從。

〔註1〕馬瑞辰：《毛詩傳箋通釋・卷一・毛詩古文多假借考》，（北京：中華書局，1989年），頁23。

〔註2〕馬瑞辰：《毛詩傳箋通釋・卷二》，（北京：中華書局，1989年），頁47。

〔註3〕王先謙：《詩三家義集疏》，（臺北：明文書局，1988年10月出版），頁31～32。

2、〈周南・螽斯〉：「羽揖揖兮」

《毛傳》：「揖揖，會聚也。」馬瑞辰言：

> 揖蓋集之假借。《詩》「辭之輯矣」，《新序》引作集。《說文》：「𦧇，詞之集也。」又曰：「雧，群鳥在木上也。或省作集。」集本爲鳥群聚，引申爲凡聚之稱。重言之則謂集集，《廣雅・釋訓》：「集集，眾也。」當本《三家詩》。〔註4〕

案：「揖」，《說文》云：「攘也，从手咠聲。一曰手著胸曰揖。」〔註5〕是「揖」並無聚義，而《說文》：「𦧇，詞之集也。」引申有集之意，則𦧇、集義通，又《說文》：「雧，群鳥在木上也。或省作集」，則集又可引申爲凡聚集之稱，揖、𦧇、集同音可相通叚。是本詩言「螽斯羽，揖揖兮」，「揖揖」乃「集集」之通叚，用表螽斯收羽群集之貌。

3、〈周南・汝墳〉：「遵彼汝墳」

《毛傳》：「墳，大防也。」馬瑞辰曰：

> 《爾雅・釋水》「汝有墳」，郭注引《詩》「遵彼汝墳」。《水經・汝水注》引《爾雅》亦作「汝有墳」。據《漢書・周磐傳注》引《韓詩》「濆，水名也」，是作濆者實本《韓詩》。又《爾雅・釋文》云：「濆，《字林》作涓，眾《爾雅》本亦作涓。」《說文》：「涓，小流也。」引《爾雅》「汝爲涓」。是知《爾雅》古本正作涓，與「過爲洵」等，皆大水溢出別爲小水之名，與「墳，大防」義異。……《說文》：「墳，墓也。」坋字注：「一曰，大防也。」是墳乃坋之假借。墳通作濆。《方言》：「墳，地大也。青幽之間，凡土而高且大者謂之墳。」李巡《爾雅注》：「濆謂崖岸狀如墳墓，名大防也。」是知水崖之濆與大防之墳爲一，汝墳猶淮濆也。孔疏謂「彼墳從水，此墳從土」，殊昧於通借之義。〔註6〕

案：馬氏此說是也，「墳」本作墓名使用，而《毛傳》所言「大防」，當以「坋」爲本字，「墳」爲通叚字，「墳」「坋」古音同屬幫母諄部，同音可通叚。又水崖

〔註4〕馬瑞辰：《毛詩傳箋通釋・卷二》，（北京：中華書局，1989年），頁53。

〔註5〕許慎：《說文解字》，（臺北：洪葉文化事業有限公司，1998年10月出版），頁600。

〔註6〕馬瑞辰：《毛詩傳箋通釋・卷二》，（北京：中華書局，1989年），頁64～65。

之名應以「瀆」爲本字，古經籍「瀆」、「墳」多通用，以其同音故也，如〈常武〉詩云「鋪敦淮瀆」，《箋》即謂：「瀆，大防」，正與《傳》同。

4、〈邶風・柏舟〉：「如有隱憂」

《毛傳》：「隱，痛也。」馬瑞辰言：

> 殷、隱古同音通用，隱者慇之假借。《說文》：「慇，痛也。」《文選》注五引《韓詩》作「殷憂」，李注：「殷，憂也。」《廣雅》：「殷，痛也。」殷亦慇之省借。隱憂、殷憂皆二字同義，猶《詩》「我心憂傷」、「我心傷悲」之類。《毛傳》訓痛者，痛亦憂也，故〈小雅・正月〉詩「憂心慇慇」，《傳》云「慇慇然痛也」，《爾雅・釋訓》則云「慇慇，憂也。」《楚辭・九歎》王逸注訓隱憂爲大憂，《易林》亦曰「耿耿寤寐，心懷大憂」，蓋本《三家詩》，從殷之本義，故訓爲大，不若《毛傳》訓痛爲善。如、而古通用，「如有隱憂」猶云「而有隱憂」也。《正義》云「如有痛疾之憂」，失之。〔註7〕

案：馬說頗是。《說文》：「慇，痛也。从心殷聲。」〈正月〉詩「憂心慇慇」，《傳》言：「慇慇然痛也」，正以「慇」示狀心憂而痛之貌，故言心憂者當以「慇」爲本字，作「隱」者爲通叚字，「慇」、「隱」古音同屬影母諄部，同音可通。王逸注〈九歎〉「志隱隱而鬱怫兮」一句言：「隱隱，憂也。」復引〈北門〉詩「憂心隱隱」爲證；〔註8〕《廣雅》：「殷，痛也。」《淮南子・說山訓》注、嵇康《養生論》俱引《詩》作「如有殷憂」，是知「慇」與「殷」通，又可通叚爲「隱」。

又馬氏提及《易林》「耿耿寤寐，心懷大憂」一句，以「殷」爲大，乃由「殷」字舊訓而來，以「殷」訓大者，尚可見於《禮記・喪服大記》：「主人具殷奠之禮」〔註9〕、《莊子・秋水》：「精，小之微也，垺，大之殷也。」〔註10〕以「殷」作大者亦通，「殷憂」或可爲「大憂」，可備一說。

〔註7〕馬瑞辰：《毛詩傳箋通釋・卷四》，（北京：中華書局，1989 年），頁 108～109。

〔註8〕王逸：《楚辭章句》，（臺北：藝文印書館，1973 年 4 月再版），頁 423。

〔註9〕李學勤主編：《十三經注疏・禮記・喪服大記》，（臺北：台灣古籍出版社，2001 年 10 月出版），頁 1486。

〔註10〕莊周著、陳鼓應譯：《莊子今註今譯・秋水》，（臺北：台灣商務印書館，1989 年 5 月 9 版），頁 460。

5、〈邶風・靜女〉：「愛而不見」

《毛傳》未釋。《箋》申言：「愛之而不往見。」馬瑞辰曰：

> 愛者，薆及僾之省借。《爾雅・釋言》：「薆，隱也。」《方言》：「掩、
> 翳，薆也。」郭注：「謂蔽薆也。」引《詩》「薆而不見」。又通作
> 僾。《說文》：「僾，彷彿也。」引《詩》「僾而不見」。《禮記・祭義》：
> 「僾然必有見乎其位」，義與《詩》同。詩設言有靜女俟於城隅，
> 又薆然不可得見。《箋》讀愛爲愛惡之愛，謂「愛之而不往見」，失
> 之。〔註11〕

案：馬氏之說本《三家詩》而來，《魯詩》作：「薆而不見」；《齊詩》作「僾而
不見」。《楚辭・離騷》：「眾薆然而蔽之」、〈大雅・烝民〉：「愛莫助之」皆以「愛」
爲「薆」，爲隱蔽之義，是《毛傳》作「愛」爲通叚字，《魯詩》作「薆」爲本
字。又《齊詩》作「僾」者，〈大雅・桑柔〉：「亦孔之僾」，《說文》訓「僾」爲
「彷彿」與隱蔽義近，是「僾」與「薆」義近亦通。「薆」與「僾」古音同在影
母沒部，兩字意義相近，又皆有文獻之佐證，故馬瑞辰認爲此詩「愛而不見」
之「愛」當爲「薆」及「僾」之通叚。

6、〈鄘風・蝃蝀〉：「蝃蝀在東」

《毛傳》：「蝃蝀，虹也。夫婦過禮則虹氣盛，君子見戒而懼，諱之莫之敢
指。」《鄭箋》：「虹，天氣之戒，尚無敢指，況淫奔之女，誰敢視之。」馬瑞辰
曰：

> 蝃蝀通作螮蝀。《爾雅》：「螮蝀，虹也。」蔡邕《月令章句》曰：「虹
> 率以日西而見於東方，故《詩》曰『螮蝀在東』」。螮蝀二字雙聲，合
> 其聲則爲虹。蝃蝀即螮蝀也。《釋名》謂：「蝃蝀，掇飲東方之水氣
> 也。」失之。又蔡邕《月令章句》、《爾雅・釋文》引郭《音義》竝
> 曰：「雄曰虹。」古者婚禮，男先於女，此詩「螮蝀在東，莫之敢指」，
> 蓋以雄虹莫敢指，喻女有廉恥，不肯先求男也。故接下言「女子有行」，
> 謂女子自有嫁道耳。《傳》、《箋》俱非詩義。〔註12〕

案：馬氏引《爾雅・釋天》「螮蝀，虹也」以證「蝃蝀」即是「螮蝀」，其說是

〔註11〕馬瑞辰：《毛詩傳箋通釋・卷四》，（北京：中華書局，1989 年），頁 157。

〔註12〕馬瑞辰：《毛詩傳箋通釋・卷五》，（北京：中華書局，1989 年），頁 186～187。

也。「蝃蝀」、「螮蝀」與「虹」實爲一物之異稱，並無分別。「虹」本爲一獨體象形字，甲骨卜辭作「𧈫」，於小篆則改爲形聲字作「虹」。《說文》言：「螮蝀，虹也」；「虹，螮蝀也。」是知「螮蝀」與「虹」實爲一物之別稱，然除《毛傳》、《韓詩》以外各本皆作「螮蝀」，少見有作「蝃蝀」者，「蝃蝀」爲聯緜詞，聯緜詞無定字，是知《毛傳》、《韓詩》作「蝃蝀」，各本作「螮」可互通用。「蝃」從叕聲，爲知系字，「螮」字從帶聲，屬端紐字，古無舌上音，故兩字古聲母同屬端紐，古韻同爲月部字，同音可通叚，作「螮」，《毛傳》、《韓詩》作「蝃」可互通用。

　　7、〈鄭風·清人〉：「二矛重喬」

　　《毛傳》：「重喬，累荷也。」《鄭箋》：「喬，矛矜近上及室題，所以縣毛羽。」《釋文》：「喬，毛音橋，鄭居橋反，雉名。《韓詩》作鷮。」馬瑞辰曰：

> 《說文》雉十四種，其二喬雉。又鷮字注云：「走鳴長尾雉也。」《韓詩》作鷮，《毛詩》作喬，即鷮之省借，謂重以鷮羽爲飾也。《爾雅·釋木》：「句如羽，喬。」知木之如羽者得名爲喬，是知喬本爲羽飾之名矣。《釋文》云：「喬，鄭居橋反，雉名。」是知鄭《箋》訓，「懸毛羽」者，正本《韓詩》讀喬爲鷮。以鷮羽爲飾，因名其飾爲喬耳。《正義》訓喬爲高，失之。《釋文》引舊說，以《傳》重荷之荷爲荷葉，亦非。〔註13〕

案：此句馬說是也，作「鷮」者爲本字，意謂矛矜之上重以鷮之長羽爲飾，「重喬」爲矛矜之裝飾物，猶本詩首章所言之「二矛重英」，「英」，《毛傳》訓爲「矛有英飾也」，正爲〈閟宮〉詩所言之「朱英」，爲矛矜上所用之裝飾物品。「二矛重英」與「二矛重喬」兩句對文，是知「喬」亦爲矛上之裝飾物也。「鷮」、「喬」古音同在見母宵部，同音可通，是知本詩「二矛重喬」一句，《韓詩》作「鷮」爲本字，《毛傳》作「喬」爲同音通叚字。

　　8、〈鄭風·溱洧〉：「洵訏且樂」

　　《毛傳》：「訏，大也。」《鄭箋》：「洵，信也。女情急，故勸男使往觀于洧之外，言其土地信寬大又樂也。」馬瑞辰曰：

《漢書‧地理志》引《詩》作恂盱，正本《韓詩》。《說文》：「恂，信心也。」恂為本字，洵假借字。訏者，盱之假借。〈豫〉六三「盱豫」，《釋文》：「向云：睢盱，小人喜悅之貌。」是盱有樂意，从《韓詩》訓樂為是。古人用字不嫌詞複，「恂盱且樂」與《詩》「洵美且都」句法正相似。盱又通作吁，《大戴禮‧四代篇》「子吁焉其色」，〈少閒篇〉「公吁焉其色」，王尚書曰「吁皆喜貌」是也。〔註14〕

案：考《爾雅‧釋詁》言：「詢，信也。」〔註15〕則訓「信」之字當以从言之「詢」為本字，《毛傳》作「洵」為通叚字，「詢」、「洵」二字古音同在精母眞部，同音可通。馬瑞辰以「恂」為本字，乃由「詢」之本義引申而來，其說亦通。

又《毛傳》以「訏」訓大，與《爾雅》同。《箋》同以「訏」訓寬大與樂二義，則一字作二解；《詩經》中與本詩「洵訏且樂」句法相似者尚可見於：〈靜女〉「洵美且異」、〈叔於田〉「洵美且仁」、〈羔裘〉「洵直且侯」、〈有女同車〉「洵美且都」等等，各詩句法相似，且專指一事為主，苟如《傳》訓大、《箋》一字二訓，則文義略嫌不順，難以成文。故此詩仍以《韓詩》訓「樂」較佳，《韓詩》作「盱」為本字，《毛傳》作「訏」為通叚字。

9、〈小雅‧車攻〉：「搏獸于敖」

此句《毛傳》無釋。《鄭箋》云：「獸，田獵搏獸也。」馬瑞辰曰：

搏獸，段玉裁謂當从《後漢書‧安帝紀注》、《水經‧濟水篇》、〈東京賦〉引《詩》作「薄狩」。惠定宇《九經古義》謂狩即獸字。今按《說文》：「獸，守備者。」蔡邕《月令章句》曰：「狩，獸也。」《文選》張平子〈東京賦〉「薄狩于敖」，薛《注》：「謂周王狩也。引《詩》「薄獸于敖」。皆狩、獸同義之證。《三家詩》蓋有作薄狩者，《毛詩》作薄獸，即薄狩之假借。《箋》云「田獵搏獸」者，亦以經言薄獸非禽獸之獸，故以田獵搏獸釋之。狩又假借作首，〈石鼓文〉「搏首」即薄狩也。〔註16〕

案：「獸」字已見於鐘鼎銘文之中，其字作「𤞢」，於鐘鼎文中凡二用：其一為

〔註14〕馬瑞辰：《毛詩傳箋通釋‧卷八》，（北京：中華書局，1989年），頁289。

〔註15〕李學勤主編：《爾雅注疏》，（北京：北京大學出版社，1999年出版），頁16。

〔註16〕馬瑞辰：《毛詩傳箋通釋‧卷十八》，（北京：中華書局，1989年），頁553。

人名，故彝器有〈史獸鼎〉、〈獸爵〉、〈先獸鼎〉等等；另一義則可與「狩」字通，為「狩」之通叚字，如：〈員方鼎〉：「為征月既望癸酉，王獸於昏𩪋。」〔註17〕、〈宰甫𣪘〉：「王來獸。」〔註18〕在此「獸」均作動詞，為「狩」之假借。吳大澂曰：

> 𤢚古字獸字，許氏說守備者，獸、狩古通。左氏襄四年《傳》「獸臣」，
> 司原注「獸臣，虞人。」《周禮》獸人官名，〈先獸鼎〉先姓獸名，
> 取守備之義，或以官名為人名。〔註19〕

其說是也，「獸」、「狩」古音同屬透母幽部，經典率多通用，《書·武成》言「武王伐殷，往伐歸獸」，〔註20〕正以「獸」作「狩」解，《史記·周本紀》則作「西歸行狩」，〔註21〕此皆古以「獸」為「狩」之例也。

又「薄」在《詩經》中常和「而」連用，「薄而」作副詞結構，即「快快地」之意。如〈芣苢〉：「薄言袺之」、〈采蘩〉、〈出車〉：「薄言還歸」、〈柏舟〉：「薄言往愬」。有時亦單作「薄」字，如〈谷風〉：「薄送我畿」、〈出車〉：「薄伐西戎」、〈六月〉：「薄伐玁狁」等等，各詩「薄」均作副詞使用，可為《詩經》中常態。〔註22〕本詩之「搏獸于敖」之「獸」既非言禽獸之獸，則《毛傳》作「搏獸」者，乃以「搏」為「薄」之通叚，「搏」、「薄」古聲一屬幫紐，一屬並紐，俱為唇音，其韻則同屬鐸部，同音可通。「薄」既為副詞，則本詩「搏獸」即為「薄狩」之通叚。

10、〈小雅·白駒〉：「在彼空谷」

《毛傳》：「空，大也。」馬瑞辰言：

〔註17〕馬承源：《商周青銅器銘文選·卷一》，（北京：文物出版社，1988年4月出版），頁60。

〔註18〕曹錦炎編：《商周金文選》，（杭州：西泠印社，1998年8月2版1刷），頁3。

〔註19〕見周法高《金文詁林》「獸」字下引吳大澂之說，頁7936。

〔註20〕李學勤主編：《十三經注疏·尚書正義》，（北京：北京大學出版社，1999年12月），頁287。

〔註21〕司馬遷：《史記三家注·周本紀》，（臺北：七畧出版社，1991年9月2版），頁74。

〔註22〕詳見梅廣〈詩三百篇「言」字新議〉一文。丁邦新、徐蕅芹主編《漢語史研究：紀念李方桂先生百年冥誕論文集》，（臺北：中央研究院語言學研究所，2005年6月），頁235～266。

空者，穹之假借。《爾雅》：「穹，大也。」《文選注》兩引《韓詩》
「在彼穹谷」，薛君曰：「穹谷，深谷也。」《考工記‧輈人》：「穹者
三之一」，鄭司農曰：「穹讀爲『志無空邪』之空。」是穹與空聲近
通用之證。〈節南山〉詩「不宜空我師」，《傳》：「空，窮也。」據《說
文》云：「穹，窮也」，是空亦穹之假借。〔註23〕

案：馬說是也，「空」、「穹」二字雙聲，「空」即「穹」之雙聲通段字。《說文》：
「穹，窮也。」段玉裁注曰：「窮者，極也。……〈大雅〉『以念穹蒼』，〈釋天〉、
《毛傳》皆曰『穹、蒼，蒼天也。』按穹蒼者，謂蒼天難窮極也。」〔註24〕此
詩《毛傳》釋曰：「宣王之末，不能用賢，賢者有乘白駒而去者。」〔註25〕則詩
言「在彼空谷」者，正取其遠遁極深之義，則「空」當爲「穹」之通段，《韓詩》
作「穹」意喻較爲貼近詩恉。

11、〈小雅‧隰桑〉：「德音孔膠」

《毛傳》：「膠，固也。」《鄭箋》：「君子在位，民附仰之，其教令之行甚堅
固也。」馬瑞辰曰：

膠當爲膠之省借。《方言》：「膠，盛也。陳宋之間曰膠。」《廣雅》：
「膠，盛也。」孔膠猶云甚盛耳。〔註26〕

案：此詩《毛傳》訓「膠」爲「固」，不如馬氏以「膠」爲「膠」之通段，訓「盛」
爲義長。于省吾言：

〈隰桑〉：「既見君子，德音孔膠。」《毛傳》訓膠爲固，未確。馬瑞
辰《毛詩傳箋通釋》謂「膠當爲膠之省借」，並引《方言》和《廣雅》
訓爲盛，很對。這是說，「既見君子，德言甚盛」，「德言甚盛」指君
子言之。若仍舊作「既見君子，德音孔膠」，則「德音」猶言「令聞」，
于義殊不可通。因爲君子之「令聞孔膠」，與既見、未見無涉，如果

〔註23〕馬瑞辰：《毛詩傳箋通釋‧卷十九》，（北京：中華書局，1989 年），頁 575。

〔註24〕許慎著、段玉裁注：《說文解字注》，（臺北：洪葉文化事業有限公司，1998 年 10
月出版），頁 350。

〔註25〕李學勤主編，《十三經注疏‧毛詩正義》，（北京：北京大學出版社，1999 年 12 月
出版），頁 673。

〔註26〕馬瑞辰：《毛詩傳箋通釋‧卷二十三》，（北京：中華書局，1989 年），頁 779。

認爲在「既見君子」之後，君子的「令聞」才能孔膠的話，這就無異于說，在未見君子之前，「令聞」便不能孔膠了。把君子「令聞孔膠」的原因歸之于「既見」，這是難以理解的。〔註27〕

于說是也，《詩經》中之「德音」未必專指政令而言，亦可作「美好德行」，或稱讚對方的話語。此詩「德音孔膠」一句，若從《傳》、《箋》之說訓「膠」爲「固」，其解釋雖可通，但不如馬氏以「膠」爲「膠」之通叚，訓「盛」近詩意。屈萬里《詩經詮釋》釋爲君子「語音之高朗」，即指君子之德言甚盛。

12、〈大雅・文王〉：「陳錫哉周」

《毛傳》：「哉，載。」《鄭箋》：「哉，始也。乃由能敷恩惠之施，以受命造始周國。」《左傳・昭公十年》：「《詩》曰：『陳錫載周。』」馬瑞辰言：

> 陳，《說文》從𣪠，從木，申聲，古文作𣂤。亦從申。陳錫即申錫之假借。《漢書・韋玄成傳》載匡衡上書曰：「子孫本支，陳錫亡彊。」義本《齊詩》。而言「陳錫亡彊」，與〈商頌・烈祖〉篇「申錫無彊」正同，是知陳錫即申錫也。申，重也。重錫言錫之多。《左傳》引《詩》曰：「『陳錫哉周。』能施也。」〔註28〕施即錫字，不解陳字。《箋》及杜《注》訓陳爲敷布，失之。哉、才以同部假借。《說文》：「才，草木之初也。從丨上貫一，將生枝葉也。一，地也。」《爾雅・釋詁》：「哉，始也。」哉即才之假音，哉、載同聲通用。……載之爲始，猶哉之爲始也。是知《傳》訓哉爲載，《箋》訓哉爲始，義正相成。
>
> 〔註29〕

案：此詩馬瑞辰引用相關文獻爲證，又復以《說文》所載之古文爲據，證明「陳錫」即爲「申錫」之假借，所訓頗是。由《說文》所載之古字字形來看，其字從「申」聲，依聲義同源之理，則「陳錫」確可釋爲「申錫」，且《毛傳》之外尚有多處文獻資料相佐爲證，是知馬氏以「陳錫」爲「申錫」之通叚，其說是也。

又「哉」、「載」二字古聲韻同屬精母之部，同音而通，此所以《左傳》引爲「陳錫載周」也。「才」即「哉」之初文，故《說文》云：「才，草木之初也。」

〔註27〕于省吾：《澤螺居詩經新証》，（北京：中華書局，1982 年 11 月初版），頁 199。

〔註28〕案：本句《左傳・昭公十年》引作「陳錫載周」，馬氏作「哉」者，疑爲筆誤。

〔註29〕馬瑞辰：《毛詩傳箋通釋・卷二十四》，（北京：中華書局，1989 年），頁 796。

而「哉」與「載」通，是知以「哉」爲始，與以「載」爲始，正同此詩《序》言「文王受命作周」者，正「哉周」之義，言始作周邦是也。戴震《毛鄭詩考正》曰：「《春秋傳》及《國語》引此詩作『載周』，古字載與栽通，栽猶殖也。」〔註30〕戴氏訓「哉」爲「殖」，與經恉不合，其說非是。

13、〈大雅・大明〉：「燮伐大商」

《毛傳》：「燮，和也。」《鄭箋》：「使協和伐殷之事。協和伐殷之事，謂合位三五也。」馬瑞辰曰：

> 燮與襲雙聲，燮伐即襲伐之假借。猶《淮南子・天文篇》「而天地襲矣」，高注「襲，和也」，襲即燮字之借也。《春秋左氏傳》曰：「有鐘鼓曰伐，無曰襲。」《公羊》僖三十三年何休《注》：「輕行疾至，不戒以入，曰襲。」《周書・文傳解》引《開望》曰：「土廣無守可襲伐。」伐與襲對文則異，散文則通。《風俗通・皇霸篇》引下章「肆伐大商」作「襲伐」，竊謂襲伐本此章燮伐之異文，《三家詩》蓋有用本字作襲伐者，應劭偶誤記爲下章文耳。燮伐與肆伐義相成，襲伐言其密，肆伐言其疾也。據《公羊注》以襲爲輕行疾至，則襲伐與肆伐義亦相近。《傳》、《箋》並訓燮爲和，失之。〔註31〕

案：馬說頗是，本詩「燮伐大商」與末章「肆伐大商」句法正同，正爲《公羊傳注》「輕行疾至」之意。「肆」，《毛傳》曰：「肆，疾也。」《說文》訓爲「極陳」，是「肆」之本義爲極陳，引申之而有「疾」義，「肆伐大商」猶言「疾伐大商」，乃言用兵之疾，攻其不備之義也。又《公羊傳注》言：「輕行疾至，不戒以入，曰襲。」則「襲伐大商」之「襲」義正與「肆」同，皆取兵貴神速之意，是知「燮伐大商」之「燮伐」應爲「襲伐」之通借爲善，若從《傳》、《箋》訓「和」，則上下文義不相連貫矣。

又高本漢《詩經注釋》一書以語音不協反對馬氏之說，並言此句「燮」之本字應作「躞」之省體，其言曰：

> 馬瑞辰覺得以上的解說都不能通（筆者案：指《傳》、《箋》訓「和」

〔註30〕戴震著、續修四庫全書編纂委員會編：《續修四庫全書・毛鄭詩考正》，（上海：上海古籍出版社，2002 年 3 月），頁 580。

〔註31〕馬瑞辰：《毛詩傳箋通釋・卷二十四》，（北京：中華書局，1989 年），頁 807～808。

之說），以爲「燮」是「襲」的假借字；所以：襲擊攻伐大商。這個講法不合語音的條件。另一說：「燮」是同音的「蹀」的省體；這句詩是：進軍攻伐大商。「蹀」字先秦古書未見；不過複詞「蹀躞」卻見於很早的《切韻》殘卷，六朝詩裡也很通行（例如梁武帝的一首詩）。……C 說（案：指「燮」爲「蹀」之說）消除了 A 項各說（案：指《傳》、《箋》訓「和」之說）的困難，語音又比 B 說（筆者案：指馬氏之說）好的多。〔註32〕

高本漢認爲「燮」爲「蹀」之省借，意謂「進軍攻伐大商」。「燮」、「蹀」古聲韻俱同，高說看似成理，然以「燮」訓「蹀」非但無法與下章文意連貫，復又無法於先秦文獻尋求佐證，顯然無益於詩句訓詁，不足爲信，且高氏以聯緜詞「蹀躞」與單字詞「燮」相類比，也是對構詞極大的誤解。又高氏言馬說於語音不合，亦非；考「襲」古音在定母緝部，「燮」古音在心母談部，聲母定母與心母分屬舌音與齒音，鄰紐可通，屬雙聲字。是馬氏以「襲」爲「燮」之通叚，仍舊符合語音條件，且上下文義相貫，並有相關文獻支持，其說較高說爲長。高本漢此說失之空泛，不足爲信。

14、〈大雅‧江漢〉：「洽此四國」

此句《傳》、《箋》未釋。馬瑞辰曰：

> 《禮記‧孔子閒居》引《詩》作「協此四國」，此與〈板〉之篇「民之洽矣」《列女傳》及《左傳》引作協者正同，蓋本《三家詩》也。《毛詩》作洽，即協字之雙聲假借。《說文》：「劦，同力也。從三力。」又曰：「協，同心之龢也。」「恊，同思之龢也。」「協，同眾之龢也。古文協從口十作叶。」義竝相近而不同。協又通作汁，《大戴‧誥志》「此謂虞汁月」，汁亦協也。〔註33〕

案：馬說爲是，「洽」與「協」二字古音匣紐雙聲，經典率多通叚相用，〈正月〉「洽比其鄰」，《左傳‧襄公二十九年》引作「協比其鄰」、〈板〉詩「民之洽矣」，《左傳‧襄公三十一年》引作「民之協矣」，此皆「洽」、「協」通叚之證也。又

〔註32〕高本漢著、董同龢譯：《詩經注釋‧譯序》，（臺北：國立編譯館中華叢書編輯委員會，1979 年），頁 752。

〔註33〕馬瑞辰：《毛詩傳箋通釋‧卷二十七》，（北京：中華書局，1989 年），頁 1022。

「洽」從合聲，《詩經》中以「洽」爲「協」之句多以「合」義釋之，如：〈正月〉詩：「洽比其鄰」，《毛傳》曰：「洽，合。」〔註34〕〈載芟〉：「以洽百禮」，《鄭箋》：「洽，合也。」〔註35〕此皆「洽」與「協」聲近義通之證。然「洽」本身無「合」義，《說文》云：「洽，霑也。」〔註36〕本義爲「霑」，無合之義，故此詩言協同四國之謂者，當作「協」意義較完整。

15、〈周頌·時邁〉：「莫不震疊」

《毛傳》：「疊，懼。」《鄭箋》：「王既定天下，時出行其邦國，爲巡狩也。……其兵所征伐，甫動之以威，則莫不動懼而服者。」馬瑞辰曰：

> 《傳》以疊爲慴之假借。《爾雅·釋詁》：「慴，懼也。」郭注：「慴，即懾也。」《說文》：「慴，懼也。讀若疊。」是慴、疊音同之證。
>
> 〔註37〕

案：此詩首句言「時邁其邦」，《箋》謂：「王既定天下，時出行其邦國」，天子巡狩其邦，則必展其德威於其邦國，使四方安靖也。《後漢書·李杜列傳》引本詩曰：「〈周頌〉曰：『薄言振之，莫不震疊』，此言動之於內，而應於外者也。」〔註38〕此正取《箋》：「甫動之以威，則莫不動而服者」之意。則此句「莫不震疊」《毛傳》訓「疊」爲「懼」者，正以「疊」爲「慴」之通叚，意謂天子所巡之處，各邦皆震驚且順服也。「慴」《爾雅·釋詁》、《說文》皆訓爲「懼」，《說文》又云「讀若疊」，則古聲韻同在定母緝部，同音可通叚，馬說爲是。

16、〈周頌·執競〉：「鐘鼓喤喤」

《毛傳》：「喤喤，和也。」馬瑞辰曰：

> 喤者，鍠之假借。《說文》：「喤，小兒聲也。」「鍠，鐘聲。」引《詩》「鐘鼓鍠鍠」，《漢書·禮樂志》、《風俗通》引《詩》並同，蓋本《三

〔註34〕李學勤主編，《十三經注疏·毛詩正義》，（北京：北京大學出版社，1999 年 12 月出版），頁 716。

〔註35〕李學勤主編，《十三經注疏·毛詩正義》，（北京：北京大學出版社，1999 年 12 月出版），頁 1359。

〔註36〕許慎：《說文解字》，（臺北：洪葉文化事業有限公司，1998 年 10 月出版），頁 564

〔註37〕馬瑞辰：《毛詩傳箋通釋·卷二十八》，（北京：中華書局，1989 年），頁 1055。

〔註38〕范曄：《後漢書·李固傳》，（臺北：洪氏出版社，1978 年 10 月 4 版），頁 2077。

家詩》。《爾雅》:「韹韹,樂也。」《方言》:「韹,音也。」竝與鍠字
音義同。〔註39〕

案:〈斯干〉詩云:「其泣喤喤」,《正義》言:「其泣聲大喤喤然……。」〔註40〕
是「喤喤」乃言童子哭泣之聲,《說文》「喤」字下正引《詩》「其泣喤喤」。又
《說文》金部下有「鍠」字,其云:「鍠,鐘聲。」並引《詩》「鐘鼓鍠鍠」,是
言鐘鼓之聲當以「鍠」為本字,《毛傳》作「喤」、《漢紀》作「煌」者,皆同音
通叚字。

又《爾雅·釋訓》作「韹」訓樂者,其字從音,乃言鐘鼓所作之樂聲而言;
《毛傳》訓「和」,乃謂鐘鼓樂聲大和之意,與《爾雅》所言同屬一事,是《爾
雅》、《方言》作「韹」者應為「鍠」之或體,二者並無分別。

17、〈周頌·潛〉:「潛有多魚」

《毛傳》:「潛,糝也。」《爾雅·釋器》:「糝之謂涔。」馬瑞辰曰:

潛與涔古音同通用。《書》「沱潛既道」,《史記》作沱涔;《春秋》隱
二年「公會戎於潛」,《公羊》作涔;《山海經·西山經》「大時之山,
涔水出焉」,郭音潛;是其證也。故《毛詩》作潛,《韓詩》作涔。《文
選·長笛賦》李注引《韓詩》薛君《章句》曰:「涔,魚池。」與《爾
雅》「糝謂之涔」合,涔即潛也。《說文》:「涔,漬也。」漬與積義
近。《廣雅》:「涔,椮也。」《說文》:「椮,以柴木雝水也。」〔註41〕
正與涔為積柴水中合,故郭璞〈江賦〉:「澱為涔。」當以《韓詩》
作涔為正字,潛與椮皆同音假借字也。〔註42〕

案:此句《毛傳》訓「潛」為「糝」,乃取古時漁人置木水中聚魚之義,與「糝」
字義同,段玉裁云:

〔註39〕馬瑞辰:《毛詩傳箋通釋·卷二十八》,(北京:中華書局,1989年),頁1059。

〔註40〕李學勤主編,《十三經注疏·毛詩正義》,(北京:北京大學出版社,1999年12月
出版),頁690。

〔註41〕案:《說文》木部下言:「椮,以柴木雝也,从木糝聲。」無「水」字,馬氏引為
「以柴木雝水也」,蓋從《文選注》所引《說文》之說,然段玉裁注曰:「此不獨
施於水,無水為長也。」故此當以《說文》「以柴木雝也」之說為準,馬氏據《文
選注》引《說文》之說引用,失之。

〔註42〕馬瑞辰:《毛詩傳箋通釋·卷二十九》,(北京:中華書局,1989年),頁1079。

〈周頌〉「潛有多魚」，《傳》曰：「潛，糝也。」古本如此，《爾雅》：「糝爲之涔。」涔即《詩》之潛也。《小爾雅》及郭景純改糝爲木旁，謂積柴水中，令魚依之止息，字當从木也。而舍人、李巡皆云：「以米投水中養魚曰涔。」似其說各異，不知積柴而投米焉非有二事，以其用米故曰糝，以其用柴故或製字作㯰。㯰見《淮南書》，糝、㯰皆魏晉間妄作也。〔註43〕

段說是也，古者漁人置木水中以聚魚，似今日之人工魚礁，魚得止息其中，型態若似池，爲魚池之屬。又《爾雅・釋器》邢疏引《小爾雅》言：「魚之所息謂之㯰，㯰，糝也，積柴水中魚舍也。」〔註44〕魚舍即魚池，《爾雅・釋器》曰：「糝之謂涔。」是知《毛傳》作「潛」者爲「涔」之通叚字，訓魚舍者當以《韓詩》作「涔」爲本字。「潛」與「涔」古音同屬從母侵部，同音可通叚，馬說是也。

18、〈周頌・閔予小子〉：「嬛嬛在疚」

「嬛嬛」《毛傳》未釋。《鄭箋》云：「嬛嬛然孤特，在憂病之中。」馬瑞辰曰：

> 《說文》疚字下引《詩》「嫈嫈在疚」，《漢書・匡衡傳》引《詩》亦作嫈嫈，與《春秋傳》「嫈嫈余在疚」同，《說文》嬛字注又引作「嬛嬛在疚」，則作嫈嫈者《三家詩》，作嬛嬛者《毛詩》也。據《說文》：「嫈，回疾也。从丮，營省聲。」段玉裁曰：「嫈引申爲嫈獨，取縈回無所依之意。」《集韻》曰：「嫈或作傿。」《方言》：「傿，特也。楚曰傿。」《小爾雅》：「寡夫曰嫈。」《楚辭》王逸注：「嫈，孤也。」是訓孤特者，字以作嫈爲正。古者从營、从㬊隻字以音近通用。《毛詩》假嬛爲嫈，猶《詩》「子之還兮」，《漢書》引作營，〈枌杜〉詩「獨行睘睘」，《釋文》「睘本又作嫈」；《說文》「自營爲厶」，《韓非子》作「自環」也。旬、勻與營亦音近通用，故〈正月〉篇「哀此惸獨」，《釋文》「惸本又作嫈」，《說文》「趕，獨行也」，亦曰「讀若

〔註43〕許愼著、段玉裁注：《說文解字注》，（臺北：洪葉文化事業有限公司，1998 年 10月出版），頁 335。

〔註44〕李學勤主編：《爾雅注疏》，（北京：北京大學出版社，1999 年出版），頁 139。

「嫈」。〔註45〕

案：此詩首章言：「閔予小子，遭家不造，嬛嬛在疚。」意謂先王既崩，家事無人爲之，孤苦無依也。故《箋》謂：「遭武王崩，家道未成，嬛嬛然孤特在憂病之中。」考《說文》「嬛」字下云：「嬛，材緊也。《春秋傳》曰：『嬛嬛在疚。』」「嬛」之本意爲材緊，則置於本詩便與文義不符，是《毛傳》必用通叚字也。〈唐風・杕杜〉「獨行睘睘」，《毛傳》注曰：「睘睘，無所依也。」《釋文》謂「睘本又作嫈」。「嫈」之本義爲「回疾」，引申之有孤獨之意。」是訓孤特者當以「嫈」爲本字，「睘」、「嬛」與「嫈」三者古音同爲溪母耕部，同音通叚。又《文選注》引《韓詩》作「惸惸」者，以「嫈」與「惸」古音亦同，是「嫈」亦可通作「惸」，〈正月〉詩：「憂心惸惸」、「哀此惸獨」、《書》：「侮慢惸獨」是也。

19、〈魯頌・閟宮〉：「魯邦所詹」

《毛傳》：「詹，至也。」《韓詩外傳》：「泰山巖巖，魯邦所瞻。」〔註46〕馬瑞辰曰：

> 詹者，瞻之省借，言泰山爲魯邦所瞻仰。《說苑・雜言篇》引作「魯邦是瞻」，蓋本《韓詩》，故《韓詩外傳》引《詩》亦作瞻。〔註47〕

案：《史記・魯周公世家》言：「封周公旦於少昊之虛曲阜，是爲魯公。」〔註48〕魯公即魯侯，爲魯邦之君子也。魯公以曲阜爲封邑，泰山近之，爲魯邦所瞻仰，故言「魯邦所詹」，《爾雅・釋詁》：「瞻，視也。」〔註49〕「詹」即「瞻」之通叚，二者均從詹聲，同音通叚。《穀梁傳・莊公十七年》言：「鄭詹，鄭之卑者也」，〔註50〕《公羊傳》作「鄭瞻」，〔註51〕可爲其證。是知此句《毛傳》作「詹」

〔註45〕馬瑞辰：《毛詩傳箋通釋・卷三十》，（北京：中華書局，1989年），頁1092。

〔註46〕韓嬰著、賴炎元註譯：《韓詩外傳今註今譯》，（臺北：台灣商務印書館，1986年4月5版），頁129。

〔註47〕馬瑞辰：《毛詩傳箋通釋・卷三十一》，（北京：中華書局，1989年），頁1150。

〔註48〕司馬遷：《史記三家注・魯周公世家》，（臺北：七畧出版社，1991年9月2版），頁598。

〔註49〕李學勤主編：《爾雅注疏》，（北京：北京大學出版社，1999年出版），頁37。

〔註50〕李學勤主編：《十三經注疏・春秋穀梁傳注疏》，（北京：北京大學出版社，1999年12月），頁80。

〔註51〕李學勤主編：《十三經注疏・春秋公羊傳注疏》，（北京：北京大學出版社，1999年

乃用通叚字，當從馬說以「瞻」爲本字。

20、〈商頌・玄鳥〉：「奄有九有」

《毛傳》：「九有，九州也。」《鄭箋》：「湯有是德，故覆有九州，爲之王也。」馬瑞辰云：

> 九有即九域之假借，《韓詩》作九域，《文選注》引薛君《章句》曰：「九域，九州也。」徐幹《中論・法象篇》「成湯不敢怠遑而奄有九域」，正本《韓詩》。域、有一聲之轉，故通用。《說文》：「或，邦也。从口，戈以守其一。一，地也。或或从土作域。」是或、域本一字。惠棟曰：「域當作或。」段玉裁曰：「或既从口、从一矣，又从土，是爲後起之俗字。」然域字已見《韓詩》，《說文》亦載之。或以从一爲地，而復加土爲域，猶或已从口爲圍，外又加口而爲國，不得遂以國爲俗字也。古或字讀同域者，與有字古讀若以者通用，因而或字讀胡國切者亦與有通。〈洪範〉「無有作好」，《呂氏春秋》引作「無或作好」，高《注》：「或：有也。」《廣雅・釋詁》亦曰：「或，有也。」是矣。〔註52〕

案：馬說是也，「有」、「域」二字古聲母同屬匣母，雙聲可通叚，《傳》言「九有」即「九域」之通叚。古時「或」、「有」亦雙聲通用，〈天保〉詩「無不爾或承」，《鄭箋》謂：「或之言有也。」是「或」、「有」古亦通用。《詩》作「九有」者尚可見〈長發〉詩「九有有截」，此言「九有」與本詩同，竝爲「九域」之通叚，指九州而言也。

《詩經》誕生年代極爲久遠，毛公爲其作《傳》之前已傳世數百年之久，復有魯、齊、韓三家詩傳世，各有家法，解詩各有所本；復因受《詩》者非一時一地一人，或傳鈔有誤，或方音有別，《詩經》字體屢經變異，致使出現大量的通叚字，造成詩義難以詮釋，成爲歷來解釋《詩經》所面臨的一大難題。其中，以《毛傳》爲古文經故，通叚字甚多，如何通讀《毛詩》中大量的通叚字，是研究《毛詩》的必要條件。考辨《毛詩》中的通叚字例，對於經恉的詮釋、判讀前人注疏正確與否，都存在著相當的重要性，故歷來注解《毛詩》者，泰

---

12 月），頁 154。

〔註52〕馬瑞辰：《毛詩傳箋通釋・卷三十一》，（北京：中華書局，1989 年），頁 1167。

叀均以辨別通叚字爲研讀《毛詩》之不二法門。

馬瑞辰《毛詩傳箋通釋》一書爲遜清一代詮釋《毛詩》之重要著作，自然對通叚字的問題著墨甚多，故馬氏對《毛詩》的詮釋中，通叚字之考辨佔有頗大之份量。馬氏利用清代音韻學上的優勢，復從《詩經》全文爲出發，以上下文句或相關文獻資料及金文古器作爲佐證，藉以辨別古文通叚的成立與否，故能時而提出不同以往之新解，從而解決歷來詮釋《毛詩》時所產生的許多難題，如此的訓詁方式，在清代可謂是十分先進的。馬氏書中所提出的通叚字正確例還有很多，不克一一詳列呈現，本節僅擇其精要，舉出部分加以論述，以見馬氏如何破通叚還其本字，以使詩義文從字順。

第二節　《毛詩傳箋通釋》通叚訓解不周例

清代擁有較前代進步的語音學基礎，使清儒在古籍的考據上可以有許多嶄新的發現，此由上節談及馬瑞辰《毛詩傳箋通釋》中的若干條例可以看出，清人利用他們在音韻與小學上的資料，往往能夠對前代無法解決的難題做出闡釋，對解讀古籍有著不可抹滅的貢獻。然而，在眾多清儒所辨識出的通叚字中，仍有許多是不甚可靠的；由於清代古音學知識尚在啓蒙階段，或由於他們使用之工具書本身有所缺陷，都會在指出通叚問題的同時，留下許多需要再商榷的空間。

由這些可再商榷的問題出發，我們所面臨到的問題便不再是如何在古籍中發現通假字，而是需要辨別清代學人所指出的通假字是否正確無誤。因爲清儒在指明某字作爲通假字時，往往會受古聲韻體系不精密所侷限，致使所指出的通假字也不適當，高本漢便說：

> 因爲沒有現代語音學的方法，尤其對中國上古語音系統實在缺乏確切的認識——這是他們的時代沒有辦法的——他們的工作就不免大大的受到限制，並且他們的論證的價值也要受到影響。現在舉一個簡單的例子來說：〈北門〉的「王事敦我」，《毛傳》解釋作「王的事務堆在我身上」，（敦，厚也。）《韓詩》把「敦」釋作「迫」，說是「王的事務逼迫我」；於是胡承珙就加以揣測說：「敦」tun 和「督」tu 是「一聲之轉」（一個聲音的改變，tun：tu），而「督」《廣雅》

釋爲「促」，所以這裡「敦」和「督」是同源的字。馬瑞辰和王先謙
都贊成這一說而加以引述。照這一說，《韓詩》的說法證實了。一百
五十年前，把「督」tu 認作和平聲「敦」tun 相當的入聲字，是自
然而和一般人的知識相和的。但時至今日，我們已經知道：「敦」的
上古音是*twən，「督」的上古音是*tôk，他們之間並無語源的關係。
所以，胡氏的揣測實在是一點也靠不住的。〔註53〕

高說頗是，以「督」和「敦」爲同源，在聲音上不協調，於其他文獻中也
無法找到相關的證據，僅依據文義便任意牽合兩字，的確是值得商榷。

除了古聲韻知識上的限制之外，在尋求某通假字的本字時，清代學者往往
又對於《說文》等字書中的本義過份執著，導致時常忽略文獻上約定俗成的常
用義；《說文》固然是尋求文字本訓最可靠的字典，然而古籍用字卻不見得字字
都用製字本義，古書用字往往已把某字的假借字當成本字來使用，而成爲一種
約定俗成的常用義，在這種情況下，某些清儒汲汲營營的由《說文》求出符合
製字本義的本字，對古籍文義的解讀並無多大的意義，更何況某些時候《說文》
的訓解也不見得一定正確可靠。因此，對於清儒所指明的通假字必須謹慎衡量，
不可輕信。必須以客觀的標準及相關文獻的證據來檢視清儒所討論的通假問
題。本節擬從文義判讀、古聲韻與文獻資料等角度檢視《毛詩傳箋通釋》中討
論通假問題未妥善之條例，茲舉十六例如下：

1、〈周南・卷耳〉：「維以不永傷」

《毛傳》：「傷，思也。」王先謙《詩三家義集疏》：「〈周南・卷耳〉云：『維
以不永傷』，《說文》：『傷，創也。』『惕，惎也。』傷是惕假借字。」〔註54〕
桂馥言：「惕，憂也。《廣雅》同。或通作傷。」〔註55〕馬瑞辰云：

《說文》：「惕，惎也。」「傷，創也。」凡經傳惎傷字，皆惕之假借。

〔註56〕

〔註53〕高本漢著、董同龢譯：《詩經注釋・作者原序》，（臺北：國立編譯館中華叢書編輯委員會，1979年），頁21。

〔註54〕王先謙：《詩三家義集疏》，（臺北：明文書局，1988年10月出版），頁31。

〔註55〕桂馥：《說文解字義證》，（北京：中華書局，1998年11月2刷），頁918。

〔註56〕馬瑞辰：《毛詩傳箋通釋・卷二》，（北京：中華書局，1989年），頁47。

前章「維以不永懷」下則言：

> 《爾雅》、《方言》皆曰：「懷，思也。」《說文》：「懷，念思也。」
> 懷與傷同義。〔註57〕

案：馬瑞辰等人以「傷」爲「愓」之通叚，以《說文》所記載的本義來看，訓「思」、「憂傷」之字當以從「心」之「愓」爲本字，且「傷」與「愓」古音同在透母陽部，同音可通叚。

以文字學之角度看來，訓憂思者以「愓」做本字是沒有問題的。然而，經典中之憂傷義往往使用「傷」字而不用「愓」，這是因爲經典中用字並非一定使用文字之本義，且多半以約定俗成的通用字爲多，即朱駿聲《說文通訓定聲》中時常提到的「經傳皆以某字爲之」。以「傷」表示憂傷通行既久，經傳中便以「傷」作爲表憂傷、憂思之常用義，而不使用甚少使用的「愓」字。

就連馬瑞辰自己也無可避免受到經典常用義的影響，他在「維以不永懷」下言：「懷與傷同義」，將「懷」解釋爲「傷」，而在「維以不永傷」下卻又言「凡經傳傷字，皆愓之假借」，馬氏在此處不以本字直言「懷與愓同」，而使用通叚字「傷」來作訓解。由此可推測，馬氏應該清楚的知道自己所找出的本字並非是經傳中的慣用字，故在訓解時仍以文字的常用義來作解釋。

由此看來，本詩「維以不永傷」一句，以經典的常用義來解釋已可達到訓詁的作用，馬瑞辰於《說文》中求出甚少使用的「愓」作爲本字其實並沒有多大的意義，反而有可能因爲這個本字已不再通行，而造成讀者閱讀文獻上的困擾與混淆，故「維以不永傷」一句仍應以原詩文字來解讀，因爲經傳已經將叚借字當成本字來使用，尋求本字對訓詁而言就沒有多大的實際作用可言了。

2、〈周南・樛木〉：「福履將之」

《毛傳》：「將，大也。」《鄭箋》：「將，猶扶助也。」馬瑞辰曰：

> 《說文》：「牄，扶也。」從《箋》義，則將爲之假借。《玉篇》：「牄，古文將。」凡《詩》訓將爲助者同此。若將之本義，則《說文》訓爲帥。〔註58〕

〔註57〕馬瑞辰：《毛詩傳箋通釋・卷二》，（北京：中華書局，1989 年），頁 45。

〔註58〕馬瑞辰：《毛詩傳箋通釋・卷二》，（北京：中華書局，1989 年），頁 50。

案：《毛傳》訓「將」爲「大」者，是以「將」爲「壯」之通叚，《說文》：「壯，大也。」〔註59〕〈長發〉詩言「有娀方將」《毛傳》亦訓「將」爲「大」，俱與〈采芑〉詩「克壯其猶」之「壯」同，取其大義。「福履大之」謂福之大矣，文義通順且於意甚足，以詩「將」訓大當以「壯」爲本字。「將」、「壯」古韻同屬陽部，同音可通叚。

若《箋》訓「將」爲「扶助」，與《傳》迥異，「福履扶助」、「福履助之」於義均過於迂曲，不若《毛傳》訓解爲善，此《詩》當從《傳》訓爲允。馬氏從《箋》訓「助」，以「將」爲「牂」之通叚，於義未確。

3、〈周南·漢廣〉：「江之永矣」

《毛傳》：「永，長也。」馬瑞辰言：

> 《方言》：「延、永，長也。凡施於年者謂之延，施於眾長謂之永。」是永訓爲長之義也。《文選·登樓賦》引《韓詩》作漾，薛君《章句》曰：「漾，長也。」漾正作羕，《說文》永字注云：「水長也。象水坙理之長永也。」引《詩》「江之永矣」。羕字注云：「水長也。從永，羊聲。」引《詩》「江之羕矣」。正兼取《毛》、《韓詩》。《韓》作漾，乃羕之借字；《毛》作永，亦羕之假借。古讀永如羕，故互通耳。《爾雅》：「永、羕長也。」〈齊侯鎛鐘〉銘云「羕保其身」、「羕保用享」，又〈陳逆簠〉銘云「子子孫孫羕保用」，羕猶永也。皆永、羕通用之證。〔註60〕

案：考《爾雅·釋詁》：「永、羕，長也。」又《說文》皆訓爲「水長也」，是知「永」、「羕」乃異文同訓，故馬氏以爲通用無別，並據《說文》以「羕」爲本字。馬說非也，「永」、「羕」實爲一字之異體，並無分別，高鴻縉曰：

> 按此永字即潛行水中之泳之初文，原从人在水中行。由文人彳生意，故託以寄游泳之意。動詞。……後人借用爲長永，久而爲借意所專，乃加水旁作泳以還其原。借爲長永字者後，周人或加羊爲聲符作羕，是永、羕非二，而《說文》誤分。〔註61〕

〔註59〕許慎：《說文解字》，（臺北：洪葉文化事業有限公司，1998年10月出版），頁20。

〔註60〕馬瑞辰：《毛詩傳箋通釋·卷二》，（北京：中華書局，1989年），頁62。

〔註61〕高縉鴻：《中國字例·第二篇》，（臺北：台灣省立師範大學，1960年6月出版），

高說是也,「永」、「羕」實一字之異體,《說文》誤分爲二,失之。「永」字爲獨體象形字,而「羕」字从永羊聲,爲後起形聲字,則馬氏以後起之異體字爲本字,於文字製字原理似有不符,其說未確。且不論《毛詩》作「永」、《韓詩》作「漾」均訓爲「長」,則用《毛傳》原文並不妨礙解經,無換字改讀之理,馬氏以「羕」作爲本字,似乎沒有多大的意義存在。

又馬氏舉彝器中〈齊侯鎛鐘〉「羕保其身」、「羕保用享」、〈陳逆簠〉「子子孫孫羕保用」爲例證,殊不知通觀金文用例,作「羕」者僅此二器三句,其餘文例均作「永保其身」、「子子孫孫永寶用」是也。由金文觀之,作「永」者既爲通例而少有「羕」之用例,此又「羕」爲後起字之一證也。

4、〈召南・摽有梅〉:「頃筐墍之」

《毛傳》:「墍,取也。」《箋》:「頃筐取之。」馬瑞辰曰:

> 墍者,摡之假借。《玉篇》引《詩》「頃筐摡之」,蓋本《三家詩》。《廣雅》:「摡,取也。」摡亦省作既,《左氏傳》「董澤之蒲,可勝既乎」,既亦取也。《說文》訓摡爲滌,引《詩》「摡之釜鬵」,又訓既爲小食,皆不爲取。《說文》乞作气,音氣,後變作乞,訓爲乞取。
>
> ……气、乞宲一字,摡、既皆當爲乞之聲近假借,故得訓取。〔註62〕

案:馬瑞辰以「乞」爲「墍」之本字並不妥當。《說文》有「气」無「乞」,「乞」當爲「气」之俗省,容庚《金文編》云:「气,隸變作乞。《洹子孟姜壺》:『洹子孟姜,用气嘉命。』」〔註63〕《甲骨文編》引于省吾言:「卜辭气字用法有三:一讀爲乞求之乞,一讀爲迄至之迄,一讀爲終止之訖。」〔註64〕是知「乞」之本字當爲「气」,而「气」之本義爲雲氣,與「取」義無涉,用作「乞取」之義當爲假借之用法,如何可爲「墍」之本字?又本詩言「摽有梅,頃筐墍之」,乃言梅子成熟落地,追求者可任意取之。而若依馬氏所言訓爲「乞取」,則於文義明顯不合,文義似無法貫串。

頁 275。

〔註62〕馬瑞辰:《毛詩傳箋通釋・卷三》,(北京:中華書局,1989 年),頁 92~93。

〔註63〕容庚編著:《金文編》,(北京:中華書局,1998 年 11 月 6 刷),頁 27。

〔註64〕中國社會科學院考古研究所編輯:《甲骨文編》,(北京:中華書局,1996 年 9 月 5 刷),頁 17。

訓詁之目的在於理解文義，經典中所出現的通叚現象未必均可與《說文》一一對應，而清儒卻往往過度的探求，最後得出令人無法接受的結論。以此句為例，馬氏據《玉篇》、《廣雅》證明《毛傳》以「塈」為「摡」之通叚，訓詁的工作到此已足夠理解詩句的意義，並無必要再將範圍擴大到《說文》之中。雖然「摡」之本義為滌，但或許在經典的常用義上可訓為「取」，因此《玉篇》、《廣雅》皆以「摡」作「取」義解釋；而馬氏最終由《說文》求出的本字「乞」卻無法相容於詩意，不僅無助於解經，更容易造成讀者的誤解而失去訓詁的意義。故此句「頃筐塈之」之「塈」應為「摡」之通叚，訓為取即可，不必再如馬氏過度深求，以免混淆六書假借與用字通叚，進而令讀者產生誤差。

5、〈邶風‧柏舟〉：「不可以茹」

《毛傳》：「茹，度也。」馬瑞辰言：

> 《傳》義本〈釋言〉。茹訓食，為本義；訓度者，如之假借。〈釋詁〉：
> 「如，謀也。」謀亦度也。自此之彼曰如，以此度彼亦曰如矣。《書》
> 「如五器」即度五器也。〔註65〕

案：「茹」字除本詩之外，尚可見〈六月〉「玁狁匪茹」、〈烝民〉「柔則茹之」、〈臣工〉「來咨來茹」等篇，除〈烝民〉「柔則茹之」一句之外，其餘皆應訓「度」。「茹」《爾雅》訓為「食」，如《孟子‧盡心》下：「舜之飯糗茹草也，若將終身焉。」、《禮記‧禮運》：「未有火化，實草木之實，鳥獸之肉，飲其血，茹其毛。」是「茹」有食、咀嚼之義，凡人遇事物之初必先忖度以求事物之宜，如同菜餚入口必先咀嚼而後得嚐其味，是「茹」得以引申而有「度」義。則本詩「不可以茹」依原句之文亦足以通讀，非必如馬氏以「茹」為「如」之通叚也。

6、〈魏風‧園有桃〉：「我歌且謠」

《毛傳》：「曲合樂曰歌，徒歌曰謠。」《箋》：「我心憂君之行如此，故歌謠以寫我憂矣。」馬瑞辰曰：

> 徒歌曰謠，義本《爾雅》。《韓詩章句》：「有章曲曰歌，無章曲曰謠」
> 義與《毛傳》同。謠古字作䚻。《說文》：「䚻，徒歌。从言，肉聲。」
> 又通作繇。《廣韻》繇字注引《詩》「我歌且繇」，蓋本《三家詩》。

〔註65〕馬瑞辰：《毛詩傳箋通釋‧卷四》，（北京：中華書局，1989 年），頁 109。

……又《說文》:「䚻，喜也。」音義亦與繇近。〔註66〕

案：馬瑞辰此條申論有兩點不妥之處；首先，馬氏據《齊詩》異文認爲「謠」通作「繇」，但「繇」《說文》訓爲「隨從」，是「從而往之」之意，但本詩首章言「心之憂矣，我歌且謠」，正《箋》所謂「我心憂君之行如此，故歌謠以寫我憂矣」之義，若將訓「隨從」之「繇」置於句中，則上下文義便不相連貫，無法解讀詩意，因此將「謠」通作「繇」對於解讀文句的幫助是有限的。馬氏據《齊詩》所做出推論，只證明古時因爲字少，或許有將音同音近之字作爲解經之用字的現象。〔註67〕但「歌謠」之「謠」自來皆用「謠」字，《說文》也訓「謠」爲「徒歌」，則《詩經》已經使用了眾人所熟知的文字，我們實在沒有理由再作過度的解釋，本詩「我歌且謠」恐怕還是依《毛傳》之解釋較爲符合解經的需要。

再者，馬氏最後以用《說文》言:「䚻，喜也。」並言「音義亦與繇近」。但不論是將「繇」訓爲「隨從」或者通爲「歌謠」，意義都與訓「喜」之「䚻」相去甚遠，馬瑞辰究竟依何根據而言「䚻」字「音義亦與繇近」，實令人不解。何況，「䚻」字還是一個僅見於《說文》之字，對於解讀《詩經》文義似乎沒有幫助，馬氏如此訓解，實難達到訓詁疏通古籍之目的。

7、〈秦風・車鄰〉:「有車鄰鄰」

《毛傳》:「鄰鄰，眾車聲也。」馬瑞辰曰:

> 《漢書・地理志》引《詩》作轔，張參《五經文字》轔字注云「《詩》本亦作鄰」，《說文》有鄰無轔……是古本作鄰，轔乃後人增益之字。……《三家詩》或有作轔者，遂並改《毛詩》作轔耳……。
>
> 〔註68〕

案：馬氏此說是認爲此詩「鄰」爲本字，作「轔」者乃後人據《三家詩》所竄改，然〈大車〉詩「大車檻檻」一句中馬氏卻言:

> 檻檻乃轞轞之假借。服虔《通俗文》:「車聲曰轞。」張參《五經文字》:「轞，大車聲。」詩借檻字。〔註69〕

〔註66〕馬瑞辰:《毛詩傳箋通釋・卷十》,(北京:中華書局,1989年),頁323。

〔註67〕「謠」與「繇」古音同屬喻母宵部，經傳中或有因其同音而通用的現象。

〔註68〕馬瑞辰:《毛詩傳箋通釋・卷十二》,(北京:中華書局,1989年),頁362。

〔註69〕馬瑞辰:《毛詩傳箋通釋・卷七》,(北京:中華書局,1989年),頁243。

馬氏認爲訓車聲之字當以從車之「轞」爲本字。若以此爲標準，則本詩「有車鄰鄰」之「鄰鄰」亦訓爲車聲，應以「轔」作爲本字較爲合理。《說文》無「轔」、「轞」字，「轔」與「轞」當專爲形容車聲所出現的後造本字。後起本字恰好可以用以比對古時字少而產生的通叚情形，以達到通讀文句的目的，在訓詁工作中是相當重要的一環。「轔轔」與「轞轞」同訓爲車聲，且均爲《說文》未收的後起字，但馬瑞辰卻分別做出兩種不一樣的解釋，究竟是馬氏著書不夠嚴謹？亦或是以其他原因造成馬氏有迥然不同的標準？頗耐人尋味。但可以確定的是本詩「有車鄰鄰」之「鄰」或許以從車之「轔」訓車聲較爲恰當，而馬氏將後起本字當成《說文》所錄之字的通叚字，作法是十分不妥的。

8、〈秦風・駟驖〉：「舍拔則獲」

《毛傳》：「拔，矢末也。」《箋》：「拔，括也。舍拔則獲，言公善射。」馬瑞辰言：

> 《說文》：「發，射發。从弓，癹聲。」古者以發矢爲發，其矢所發之處亦謂之發。發與拔古同聲通用。據《荀子》，楚令尹舍字子發。鄭注《檀公》曰公叔文子「名拔，拔或作發」，當即發字之假借，猶坺通作發，鮁鮁亦作發發也。《傳》言拔爲矢末，《箋》以爲括。據《釋名》：「矢末曰括。括，會也，與弦會也。」是《傳》、《箋》義本相成。蓋言其弦會處曰括，言其爲矢所發處則曰發。而字通作拔也。《傳》、《箋》訓拔爲矢末之括，正以拔即發之借字耳。〔註70〕

案：馬瑞辰此說雖言之成理，但仍過於牽強；馬氏由古者發矢謂發，因此認爲矢所發之處也稱發，據此推論出「拔」爲「發」之通叚。然而「發」《說文》訓：「䠶，發也。」〔註71〕乃發射之義，與《傳》、《箋》所言之「矢末」明顯不同，馬氏將發射之義與「矢末」相合，過於附會，不可深信。

馬氏所謂「矢所發之處」，即指箭矢末端與弦相會之處，稱之「栝」《說文》云：「㯻也，……一曰矢栝，㯻弦處。」，〔註72〕《集韻・入聲・末韻》亦言：「栝，

〔註70〕馬瑞辰：《毛詩傳箋通釋・卷十二》，（北京：中華書局，1989年），頁369。

〔註71〕許愼：《說文解字》，（臺北：洪葉文化事業有限公司，1998年10月出版），頁647。

〔註72〕許愼：《說文解字》，（臺北：洪葉文化事業有限公司，1998年10月出版），頁267。

矢栝築弦處。」〔註73〕又《淮南子・兵略》：「夫栝淇衛菌籠，載以銀錫，雖有薄縞之幨、腐荷之櫓，然猶不能獨穿也。」注言：「箭末扣弦處。」〔註74〕是知《毛傳》謂「矢末」、《箋》言「括」者，當以「栝」爲本字，〔註75〕則本詩「舍拔則獲」之「拔」當爲「栝」之通叚，非馬氏所謂「發」之借字也。

9、〈秦風・小戎〉：「溫其如玉」

《毛傳》未釋此句。《箋》云：「念君子之性，溫然如玉。玉有五德。」馬瑞辰云：

> 按《說文》：「昷，仁也。从皿以食囚也。官溥說。」凡經傳言溫和、溫柔者，皆昷字之假借。若溫之本義，則《說文》但以爲水名耳。
>
> 〔註76〕

案：此句馬氏處理方式與前面提到之「維以不永傷」一句相同，都是由《說文》之本訓出發，站在文字學的角度尋求本字。其不妥之處還是在於他並未將重點放在經傳用字的常用意義上；「昷」的確是表「溫和」、「溫柔」義之本字，然而不論是言「溫和」或「溫柔」，經傳用字皆已慣用「溫」而不用「昷」，段玉裁言：「溫行而昷廢矣。」〔註77〕可見至少在段玉裁所處之清代，「昷」就已經不是社會上通行之文字，若用之解經，未必能達到訓解文意的效果。

本句《詩經》亦採用了社會上普遍所慣用的「溫」字，就詩意看來，用「溫」並無礙於解讀，但馬氏並不滿意如此的結果，仍將討論範圍擴及到《說文》，舉出了一般人不常接觸到的少用字爲本字。對此，我們雖不能說馬氏據《說文》所求出之本字是錯誤的，但他無法擺脫《說文》的羈絆，以眾人不熟知、不常用的字解經，對於理解文意不僅絲毫沒有幫助，反而易使讀經者游離在六書假借與經

〔註73〕 丁度等編：《集韻・入聲・末韻》，（臺北：學海出版社，1986 年 11 初版），頁 691。

〔註74〕 劉安著、熊禮匯注譯：《新譯淮南子讀本・兵略》，（臺北：三民出版社，2002 年 5 月初版二刷），頁 808。

〔註75〕 段玉裁言：「《釋名》曰：『矢末曰栝，栝會也，與弦會也。』……矢栝字，經傳多用括，他書亦用筈。」段玉裁：《說文解字注》，（臺北：洪葉文化事業有限公司，1998 年 10 月），頁 267。

〔註76〕 馬瑞辰：《毛詩傳箋通釋・卷十二》，（北京：中華書局，1989 年），頁 375。

〔註77〕 許慎著、段玉裁注：《說文解字注》，（臺北：洪葉文化事業有限公司，1998 年 10 月出版），頁 215。

傳用字之間而產生混淆，這樣求取本字以破段借，就訓詁而言，是沒有必要的。

10、〈小雅・天保〉：「降爾遐福」

《箋》：「遐，遠也。」馬瑞辰曰：

遐與嘏聲近而義同。《爾雅》：「嘏，大也。」《說文》：「嘏，大遠也。」
遐訓遠者，當即嘏字之假借。〔註78〕

案：《說文》無「遐」字，「嘏」字下段玉裁注曰：「許獨兼遠言之者，大則必遠。」且「遐」、「嘏」二字古韻同在魚部，馬氏認爲「遐」當是「嘏」字之通段。馬氏之說法有《說文》之本義爲佐證，因此「嘏」有遠義是可相信的。

但訓詁之主要目的在於通曉文句，必須是在某字的本義或引申義都不得解的情況下，方可考慮其爲通段字；則訓遠之字在經典皆習用「遐」字，而未見有以「嘏」字示遠義者，如成語「名聞遐邇」、《尚書・太甲》：「若升高必自下，若陟遐必自邇。」〔註79〕、司馬相如《難蜀父老》：「遐邇一體，中外禔福，不亦康乎！」〔註80〕《說文》雖未收「遐」，但經傳卻習用此字來表示遠義，那就訓詁的角度看來，本句以「遐」訓遠義並無不妥，通段改讀對文義的理解似乎沒有任何作用。

11、〈小雅・采芑〉：「方叔率止」

《箋》：「率者，率此戎車士卒而行也。」馬瑞辰曰：

《說文》：「衛，將衛也。」「將，帥也。」帥亦當作衛。古將帥之帥
正作衛。《毛詩》多作率者，衛之省借。《韓詩》多借作帥。《說文》
辵部：「達，先道也。」音義正與衛同。後假率爲之，又假借作帥。
若率之本義，自爲捕鳥畢；帥之本義，自爲配巾耳。〔註81〕

案：「率」於卜辭作「⿰𠂇⿱丷⿱幺㇇」，爲象形字，本義即《說文》所錄爲捕鳥畢。又《說文》：「達，先道也。从辵率聲。」〔註82〕、「衛，將衛也。」一般所謂之「率領」

〔註78〕馬瑞辰：《毛詩傳箋通釋・卷十七》，（北京：中華書局，1989年），頁511。

〔註79〕李學勤主編：《十三經注疏・尚書正義》，（北京：北京大學出版社，1999年12月），頁213。

〔註80〕昭明太子編：《昭明文選・司馬相如・難蜀父老》，（臺北：藝文印書館，1983年），頁638。

〔註81〕馬瑞辰：《毛詩傳箋通釋・卷十八》，（北京：中華書局，1989年），頁550。

〔註82〕許慎：《說文解字》，（臺北：洪葉文化事業有限公司，1998年10月出版），頁70。

之「率」當作「達」或「衛」。而統軍作戰之將領一般作「帥」,「帥」本義爲配巾,其本字亦當作「衛」。「率」、「達」、「衛」古音同在心母沒部,同音可通叚,故可叚「率」爲「達」;「帥」爲「衛」。

馬氏之說當從鄭玄而來。然考之詩文,本詩「方叔率止」之「率」字既不用其本義,也非當作「達」的通叚;詩首章「方叔率止,乘其四騏」、二章「方叔率止,約軧錯衡」、三章「方叔率止,鉦人伐鼓」、末章「方叔率止,執訊獲醜」等句皆與「達」義無涉,苟若以鄭、馬之說,則文義不順,無法通讀。

本詩「方叔率止」之「率」應爲「隸」之通叚,卜辭已可見「率」假借作「隸」之例:「乙未酌,多工帥祭遣」意即「在乙未日舉行酌祭,多官隸之,是否可遠於愆尤」之謂。是知「率」即爲「隸」通叚,與本詩「方叔涖止」同訓爲臨,則「方叔隸止」、「方叔率之」兩句字異而義同,《鄭箋》、馬瑞辰釋本詩之「率」爲率領之義,於文義不合,並不恰當。

12、〈小雅・節南山〉:「不弔昊天」

《傳》:「弔,至也。」《鄭箋》:「至,猶善也。不善乎昊天。」馬瑞辰曰:

> 《說文》:「迅,至也。」弔者,迅之假借。弔有善意。《漢書・五行志》載哀公十六年《左傳》「昊天不弔」,應劭注曰:「昊天不善於魯。」……「不弔昊天」謂此不善之昊天,不宜使此人居尊位,空窮我之眾民,猶《左傳》言「昊天不弔」也。〔註83〕

案:《說文》:「弔,問終也。」〔註84〕由弔問死喪而引申出有善意。此詩《毛傳》「弔」訓至,《箋》申《傳》謂「善」,指明其爲「至善」之意,故謂「不善乎昊天」,與《說文》訓問終之「弔」,從辵訓至之「迅」明顯有所不同,馬氏雖辯才無礙地言之成理,但考於詩意仍嫌牽強,不足爲信。

今案本詩之「弔」乃「尗」之誤字,「尗」於卜辭作「𣏗」、「𣏗」,於金文作「𣏗」等形,其字從「丨」、「彡」者,乃象尗豆枝蔓生之形,即《說文》所謂「象尗豆生之形」也。又「弔」卜辭作「𣏗」,金文作「𣏗」,乃象人持弓之形,字形與「尗」相類,後人多誤「尗」之初形爲從人弓,而以爲與「弔」字同,非是。

〔註83〕馬瑞辰:《毛詩傳箋通釋・卷十八》,(北京:中華書局,1989 年),頁 594〜595。

〔註84〕許慎:《說文解字》,(臺北:洪葉文化事業有限公司,1998 年 10 月出版),頁 387。

「尗」乃「俶」與「淑」之初文，《說文》訓「俶」爲「善」，「不尗」即謂之「不善」。若《尚書·大誥》：「弗弔天，降割於我家，不少廷。」〔註85〕、〈君奭〉：「弗弔天，降喪於殷。」〔註86〕、〈多士〉：「弗弔昊天，大降喪於殷。」〔註87〕及本詩言：「不弔昊天，亂靡有定。」其言「弗弔」、「不弔」者皆「不尗」之誤，「不弔昊天」乃「不善昊天」之謂，《傳》、《箋》不明「弔」者乃「尗」字之誤，故以「至」或「至善」釋之；馬瑞辰以《說文》從彳表去來之「迖」爲訓，又去詩意更遠，無助解經，實爲不妥。

13、〈小雅·蓼莪〉：「鮮民之生」

《傳》：「鮮，寡也。」《箋》：「此言供養日寡矣，而尚不得終養，恨之至也。」馬瑞辰曰：

> 《傳》以鮮爲尟之假借，故訓爲寡。孤、寡一聲之轉，寡民猶言孤子。……阮宮保曰：「古鮮聲近斯，遂相通借。鮮民當讀爲斯民，如《論語》『斯民也』之例。」今按：讀鮮爲斯，是也，但不得與《論語》「斯民」同訓。《爾雅·釋言》：「析，離也。」《方言》：「析，離也。齊陳曰斯。」《說文》：「斯，析也。」斯民當謂離析之民，猶《易》言「旅人」也。民人離析，不得終養，故言生不如死。若但訓斯民爲此民，無以見其生不如死也。〔註88〕

案：馬氏承阮元假「斯」爲「鮮」之說，但他認爲「斯」若訓爲「此」，便與下句「不如死之久矣」不合，乃以《說文》訓離之「析」爲本字，「斯」、「析」聲同屬心母，乃一聲之轉之通假，故馬氏認爲「斯民」即「離析之民」。

然細考古籍經典，「斯民」一詞均爲「此民」之謂，《論語·衛靈公》：「斯民也，三代之所以直道行也。」〔註89〕、《孟子·萬章》下：「天之生斯民也，

〔註85〕李學勤主編：《十三經注疏·尚書正義》，（北京：北京大學出版社，1999 年 12 月），頁 342。

〔註86〕李學勤主編：《十三經注疏·尚書正義》，（北京：北京大學出版社，1999 年 12 月），頁 439。

〔註87〕李學勤主編：《十三經注疏·尚書正義》，（北京：北京大學出版社，1999 年 12 月），頁 422。

〔註88〕馬瑞辰：《毛詩傳箋通釋·卷二十一》，（北京：中華書局，1989 年），頁 669。

〔註89〕李學勤主編：《十三經注疏·論語注疏》，（北京：北京大學出版社，1999 年 12 月），

使先知覺後知，使先覺覺後覺。」〔註90〕未有一例可解爲「離析之民」者。馬氏緣詞生訓，逕自以《說文》之本訓置於詩文之中，雖然可言之成理，但不免過於牽強，且無可靠的證據支持，實難令人信服。

馬氏之說雖不足信，但此句「鮮民」仍不宜用「斯民」解釋。此詩「鮮民」若訓爲「斯民」作「此民」解釋，則又與末章「民莫不穀，我獨何害」、「民莫不穀，我獨不卒」二句句意不協，無法成文；詩既言「我獨何害」、「我獨不卒」，乃以我爲所指，若言「斯民」則非專指我而言，若言眾民皆「不如死之久矣」，明顯無法成文，且與詩意不合。本句之「鮮民」仍當從《傳》訓爲「寡」，即孤子之謂，胡承珙曰：

> 《傳》以鮮爲寡者，蓋以鮮民猶言孤子，即下無父母之謂，經傳雖多以孤爲無父之稱，然《管子·輕重》云：「民生而無父母者謂之孤子。」孤、寡義同，此鮮民所以訓寡也。〔註91〕

胡說是也，此詩「鮮民之生」一句，《箋》說未得詩旨，馬瑞辰又緣詞生訓，俱不足信，故仍應從《傳》訓「寡」，言孤子較爲適宜。又戴震言：「《春秋傳》葬鮮者謂不得以壽終爲鮮，鮮似有少福之意，故無怙恃者曰鮮民。」〔註92〕此說亦通，可備一說。

14、〈大雅·大明〉：「俔天之妹」

《傳》：「俔，磬也。」《鄭箋》：「既使問名，還則卜之，又知大姒之賢，尊之如天之有女弟。」馬瑞辰曰：

> 俔、磬二字雙聲，故通用。俔之轉爲磬，猶《韓非·外儲說》「夫犬馬，人所知也，旦暮磬於前。鬼神無形，不磬於前」，磬於前即見於前。《爾雅》「蜆，縊女」，即爲「磬，縊女」也。據《說文》「俔，譬

頁 214。

〔註90〕 李學勤主編：《十三經注疏·孟子注疏》，（北京：北京大學出版社，1999 年 12 月），頁 269。

〔註91〕 胡承珙著、續修四庫全書編纂委員會編：《續修四庫全書·毛詩後箋》，（上海：上海古籍出版社，2002 年 3 月），頁 495。

〔註92〕 戴震著、續修四庫全書編纂委員會編：《續修四庫全書·毛鄭詩考正》，（上海：上海古籍出版社，2002 年 3 月），頁 575。

喻也」，當以俔爲正字。《韓詩》作磬，通借字也。漢世通借作磬已久，

人皆知磬之爲譬，故毛公以今釋古，《韓詩》遂从今字作磬耳。〔註93〕

馬氏於卷一〈毛詩古文多假借考〉則又言曰：

> 《毛詩・大明》「俔天之妹」，《傳》：「俔，磬也。」據《韓詩》作「磬
> 天之妹」，知俔即磬之假借也。〔註94〕

案：相同一句，馬氏卻在卷一的單篇文章與正文中，分別對本字做出兩種不同
的判定，除顯示出馬氏在著書時舉證不甚嚴謹之外，亦可發現馬氏對通叚字的
判定標準在本義與經傳常用義之間游離不定，並無定則；洪文婷《毛詩傳箋通
釋析論》一書便指出：

> 在前例中（馬氏正文部分之疏解），馬氏已言《毛傳》是以今釋古，
> 也就是以當時的習用字來解經，馬氏則取《說文》的解釋，以當用
> 字爲正字。此時（〈毛詩古文多假借考〉之說）馬氏對正字的判定，
> 則又以理解的習慣，以「習用字」作爲正字。造成兩種不同的論斷，
> 這是因爲在訓詁的實踐上，常用字未必就是當用字。〔註95〕

前面已經提過，經傳典籍有將叚借字當成本字來使用之情況，此不贅言。馬氏
在「俔天之妹」一句分別以本字本義與經傳常用義做出兩種不同的判別，是馬
氏著書時體例不嚴？還是他有意的要將兩說並存，由讀者自行判斷？實難深入
理解其中緣由，但同一句例於書中的疏解前後矛盾，馬氏卻未能加以詳述緣由，
造成讀者之困惑，不免令人遺憾。

　類似的情況尚可見於〈雲漢〉「疧哉冢宰」、〈閔予小子〉「嬛嬛在疧」之「疧」
字之判定，兩句「疧」《毛傳》俱訓爲「病」，馬瑞辰於〈雲漢〉詩言：「作疷者
正字，疧與疚皆假借字。」〔註96〕於〈閔予小子〉卻言：「至疧訓病，字以作疧
爲正，作疷者，假借字也。」〔註97〕同一字「疧」且皆訓爲病，馬氏對於本字

〔註93〕馬瑞辰：《毛詩傳箋通釋・卷二十四》，（北京：中華書局，1989年），頁805。

〔註94〕馬瑞辰：《毛詩傳箋通釋・卷一・毛詩古文多假借考》，（北京：中華書局，1989年），
　　　　頁23。

〔註95〕洪文婷：《毛詩傳箋通釋析論》，（臺北：文津出版社，1993年），頁84。

〔註96〕馬瑞辰：《毛詩傳箋通釋・卷二十六》，（北京：中華書局，1989年），頁985。

〔註97〕馬瑞辰：《毛詩傳箋通釋・卷二十九》，（北京：中華書局，1989年），頁1092。

之判定完全相反，實令人有無所適從之感。

15、〈周頌・有客〉：「敦琢其旅」

此句《毛傳》未釋。《箋》云：「言敦琢者，以賢美之，故王言之。」《正義》：「《釋器》云『玉謂之彫』，又云『玉謂之琢』是彫、琢皆治玉之名。敦、彫古今字。」馬瑞辰曰：

> 敦與彫雙聲，敦即彫字之假借，字亦作雕。據《說文》「琱，治玉也」，彫即雕又皆琱字之假借。〔註98〕

案：此又為馬氏游離於《說文》本義與經傳用字之例。馬氏言「敦與彫雙聲，敦即彫字之假借，字亦作雕」，指出「敦」為「彫」或「雕」之通借，《毛傳》所謂「敦琢」即「彫琢」或「雕琢」之意。訓詁工作到此已可清楚的通讀詩句，瞭解《箋》所謂詩中「言敦琢者，以賢美之，故王言之」之含意，但馬氏卻不能滿足如此之訓解，仍據《說文》尋求本字，故言「彫及雕又皆琱字之假借」。

雖《說文》言「琱」為「治玉」，而「彫」與「雕」分別為「琢文」與鳥名，於文字學上的角度來看，言治玉者卻應以「琱」為本字，但凡經傳言治玉者，皆習以「彫琢」或「雕琢」言之，而除《說文》之外未見有言「琱琢」者。解經為求通讀文意，尋求文字之本義本訓固然十分重要，但訓詁之要務在於以已知解未知，重點應著眼在對於句義之解讀，如不影響句義之判讀，便沒有必要在對製字本義多加著墨。馬氏堅持由《說文》求出符合治玉造字本義之「琱」字，但卻不是經傳所常用、通用之字，對訓詁解經而言，似乎是沒有必要的。

16、〈周頌・酌〉：「我龍受之」

《毛傳》：「龍，和也。」《箋》：「龍，寵也。來助我者，我寵而受用之。」馬瑞辰曰：

> 龍當即龓省其半耳。《方言》：「鉿，龓，受也。齊、楚曰鉿，揚、越曰龓。」龓字本从含省聲；或作龓，亦从含省。《說文》龍部有龓字，注云「龍兒」。舊作「从龍，合聲」，段玉裁本作「从龍，今聲」，並非也。龓受猶言應受。《廣雅》：「應，受也。」《周語》韋注：「應，猶受也。」龓為受，即為應，「我龍受之」正與〈賚〉詩「我應受之」

〔註98〕馬瑞辰：《毛詩傳箋通釋・卷二十九》，（北京：中華書局，1989年），頁1088。

句法相同。《逸周書‧祭公解》「用應受天命」，襄十三年《左傳》「應受多福」，應受猶此詩龍受也。龕可省合作龍，猶《爾雅‧釋言》「洵，龕也」，《釋文》「龕本或作含」，可省龍作含也。含、和以雙聲爲義，龍、和亦同位相近，《毛傳》訓龍爲和者，正以龍爲龕之省借，其字從含得聲，遂以同聲之和訓釋之。〔註99〕

案：《毛傳》訓「龍」爲「和」，陳奐《詩毛氏傳疏》認爲乃爲「龔」之省體，〔註100〕「龔」於金文常與「恭」通，兩字古音併屬見母東部，同音可互通，義同《書‧牧誓》「恭行天之罰」之謂，故《傳》以「和」爲訓，意謂「我恭敬而接受之」。《毛傳》如此訓釋或許有其特殊之用意，但不論將「龍」訓爲「和」或訓爲「恭」皆與詩意不合，說法仍略顯牽強。

又馬瑞辰以爲「龍」爲「龕」之省，以「龕」從「含」聲與「和」音近，又據《方言》：「龕，受也」一句，認爲「龍受」當同義複詞作「接受」解釋。馬氏之說頗有不妥之處；「龕」字金文作「𡪄」，其字從龍今聲，非《說文》言含聲、馬氏所言從含聲也。于省吾曰：

> 〈𪎭壽編鐘〉共二器，有「龕事朕辟皇王」之語……《金文編》注云：「《說文》所無，義與龔同。」按容說非是，《說文》「龕，龍皃。從龍今聲。」段玉裁注云：「假借爲戡。」今人用戡、堪字，古人多叚龕。各本作和聲，篆體亦誤。今依《九經字樣》正，按段說是也；龕字《玉篇》及戴侗引唐本《說文》並從今聲，此鐘既從龍今聲，尤可證今本《說文》從龍合聲之誤……。〔註101〕

于說是也，由金文觀之，「龕」字從本從今聲作「龕」，至小篆作「龕」，故《說文》以爲從合聲、馬瑞辰以爲「龕」字從含省聲並非是。又馬氏言「含」與「和」音近，「含」、「和」古聲母同在匣母，然韻母分屬侵部與歌部，韻母乖隔，無音近之理，馬氏之說亦不足信。

本詩「我龍受之」之「龍」當從《鄭箋》訓「寵」最宜，「我龍受之」乃謂「榮寵而受用」之意，〈小雅‧蓼蕭〉「爲龍爲光」，《傳》正訓「龍」爲「寵」，

〔註99〕馬瑞辰：《毛詩傳箋通釋‧卷三十》，（北京：中華書局，1989 年），頁 1117～1118。

〔註100〕陳奐：《詩毛氏傳疏》，（臺北：台灣學生書局，1968 年 9 月初版），頁 872。

〔註101〕見《金文詁林》「龕」字條下引于省吾之說。

《左傳》昭公十二年叔孫昭子釋〈蓼蕭〉詩曰「宴語之不懷，寵光之不宣」；〈商頌・長發〉「何天之龍」，《箋》謂：「龍當作寵。寵，榮名之謂。」《大戴禮》引爲「何天之寵」、《孔子家語》引爲「荷天之寵」，各本正以「龍」爲「寵」通叚。

考「龍」於卜辭作「𤣥」，共有二義：一爲「恫」，乃由病痛引申爲災害，猶《書・盤庚》所謂之「乃奉其恫」是也；另一爲方國之名。於金文作「𤣥」，亦有二義：一爲方國之名，故彝器可見有〈龍鼎〉、〈龍爵〉等器；另一則作爲「寵」之通叚，如〈遲父鐘〉：「不顯龍光」〔註102〕、〈邵鐘〉：「喬喬其龍」。〔註103〕通考卜辭與金文，無一例有以「龍」之本義作訓解者。凡《毛傳》所言之「龍」均爲「寵」之通叚，若以馬氏之說訓爲同義複詞「龍受」，則本詩「我龍受之」、〈蓼蕭〉詩「爲龍爲光」、〈長發〉詩「何天之龍」均無法成文，不得其解。馬氏爲牽合《傳》意而強以「龕」爲本字，不僅未得《傳》義，無助解經，且又背離詩意更遠，其說不可從也。

上舉十六例馬氏訓解通叚問題不妥之處，可看出馬氏對於判別通叚字的標準並非相當一致。在馬瑞辰處理的部分文例中雖立論頗爲新穎，但卻於經典文意不甚相符；又或過於遵從《說文》之本訓，造成其混淆文字學之假借與訓詁上之通叚範圍，過度區分文字之本形本義，致使說解與經文脫離，無益解經。我們無法說馬氏如此倚重《說文》肯定是錯誤的，但事實上藉由訓詁的討論，我們確實知道古籍中許多文字不見得都使用造字本義，如詩文原句已足以疏解經文，強以《說文》本訓套用，反而失之蛇足。

由這一類的文字訓詁中，我們不難看出馬氏因牽合《說文》所衍生出的問題，往往馬氏針對上下文意的掌握是可信的，但最後引用《說文》作爲例證，卻反而導致令人不敢相信的訛誤。因此，即便《說文》是文字訓詁工作上重要的工具書，但我們經由訓詁實際的操作中發現，引用《說文》本訓未必絕對可用於經傳用字中，馬氏訓解未周之處泰半是受《說文》影響而產生的問題，可見馬氏以《說文》爲基準解釋詞義的方法，確實是有待商榷的。

〔註102〕吳闓生集釋：《吉金文錄》，（香港：萬有圖書公司，1968 年 4 月出版），頁 137。

〔註103〕馬承源：《商周青銅器銘文選・卷二》，（北京：文物出版社，1988 年 4 月出版），頁 634。

第三節　《毛詩傳箋通釋》通叚可備一說例

　　由前面二節之討論可以看出，馬瑞辰訓詁之方法大致如《清史稿》所論：「以三家辨其異同，以全經明其義例，以古音、古義正其互譌，以雙聲、疊韻別其通借」〔註104〕爲主，在對於通叚字的考證上仍延續乾嘉學派的方法，與清代之考據學者並無太大的不同。但他善於運用異文資料比對，釐清《毛傳》與《鄭箋》注釋上的優劣得失，且不受師法、門派之限制，面對通叚問題又能「以全經明其義例」做爲標準，將詩文中各自分散之討論連成一線，以整體的視野來討論通叚字在《詩經》訓詁中的問題，進而解決許多通叚字在訓詁上的窒礙，對《詩經》的訓詁而言，頗具有創發性。

　　然而，雖然馬瑞辰在訓解通叚字時往往能提出不同以往之訓解與觀點，再利用通叚與異文交互比對、驗證，提出許多立意新穎之疏解，著實令人佩服。但是有時詮釋詩句往往將《詩經》經恉引申太過，或受到其他異文資料所影響，致使馬瑞辰經由通叚所得出的結論過於曲折，雖言之有理，雖別具一解，但卻不如《毛傳》、《鄭箋》等傳統注疏與其他學者之說直接、有力。類似的例子在《毛詩傳箋通釋》討論通叚問題時並不多見，應是馬瑞辰自身對詩文之掌握與詮釋之角度與前嫌不同所致。如此的條例雖然在訓解上意義過於曲折，然其說亦通，別具一解，仍有可觀之處，故於訓解詩文時可備一說。本節即以《毛詩傳箋通釋》一書討論通叚問題可備一說之訓解圍範圍，則其精要舉十例於下：

1、〈周南・桃夭〉：「有蕡其實」

《毛傳》：「蕡，實貌。」《箋》無釋。馬瑞辰曰：

> 蕡者，頒之假借。《說文》：「頒，大首皃。」引伸爲凡大之稱。《爾
> 雅・釋詁》：「墳，大也。」墳亦頒之借。有蕡者，狀其實之大也。
> 至《說文》：「蕡，雜香艸也」，乃蕡之本義耳。〔註105〕

案：本句《毛傳》訓「蕡」爲「實貌」，而《說文》曰：「蕡，襍香草也。」〔註

〔註104〕國史館校註：《清史稿校註・卷四百九十六・列傳二百六十九・儒林三》，（臺北：台灣商務印書館，1999 年 9 月出版），頁 11077。

〔註105〕馬瑞辰：《毛詩傳箋通釋・卷二》，（北京：中華書局，1989 年），頁 56。

〔註106〕許慎：《說文解字》，（臺北：洪葉文化事業有限公司，1998 年 10 月出版），頁 42。

106〕無「實」之義，訓「實」無所取義。《禮記·內則》篇言：「蕡、稻、黍、秫唯所欲」，注曰：「《釋文》蕡又作黂，大麻子。」今考「黂」為「萉」之或體，《說文》云：「萉，枲實也。」〔註107〕段注曰：「枲，麻也。枲實，麻子也。〈釋草〉作黂，《周禮·籩人》、〈艸人〉作蕡。」〔註108〕是知訓「實」者，當以「萉」為本字，《毛傳》作「蕡」者，通叚字也。「蕡」、「萉」古聲母同屬並紐，韻母微諄對轉，同音可通。若夫馬瑞辰通作「頒」訓大，言其實之大者，乃由《毛傳》「非但有華色，又有婦德」之說而來，意義略嫌迂曲，然其說別具一解，故可備一說。

2、〈召南·采蘋〉：「有齊季女」

《毛傳》：「齊，敬也。」馬瑞辰曰：

> 齊者，齋之省借。《說文》：「齎，材也。」《廣雅》：「齎，好也。」《玉篇》引《詩》「有齎季女」，音阻皆、子奚二切。《廣韻》齎又音齊，云「好貌」。《三家詩》蓋作「有齎」，以狀季女之好貌，故《玉篇》引之。《左傳》晉君謂齊女為少齊，蓋亦取齎好之義。古文省借作齊，毛公遂以敬釋之耳。〔註109〕

案：考古文字形，甲文齊作「𠫼」，金文作「𠫼」，又《說文》言：「齊，禾麥吐穗上平也。」〔註110〕則以「齊」訓「敬」者無從取義，本詩《毛傳》訓「齊」為「敬」者當以「齋」為本字。《說文》言：「齋，戒潔也。」引申而有「敬」義，是訓敬者當以「齋」為本字較為適宜。若馬瑞辰從《三家詩》作「齎」者，《說文》：「齎，材也。」或取其人才整齊，引申而有好貌之謂者，此說雖通，但過於曲折，意義上不如《毛傳》訓「敬」直接，故可備一說。

3、〈邶風·谷風〉：「不我能慉」

《毛傳》：「慉，養也。」《鄭箋》：「慉，驕也。君子不能以恩驕樂我，反憎惡我。」馬瑞辰曰：

〔註107〕許慎：《說文解字》，（臺北：洪葉文化事業有限公司，1998 年 10 月出版），頁 23。

〔註108〕許慎著、段玉裁注：《說文解字注》，（臺北：洪葉文化事業有限公司，1998 年 10 月出版），頁 23。

〔註109〕馬瑞辰：《毛詩傳箋通釋·卷二》，（北京：中華書局，1989 年），頁 82。

〔註110〕許慎：《說文解字》，（臺北：洪葉文化事業有限公司，1998 年 10 月出版），頁 320。

《釋文》：「慉，毛：『興也。』王肅：『養也』。」據此，知注疏本作「養」者，從王肅本，非《毛傳》之舊也。慉與讎對（筆者按：此指本詩文下句「反以我爲讎」一句之「讎」），當讀如畜好之畜。畜古讀如勗，故與讎爲韵。……畜者，嬌之省借。《廣雅》：「嬌，好也。」不我慉即不我好也。《説文》：「嬌，媚也。」媚亦悦好之義。《毛傳》訓興者，慉與興一聲之轉。興之言歆，亦説也，喜也。

案：此詩「慉」當爲「畜」之通叚。《正義》言：「不我能慉當倒之云不能慉我。」其説是也，又言：「徧檢諸本，皆云慉，養。」此詩「慉」亦當訓養，〈我行其野〉「爾不我畜」，《毛傳》言：「畜，養也」、〈日月〉詩「畜我不卒」、〈節南山〉「以畜萬邦」，《鄭箋》訓「畜」俱訓爲養。是訓「養」者當以「畜」作本字，「慉」、「畜」古音同屬曉母覺部，同音可通叚。此詩馬瑞辰以「嬌」爲本字訓「好」，言「不我慉即不我好也」者，別具一解，可備一説。

又本句「不我能慉」《説文》引作「能不我畜」，，以「能」在句首，與〈邶風・日月〉「能不我顧」、〈衛風・芄蘭〉「能不我知」、「能不我甲」句式相同，段玉裁《詩經小學》言：「能之言而也、乃也。《詩》「能不我慉」、「能不我知」、「能不我甲」皆同，今作不我能慉者，誤也。」〔註111〕段氏以句法之角度認爲《毛傳》「不我能慉」爲「能不我慉」之誤，並據此改經。筆者認爲此舉不妥，蓋《詩經》年代甚早，形式尚不固定，各詩句法不見得一定嚴格若此；又段氏所見《説文》所引文或本《三家詩》而來，四家詩法或有不同，段氏欲據此改動經文，大可不必。

4、〈魏風・碩鼠〉：「爰得我直」

《毛傳》：「得其直道。」《鄭箋》：「直，猶正也。」馬瑞辰曰：

直與道一聲之轉，古通用。《説苑・脩文篇》：「樂之動於內，使人易道而好良。」易道即樂易，所云易直也。《爾雅・釋詁》：「道，直也。」「爰得我直」猶云爰得我道。《傳》云「得其直道」者，正以道訓直，非於直外增道字也。《箋》謂「直猶正也」，失之。王尚書讀直爲職，訓直爲所，與上章「爰得我所」同義。竊謂訓直爲道，亦與所亦相

〔註111〕見段玉裁著《詩經小學》一書，卷三，頁 454。收入《段玉裁遺書》，（臺北：大化書局印行，1986 年）。

合。古人以失路爲失所，則得道亦爲得所矣。〔註112〕

案：本詩王引之以爲「直」知本字當作「職」訓「所」，與上章「爰得我所」相
同，其言曰：

> 詩言直，不言直道。此詩是國人刺其君之重斂，使民不得其所，非
> 謂不得其直道也。直當讀爲職，職亦所也。哀十六年《左傳》：「克
> 則爲卿，不克則烹，固其所也。」《史記·伍子胥傳》作「固其職也」，
> 是職與所同義，《管子·明法解篇》曰：「孤寡老弱，不失其職。」
> 《漢書·景紀》曰：「令無罪者失職。」〈武紀〉曰：「有冤失職，使
> 者以聞。」〈宣紀〉曰：「其加賜鰥、寡、孤、獨、高年帛，毋令失
> 職。」失職皆謂失所也。故得所亦謂之得職，《管子·版法解》曰：
> 「聖人法天地以覆載萬民，故莫不得其職。」《漢書·趙廣漢傳》：「漢
> 爲京兆尹，廉明威制，豪強小民得職。」顏注曰：「得職，各得其常
> 所也。」職、直古字通。〔註113〕

此詩王說是也，「爰得我直」猶言「爰得我職」，訓「得所」方與經恉相合。若
夫馬瑞辰言「古人以失路爲失所，則得道亦爲得所矣」，以直、道一聲之轉通用，
其說雖通，仍略嫌牽強，不如王說直接且近理，可備一說耳。

5、〈陳風·防有鵲巢〉：「誰予侜美」

《毛傳》：「侜，張誑也。」馬瑞辰曰：

> 美，《韓詩》作娓，云：「娓，美也。」按《說文》：「美，甘也。」
> 「媄，女好也。」〔註114〕是美好之字正作媄，今經典通用美。《周
> 官》作嫩，蓋古文。嫩從微省，微、尾古通用。故美又借作娓，猶
> 微生一作尾生也。〔註115〕

案：「美」之本義爲甘，凡物甘則味美，「媄」亦從「美」得聲，故經典皆通用。
「美」本義雖爲甘，然亦引申有美好義，段玉裁言：「引申凡好皆謂之美。」，

〔註112〕馬瑞辰：《毛詩傳箋通釋·卷十》，（北京：中華書局，1989 年），頁 332。

〔註113〕王引之：《經義述聞》，（臺北：世界書局，1975 年出版），頁 135。

〔註114〕此馬氏誤引說文，《說文》媄下言：「媄，色好也。」非馬氏所引之「女好」。許慎：
《說文解字》，（臺北：洪葉文化事業有限公司，1998 年 10 月出版），頁 624。

〔註115〕馬瑞辰：《毛詩傳箋通釋·卷十三》，（北京：中華書局，1989 年），頁 415。

〔註116〕故原詩文之「美」並無礙解經，馬氏求取本字作「媄」者，可備一說。

又「美」、「尾」、「微」三者古音同屬明母，古韻則屬脂微旁轉，同音可通，故《韓詩》作「娓」，《周官》作「媺」。

6、〈小雅・四牡〉：「嘽嘽駱馬」

《毛傳》：「嘽嘽，喘息之貌。馬勞則喘息。」馬瑞辰曰：

> 《說文》：「嘽嘽，喘息也。」引《詩》「嘽嘽駱馬」。本《毛詩》。又曰：「瘖，馬病也。」引《詩》「瘖瘖駱馬」。蓋本《三家詩》。嘽與瘖，一聲之轉，故通用。嘽之言癉，《說文》：「癉，勞病也。」《廣雅《玉篇》：「瘖，吐安切，力極也。」引《詩》：『瘖瘖駱馬。』亦爲嘽。」〔註117〕

案：「嘽」與「瘖」古音聲母同屬舌音，韻部歌元對轉，故可通用。《廣雅》引《詩》多有用《三家詩》義，故《說文》作「嘽嘽」，一作「瘖瘖」者，應亦從《三家詩》而來。馬瑞辰承之，認爲「嘽嘽駱馬」一句之「嘽」當以「瘖」爲本字，訓爲「馬病」。

然本詩「嘽嘽」《毛傳》訓爲「喘息」，並言「馬勞則喘息」者，乃爲形容馬聲之盛，王事靡鹽，則馬勞喘息聲甚盛，未必言「馬病」也。屈萬里《詩經釋義》言：「此當與〈采芑〉「嘽嘽」同義，蓋形容聲之盛；〈采芑〉形容車聲；此形容馬行聲也。」〔註118〕屈說是也，此詩「嘽嘽」乃形容馬聲之盛，以「嘽嘽」訓爲「喘息」足可解經，未必須要通叚爲「瘖」。馬瑞辰之說雖言之有理，但義嫌曲折，可備一說。

7、〈小雅・斯干〉：「約之閣閣」

《毛傳》：「約，束也。閣閣，猶歷歷也。」《鄭箋》：「約，謂縮版也。」馬瑞辰曰：

> 閣、格古同聲。〈考工記・匠人〉注：「約，縮也。」引《詩》「約之格格」。鄭君注《禮》時用《韓詩》，蓋《韓詩》作格格。《爾雅》：「偁

〔註116〕許慎著、段玉裁注：《說文解字注》，（臺北：洪葉文化事業有限公司，1998 年 10 月出版），頁 148。

〔註117〕馬瑞辰：《毛詩傳箋通釋・卷十七》，（北京：中華書局，1989 年），頁 496。

〔註118〕屈萬里：《詩經釋義》，（台北：文化大學出版部，1993 年 12 月），頁 201。

俉、格格，舉也。」格格亦釋此詩，格格即閣閣之異文。《傳》云「閣
閣猶歷歷」者，謂束板歷碌之貌。據《說文》「鞈，生革，可已爲縷
束也」，段玉裁曰：「生革縷束曰鞈，謂束之歷碌也。」是閣與格皆
當爲鞈字之假借。以束物，因以鞈鞈狀束物歷碌之貌耳。〔註119〕

案：「閣」、「格」皆從各聲，古音同在見母鐸部，同音可通。又《爾雅·釋訓》：
「俉俉、格格，舉也。皆舉持物。」〔註120〕正爲此詩舉物束板之義，「閣」與
「格」古互通用，則「閣閣」、「格格」皆可訓舉，不需以通叚問題視之。訓詁
之學蓋以訓解文義爲主，若經文章句原文已足以疏通文義，便不需以通叚問題
討論之。此詩馬瑞辰以《說文》爲據言本字當作「鞈」者，其說雖通，但不若
《毛傳》原文近理，故可備一說耳。

8、〈大雅·文王〉：「帝命不時」

《毛傳》：「不時，時也；時，是也。」《鄭箋》：「周之德不光明乎？光明矣。
天命之不是乎？又是矣。」馬瑞辰曰：

時當讀爲承，時、承一聲之轉。《大戴·少閒篇》：「時天之氣」即承
天之氣，〈楚策〉「抑承甘露而用之」，《新序·雜事篇》承作時，皆
時、成古通用之證。詩若作承，則與右不得爲韻，故必假時以韻右。
是知此詩「有周不顯，帝命不時」，猶〈清廟〉詩「不顯不承」，《尚
書》言「不顯不承」也。王尚書釋《周頌》「不承」曰：「承者，美
大之詞，當讀『文王烝哉』之烝。《釋文》引《韓詩》曰：『烝，美
也。』」今按此詩「帝命不時」，時讀承，亦當訓美。〔註121〕

案：「不顯」即「丕顯」，《爾雅·釋詁》：「顯，光也。」〔註122〕「丕顯」者，
偉大光明之謂也。「有周不顯」乃言周之德偉大而光明，《毛傳》、《鄭箋》、馬瑞
辰均不得其解。「有周不顯」一句下章尚有詳解，此不贅言。

本詩「帝命不時」一句之「時」，《傳》、《箋》俱訓爲「是」，失之。蓋《詩
經》中所言之「天」、「帝」，均爲代表某種規律與理序的「形上天」。僅表示某種

〔註119〕馬瑞辰：《毛詩傳箋通釋·卷十九》，（北京：中華書局，1989 年），頁 582。

〔註120〕李學勤主編：《爾雅注疏》，（北京：北京大學出版社，1999 年出版），頁 97。

〔註121〕馬瑞辰：《毛詩傳箋通釋·卷十九》，（北京：中華書局，1989 年），頁 793。

〔註122〕李學勤主編：《爾雅注疏》，（北京：北京大學出版社，1999 年出版），頁 26。

自然之理序，並不具有任何意志概念存在。此詩「帝命不時」之「時」，應照字面解爲「四時」之「時」，「有周不顯，帝命不時」乃謂「吾周朝之德偉大光明，上帝不拘於時，隨時顧祐周邦」之意。此詩馬瑞辰以「時」、「承」一聲之轉，「時」當爲「承」之通段，訓「美」者，乃出於臆測，意義略嫌迂迴，故可備一說。

9、〈周頌・振鷺〉：「以永終譽」

此句《毛傳》無釋。《鄭箋》：「永，長也。譽，美聲也。」《正義》：「以此而能長終美譽。言其善於終始，爲可愛之極也。」馬瑞辰曰：

> 終與眾雙聲，古通用。《後漢書・崔駰傳》「豈可不庶幾夙夜，以永眾譽」，義本《三家詩》。《毛傳》作終，即眾字之假借，猶《詩》「眾穉且狂」即言終穉且狂也。〈中庸〉釋此詩曰：「君子未有不如此而蚤有譽於天下者也。」有譽於天下即眾譽也。詩承上「在彼」「在此」，亦爲眾譽。《正義》讀如終始之終，失之。〔註123〕

案：本詩「以永終譽」之「永終」應連讀，爲古人常用之詞，于省吾言：

> 永終古人諜語，終亦永也。《莊子・大宗師》「終古不忒」，《釋文》引崔注：「終古，久也。」《考工記總目》「則於馬終登陁也」，注：「齊人之言終古，猶言長也。」《文選・吳都賦》「藏埋於終古」，劉注：「終古猶永古也。」《易・歸妹》象傳：「君子以永終知敝」，言君子以永久知敝也。《論語・堯曰》「天祿永終」，言天祿永久也。……譽、與古通。詳〈蓼蕭〉「是以有譽處兮」條。「與永終譽」，應讀作以永終與，與即歟，虛詞。序以此詩爲二王之後來助祭，在彼無惡，在彼無斁，庶幾夙夜，以永終與。經傳及金文凡嚴肅夜，皆寓早夜勤慎之意。言無惡於彼，庶乎早夜勤慎，以長永歟。《禮記・中庸》：引此詩曰「君子未有不如此而蚤有譽於天下者也。」是以終譽連讀，且不知譽、與之通段。晚周人說經，每不符於經旨，此其一徵也。
> 王先謙謂：「上文言永，下文終字當讀爲眾，方不犯複。《齊詩》作終，則作眾者《魯》、《韓》文也。」是不之永終之本義矣〔註124〕

〔註123〕馬瑞辰：《毛詩傳箋通釋・卷二十九》，（北京：中華書局，1989 年），頁 1072～1073。

〔註124〕于省吾：《澤螺居詩經》，（北京：中華書局，1982 年 11 月），頁 80～81。

于說頗是。本詩「以永終譽」之「永終」宜連讀，義方足順。若夫馬瑞辰讀「終」為「眾」言「眾譽」者亦通，別為一說。

10、〈魯頌‧閟宮〉：「實始翦商」

《毛傳》：「翦，齊也。」《鄭箋》：「翦，斷也。大王自豳徙居岐陽，四方之民咸歸往之，於時而有王迹，故曰是始斷商。」馬瑞辰曰：

> 翦與踐古同音通用。〈玉藻〉「凡有血氣之類，弗身踐也」，鄭注：「踐讀曰翦。」是翦可借作踐矣。竊為踐亦可借作翦」，此詩「翦商」當讀為踐履之踐。周自不窋竄出戎狄之間，及公劉遷豳，皆近戎狄。至大王遷岐，始內踐商家之地，，故曰「實始翦商」，翦商即踐商也。與《書序》「周公踐奄」文法相類，踐奄即《書》所云「周公居東」。《史記》作「殘奄」，音近假借。鄭訓翦滅，亦為未確。惟《呂氏春秋‧古樂篇》：「成王立，殷民反王命，周公踐伐之。」高注：「踐，往也。」正與踐履同訓。《豳‧詩譜》：「至商之末世，大王又避戎狄之難而入於岐陽。」言入者，正對舊處戎狄在外言之。「實始翦商」正承上「居岐之陽」，故知其為踐商也。《毛》、《鄭》訓為齊斷，既與大王所處之時事不合；惠氏棟訓翦為勤，又與下文「纘大王之緒，致天之屆，于牧之野」文義不貫。段玉裁訓翦齊為齊等之齊，謂齊商之勢盛，楊慎及嚴可均據《爾雅》「戩，福也」，《說文》引《詩》作「戩商」，因謂「實始剪商」為大王始受福於商，均非詩義。〔註125〕

案：此詩言「居岐之陽，實始翦商」，「翦商」當謂侵入、剗除商之勢力，則「翦」當訓作割，謂侵削之義。《呂氏春秋》言：「此文王之所以只妖翦商野。」正與此同。「翦商」乃言侵削商之勢力，使其弱也。故後言「至于文武，纘大王之緒。致天之屆，于牧之野。」故此詩之「翦」當訓為割，乃「剪」之通叚，「翦」、「剪」二字古音同屬精母元部，同音可通叚。又馬瑞辰言此詩「翦商」當作「踐商」，作踐履之義解者，於義稍顯不足，然其說亦通，別為一說。

以上舉十例馬瑞辰於《毛詩傳箋通釋》中討論通叚問題時可備一說之條例，可看出馬瑞辰訓解《詩經》時往往能跳脫《傳》、《箋》的限制，並善用異文資料之比對、語法句式之脈絡來修正前人之說法，且不受門派師法之羈絆，故在

〔註125〕馬瑞辰：《毛詩傳箋通釋‧卷三十一》，（北京：中華書局，1989年），頁1139～1140。

《詩經》訓詁上能有許多創見。然而，雖然馬瑞辰在文字與訓詁上的功力十分令人佩服，但其在疏解《詩經》文句時往往將經恉引申太過，或受到所徵引的異文資料所影響，使得馬瑞辰的訓解離題過遠，略微迂迴，易流於枝蔓，最後所做出之結論反倒不如《傳》、《箋》舊說來的直接、恰當。

這樣的況或許是因爲馬瑞辰自身讀《詩》之角度與觀感所致，若干的條例雖然在訓解上意義過於曲折，然其說亦通，且有頗多創發之見，仍具有相當的參考價值，故可備一說。

第五章 《毛詩傳箋通釋》通叚用例考辨（下）

第一節 《毛詩傳箋通釋》通叚濫用例

由上一章的討論，可見在《毛詩》中古音通叚的現象隨處可見。但要特別留意的問題是，並非某字與另一字有音韻上的關係，就一律可當作通叚來處理，因為通叚字一般是書寫者使用文字時偶然發生，並非事先預想某字而換字改讀。這種因求字過深而濫用通叚的例子，在前儒訓解古籍時經常出現，趙振鐸《字典論》一書便舉出前儒有使用通叚不當的例子：

> 《左傳・文公十七年》：「古文有言曰：『畏首畏尾，身其餘幾。』又曰：『鹿死不擇音。』」這個「音」字，杜預認為是「蔭」的通假。他說：「蔭，所休蔭之處。古字聲同，皆相假借。」……事實上，這個句子裡面的「音」不做通假也講的通。比杜預更早的服虔注《左傳》就不用通假去解釋……先秦時期的文獻裡也有類似的說法，可以佐證。如《莊子・人間世》：「獸死不擇音，氣息茀然。」漢晉時期的人寫的文章，用了這個故事，大多數把「音」講成聲音的音。
> 〔註1〕

「音」做聲音解釋一樣可以通讀，不必盡如杜預所言為「蔭」之通叚字，因為

〔註 1〕趙振鐸：《字典論》，（臺北：正展出版公司，2003 年 7 月出版），頁 180。

訓詁所求不過是文義暢通，尋求古書的正解而已。這也是前面第三章所提到過的，若句中原字解釋可通者，即使其有本字可求，也無需考慮到通叚的問題。上舉的例子可以看出濫用通叚的缺點，從事訓詁工作者不可不戒。

因此，探求通叚字的本字時，必須要有一定的條件與標準，才能夠避免清儒容易濫用通叚的缺點，周何在《中國訓詁學》中說明了通叚所需要的兩種條件：

1、必須條件

即聲音關係的說明。說明兩者之間確實有聲音的關係，並不能就此肯定是叚借關係，因為也可能是音相近同的訛誤。所以聲音只是一種必須的條件而已。

2、滿足條件

即過去曾經通用，得到普遍公認的驗證。也就是在文獻資料中找到不止一次以此代彼的證明，那就足以肯定當時確實具有公開的習慣性，才足以滿足鑑定的要求，故謂之滿足條件。〔註2〕

由此可知，所謂的滿足條件，指的就是文獻上的證明，就如王力便言：「兩個字完全同音，或者聲音十分相近，古音通叚的可能性雖然大，但是仍舊不可以濫用。如果沒有任何證據，沒有其他例子，古音通叚的解釋仍然有穿鑿附會的危險。」〔註3〕因此，由通叚的關係尋求本字，固然需要有音韻上的關係，但仍然需要有實際的例證來輔助，通讀文意作基礎，方可成立。故研究通叚字時須注意通叚有其條件與侷限性，並非全部有音韻關係的字都可以視作通叚問題來處理的。馬氏《毛詩傳箋通釋》喜以通叚釋《詩》，其間亦不能避免有濫用通叚的情形出現，影響對《詩經》原文的解讀，本節擬提出馬氏濫用通叚之例加以考辨，以便尋求詩意正詁，茲舉十七例如下：

1、〈召南·草蟲〉：「我心則降」

《毛傳》言：「降，下也。」馬瑞辰曰：

降者，夅之假借。《說文》：「夅，服也。」正與二章「我心則說」《傳》

〔註2〕周何：《中國訓詁學》，（臺北：三民書局印行，1997年11月出版），頁67。

〔註3〕王力：《王力文集·訓詁上的一些問題》，（濟南：山東教育出版社，1990年6月出版），頁196。

訓爲服同義。《爾雅‧釋詁》：「悦，樂也。」又曰：「悦，服也。」

是知夅服亦説義也。今經傳夅服皆通借作降。〔註4〕

案：《說文》降字下曰：「降，下也。」〔註5〕夅字下言：「夅，服也。…相承不敢竝也。」〔註6〕又「降」與「夅」二字古音同屬匣母冬部，同音可通叚，故馬瑞辰認爲《毛傳》作「降」爲通叚字，本字當從《說文》作「夅」。

《說文》：「降，下也。」已爲常用義，則「我心則降」意爲「我心平靜安和」，正用《說文》訓「下」之義，以此爲訓，在文意上比用不通行之「夅」要來的恰當，也較符合訓詁通讀文意的要求。馬瑞辰以「降」爲「夅」之通叚，雖然在字形、字音上可以說的通，但就訓詁的角度而言，此種解讀便太過生硬，似乎沒有必要。凡形聲字多以聲符爲初文，則降乃夅之後起字，其後起字通行而本字廢，非夅通借爲降。況且連馬氏都自言「今經傳夅服皆通借作降」，可見他自己也注意到經傳中並無使用「夅」字來表示降服之意，馬氏之解讀不僅濫用通叚，更令人感覺其自相矛盾。

2、〈召南‧江有汜〉：「其嘯也歌」

《鄭箋》：「嘯，蹙口而出聲。嫡有所思而爲之。既覺，自悔而歌。歌者，言其悔過以自解說也。」馬瑞辰云：

> 上二章「其後也悔」、「其後也處」，皆指嫡言。此章「其嘯也歌」，則當爲媵自指，謂其感德而嘯歌也。《說文》：「嘯，吹聲也。」以歗爲嘯之籀文。欠部又有歋字，大徐本作「吟也」，引《詩》「其歋也歌」。嘯、歗二字，經典通用，而其本字則音同而義別。嘯者，吹聲，悲聲也。〈中谷有蓷〉篇「條其歗矣」，〈白華〉篇「歗歌傷懷」，其字皆當作嘯。經作歗者，假借也。歋者，吟也，與《說文》歎字訓吟，「謂情有所欲，吟歎而歌」同義，樂聲也。此詩「其嘯也歌」，當從《說文》引作歋。《毛詩》作嘯者，亦假借也。《箋》以嘯爲蹙口出聲，又以指嫡，失其義矣。〔註7〕

〔註4〕馬瑞辰：《毛詩傳箋通釋‧卷三》，（北京：中華書局，1989年），頁78。

〔註5〕許慎：《說文解字》，（臺北：洪葉文化事業有限公司，1998年10月出版），頁739。

〔註6〕許慎：《說文解字》，（臺北：洪葉文化事業有限公司，1998年10月出版），頁239。

〔註7〕馬瑞辰：《毛詩傳箋通釋‧卷三》，（北京：中華書局，1989年），頁95～96。

案：「嘯」，《說文》云：「嘯，吹聲也。从口肅聲，籀文嘯从欠。」〔註8〕口字下又言：「人所以言食也」，〔註9〕「欠」下云：「張口气悟也，象气从儿上出之形」〔註10〕是从口之字，或有重文从欠以構形，如嘘或作歔、嘆或作歎是也。是知从口之「嘯」與从欠之「歗」乃一字之或體，兩字音義俱同，非馬氏所言通叚字也。馬氏受《說文》本義羈絆，忽略文字偏旁互通之理，故產生錯誤，濫用通叚。

又《箋》云「蹙口而出聲」之謂，王先謙言：

> 《韓詩・園有桃》《章句》云：「有章曰歌，無章曰謠。」此「嘯」無章曲亦得稱「歌」者，發聲清激，近似高歌耳。詠歎攄懷，自明作詩之恉，……凡言「嘯」者，感傷之詞。……若謂嫡悔過而蹙口作歌，於義難通。〔註11〕

《箋》說於文義不通，王先謙據此駁鄭之言，其說是也。

3、〈鄘風・牆有茨〉：「中冓之言」

《毛傳》：「中冓，內冓也。」《鄭箋》：「內冓之言，為宮中所構成頑與夫人淫昏之語。」馬瑞辰解釋曰：

> 《釋文》：「冓，本又作遘。」《玉篇》引作㝤。冓、遘、㝤皆當為垢即詬之假借，猶《易・姤卦》或作遘，邂逅一作邂覯也。〈桑柔詩〉「維彼不順，征以中垢」，《傳》：「中垢，言闇冥也。」王尚書曰：「中，得也。垢當為詬，恥辱也。為行不順以得恥辱。」今按此詩內冓亦當讀為內詬，謂內室詬恥之言。宣十五年《左傳》「國君含垢」，《杜注》：「忍垢恥。」《釋文》：「垢，本或作詬。」是垢、詬通也。《毛傳》訓為闇冥，《廣雅》㝤、闇竝訓為夜是也。《釋文》引《韓詩》云：「中冓，中夜。為淫僻之言也。」〔註12〕

案：「冓」與「垢」、「詬」於古音同屬見母侯部，聲韻具同，可同音通叚，故馬

〔註 8〕 許慎：《說文解字》，（臺北：洪葉文化事業有限公司，1998 年 10 月出版），頁 58。

〔註 9〕 許慎：《說文解字》，（臺北：洪葉文化事業有限公司，1998 年 10 月出版），頁 54。

〔註10〕 許慎：《說文解字》，（臺北：洪葉文化事業有限公司，1998 年 10 月出版），頁 414。

〔註11〕 王先謙：《詩三家義集疏》，（臺北：明文書局，1988 年 10 月出版），頁 110。

〔註12〕 馬瑞辰：《毛詩傳箋通釋・卷五》，（北京：中華書局，1989 年），頁 168。

瑞辰以「冓」爲「垢」或「詬」之假借，認爲「中冓」即「中垢」之意，言內室中恥垢之言。

　　馬氏以音韻上的關係來連接「冓」與「垢」、「詬」等字，認爲可以互相的通叚，是很有新意的，但若是由「冓」之本義來看，本句似乎沒有通叚改讀的必要；「冓」，《說文》云：「交積材也，象對交之形。」〔註13〕又「冓」甲骨文作「𦥑」，金文作「𦥑」等形，與小篆作「冓」字形相同，均象木材相交之形。魯實先曰：

> 象木梃交積之形，引伸有結合重疊之義，故自冓而孳乳爲遘、講、篝、購諸字。……故自冓而孳乳爲構。材相交積，所以蓋屋，故構訓爲蓋，是冓、構二文音義不殊。〔註14〕

魯說所言甚是，高田忠周亦云：

> 按《說文》：「冓，交積材也。象對交之形。」冓即古文構字也。構下云蓋也，交積材木以爲屋室。〔註15〕

　　是「冓」爲「構」之初文，交積木材以爲屋舍，《詩》「中冓」乃言「室中」之意，故《毛傳》訓爲「內冓」，胡承珙《毛詩後箋》云：「中冓者，謂室中。」〔註16〕其說是也。「冓」與「垢」、「詬」等字雖古音相同可以通叚，但由〈牆有茨〉原詩文意來看，全章先言「牆有茨」，後言「中冓之言」，乃是內外並舉之對照，則「中冓」直釋其字即可，無勞通叚改讀。馬氏之說雖然頗具新意，但以訓詁用已知解未知的角度而言，似乎還是有妄言通叚的缺失。

　　又〈大雅·桑柔〉：「征以中垢」一句，「垢」雖與「詬」同音可通，然「中垢」乃「垢中」之倒，意謂不順之人，行事就如同塵垢一般不潔，胡承珙曰：

> 中垢言垢中也，猶中林、中谷之比。謂不順之人，其行如在垢中，垢，塵垢也。〈小雅〉：「維塵冥冥」，故《傳》云：「言闇冥也。」《韓詩外傳》云：「以明扶明則升於天；以明扶闇則歸其人。……《詩》

〔註13〕許慎：《說文解字》，（臺北：洪葉文化事業有限公司，1998年10月出版），頁160。

〔註14〕魯實先：《文字析義》，（長沙：魯實先全集編輯委員會，1993年6月出版），頁77。

〔註15〕高田忠周：《古籀篇·卷八》，（未註出版資料，1928年），頁31。

〔註16〕胡承珙著、續修四庫全書編纂委員會編：《續修四庫全書·毛詩後箋》，（上海：上海古籍出版社，2002年3月），頁120。

云:『維彼不順,征以中垢。』闇行也。」此以中垢爲冥行,義亦與

毛近。〔註17〕

胡說是也,從訓詁通讀文意的原則看來,以原句「垢」之常用義直解便可
通讀,不需換字改讀。

4、〈衛風・碩人〉:「螓首蛾眉」

《毛傳》:「螓首,顙廣而方。」《箋》:「螓,爲蜻蜻也。」馬瑞辰曰:

《說文》:「顠,好貌。《詩》所謂『顠首』。」即此詩「螓首」之異
文,是螓乃顠之假借。蛾眉亦娥之假借。《方言》:「娥,好。」《廣
雅》:「娥,美也。」《楚辭》:「眾女嫉余之娥眉兮」,王逸《注》:「娥
眉,好貌。娥亦作蛾。」《藝文類聚》引《詩》正作娥眉。此詩上四
句皆言「如」,至螓首、蛾眉但爲好貌,故不言「如」。《鄭箋》以螓
爲蜻蜻,顏師古注《漢書》因謂蛾眉形若蠶蛾,失之鑿矣。〔註18〕

案:《說文》:「顠,好貌。」〔註19〕並引《詩》作「顠首」,故馬氏以「螓」爲
「顠」之通叚,然「螓」與「顠」古音聲母雖從母雙聲,但韻母分屬眞部與耕
部,毫無通叚之理。且揆之文義,以「好首」形容碩人之顙廣而方,意義略嫌
籠統,不若《傳》、《箋》以螓訓之爲宜。

又「娥」、「蛾」兩字古音同屬疑母歌部,聲韻俱同,用狀碩人眉之美貌,
義亦同。「蛾」者蓋只蠶蛾一類,人有蠶蛾眉角者最是秀美,故《詩》作「蛾眉」
以狀碩人眉之秀麗如蠶蛾,較馬氏所言「娥眉」眞切且義長。是之本詩「螓首
蛾眉」一句乃詩人狀碩人之美貌而言,非如馬瑞辰所言爲「顠首」或「娥眉」
之通叚,苟如馬氏之說,則詩人苦心勾勒以狀碩人之意象,蕩然無存矣!馬氏
此說乃昧於文字之通借之理,從而忽視詩文所附帶的形象與感情,對通叚字過
度深求,反而背離詩文的文學性,如此釋《詩》,實無必要。

5、〈衛風・碩人〉:「巧笑倩兮」

《毛傳》云:「倩,好口輔。」馬瑞辰云:

〔註17〕 胡承珙著、續修四庫全書編纂委員會編:《續修四庫全書・毛詩後箋》,(上海:上
海古籍出版社,2002 年 3 月),頁 675。

〔註18〕 馬瑞辰:《毛詩傳箋通釋・卷六》,(北京:中華書局,1989 年),頁 205。

〔註19〕 許慎:《說文解字》,(臺北:洪葉文化事業有限公司,1998 年 10 月出版),頁 425。

《説文》：「倩，人美字也。」是倩本人美之稱，因而笑之好亦謂之
倩。《釋文》：「倩，本又做蒨。」乃倩之假借。《韓詩》遂以「蒼白
色」釋之，誤矣。又按倩與瑳，瑳與此，皆雙聲。〈竹竿〉詩云「巧
笑之瑳」，而此云「巧笑倩兮」，倩當即瑳之假借，又為齔之假借。
高誘《淮南子注》曰：「將笑則好齒兒。」正與《説文》訓「開口見
齒兒」義合。〔註20〕

案：馬瑞辰引《韓詩》作「蒨」，故以為是「倩」的假借，又言「倩」為「瑳」
之假借，最後指出本字為「齔」。但〈碩人〉詩二章云：「手如柔荑，膚如凝脂。
領如蝤蠐，齒如瓠犀，螓首蛾眉。巧笑倩兮，美目盼兮。」此章言美人體貌之
美，先言「手如柔荑，膚如凝脂。領如蝤蠐，齒如瓠犀，螓首蛾眉。巧笑倩兮，
美目盼兮」來形容美女體貌之美，最後「巧笑倩兮」、「美目盼兮」兩句則化靜
為動，形容美女之笑顏與美目。依文脈看來，前既已言「齒如瓠犀」形容美齒，
若再言「齔」表「開口見齒」之意便顯多餘。馬氏所指出的本字「齔」，反不如
以原句中的「倩」直接解釋為「美好」合於文意，王先謙便說：

《説文》：「倩，人美字也。」引申之為凡美好義，故《傳》云：「倩，
好口輔。」《楚辭・大招》：「靥輔奇牙，宜笑只。」《王注》：「嘕，
笑貌，輔一作酺。」陳奐謂「嘕、酺一聲之轉」。案《淮南・修務篇》：
「奇牙出，靨輔搖」，亦言笑也，並與《傳》好口輔義合。〔註21〕

王說是也，此詩「巧笑倩兮」之「倩」，為好口輔，及口旁小酒窩，更襯出
碩人笑時美貌，與「齔」義無涉，且「倩」古韻屬耕部，「齔」在支部，雖可陰
陽對轉，但卻無助於解讀詩意，故馬瑞辰以「齔」為本字之說，實無必要。

6、〈鄭風・山有扶蘇〉：「乃見狂且」

《毛傳》：「且，辭也。」馬瑞辰云：

「狂且」與下章「狡童」對文。據〈狡童〉篇《傳》「昭公有壯狡
之志」，〈褰裳〉「狂童」《傳》「狂行童昏所化也」，是狡童、狂童皆
二字平列，狂且亦二字同義。且當為佪字之省借。《説文》：「佪，

〔註20〕馬瑞辰：《毛詩傳箋通釋・卷六》，（北京：中華書局，1989年），頁205。

〔註21〕王先謙：《詩三家義集疏》，（臺北：明文書局，1988年10月出版），頁282。

拙也。」《廣韻》作「拙人也」。《廣雅》:「伹,鈍也。」《集韻》、《類

篇》伹音疽。狂伹謂狂行拙鈍之人,不得如〈褰裳〉篇「狂童之狂

也且」以且爲語詞也。〔註22〕

案:馬氏認爲「狂且」與下一章的「狡童」對文,不能如《毛傳》訓爲語詞,
而應訓爲實詞「拙」,並爲「伹」之通叚字,「乃見狂且」謂狂傲且拙鈍之人。

　　「且」字甲骨文作「𝄪」,卜辭中用指「先祖」,如:「丁卯卜貞,侑於祖
乙,牢、羌三人。」〔註23〕、「貞侑於祖辛。」〔註24〕金文亦用爲祖字作「𝄪」,
如:《孟鼎》:「用乍且南公寶鼎。」〔註25〕、《克鼎》:「用乍朕文且師華父𪔂彝。」
〔註26〕魯實先說:

> 所謂存初義者,乃以初文借爲它義或引申與比擬而爲它名,因續造
> 新字,俾與初義相符。若聿、其、豈、因、而、然、亦、且借爲語
> 詞,故孳乳爲筆、箕、愷、𡎱、𨚸、𤑑、掖、祖。〔註27〕

是「且」本指「祖」義而言,但假借爲語詞既久,故經典多以「且」作語詞使用,
如《詩經》中〈王風・君子陽陽〉「其樂只且」、〈鄭風・出其東門〉「匪我思存」
等詩均以「且」作爲語尾助詞使用,若從馬瑞辰以實詞訓「拙」於文意無法通讀。
高本漢便認爲「乃見狂且」一句不必如馬氏用過於嚴格的標準檢視,他說:

> 馬瑞辰以爲「狂且」既和下章的「狡童」相當,「且」就不能只是一
> 個語助詞,它一定是「伹」的假借字……不過,「伹」字在古書中都
> 沒有見過。《尚書・費誓》:「徂茲淮夷」,朱駿聲以爲「徂」是「伹」
> 的假借字,似乎是唯一的例證。〔註28〕

〔註22〕馬瑞辰:《毛詩傳箋通釋・卷八》,(北京:中華書局,1989 年),頁 272。

〔註23〕胡厚宣主編:《甲骨文合集》501 片第二辭,(北京:中華書局,1999 年),頁 119。

〔註24〕胡厚宣主編:《甲骨文合集》709 片(正面)第十五辭,(北京:中華書局,1999
年),頁 178。

〔註25〕馬承源:《商周青銅器銘文選・卷一》,(北京:文物出版社,1988 年 4 月出版),
頁 32。

〔註26〕馬承源:《商周青銅器銘文選・卷一》,(北京:文物出版社,1988 年 4 月出版),
頁 178。

〔註27〕魯實先:《轉注釋義》,(臺北:洙泗出版社,1992 年 12 月出版),頁 2。

〔註28〕高本漢著、董同龢譯:《詩經注釋・譯序》,(臺北:國立編譯館中華叢書編輯委員

又說：

> 「且」字作句尾語助詞是常見的，我們就沒有理由不用Ａ（筆者案：
> 指《毛傳》：「且，辭也。」之說）。〈褰裳〉篇有很相像的一句：「狂
> 童之狂也且」，「也」字出現在「且」前面，「也且」又在整句的末尾，
> 足見「且」只是一個語助詞。〔註29〕

高說是也，「且」既假借爲語詞甚久，在《詩經》中亦多作語詞使用，而作
語詞亦不妨礙全文的判讀，則「且」字在此作語詞解釋並無不妥，不必如馬氏
改讀爲「徂」。馬氏將助詞「且」改讀「徂」，乃是爲了牽就下章「狡童」之文
意，故用實詞來解釋，但以「狂傲拙鈍」來解釋「乃見狂且」一句，在文意上
似乎過於生硬難讀，且證據不夠充足，無法令人採信。故此句仍應從《毛傳》
訓爲語詞較爲恰當。

7、〈豳風・東山〉：「烝在桑野」

《毛傳》：「烝，寘也。」《箋》曰：「久在桑野，有似勞苦者。古者寘、塡、
塵同也。」馬瑞辰云：

> 烝與曾同音，爲疊韻，烝當爲曾之借字。曾，乃也，凡書言「何曾」，
> 猶何乃也。烝之義亦當爲乃。《爾雅》：「烝，君也。」「郡，乃也。」
> 君當讀爲羣居之羣，郡當讀「又窘陰雨」之窘，乃與仍古通。烝訓
> 衆，又爲羣，與仍之訓重、訓數者，義亦相近，因又轉爲語詞之
> 乃。……「烝在桑野」猶言乃在桑野也。〔註30〕

案：馬瑞辰以「烝」作語詞乃從朱熹而來，並以爲「烝」、「曾」兩字疊韻，則
「烝」爲「曾」之通叚訓作「乃」。但細考古韻「烝」屬端母蒸部，「曾」屬從
母蒸部，兩字雖爲疊韻，但聲母一爲舌音，一爲齒音，發聲部位相去甚遠，難
以構成通叚的條件，王力在〈訓詁學上的一些問題〉一文中便說：

> 如果僅僅是疊韻，而聲母相差較遠，或僅僅是雙聲，而韻母相差較
> 遠，那就不可能產生別字。……而談古音通叚的學者們卻往往喜歡

會，1979年），頁233。

〔註29〕高本漢著、董同龢譯：《詩經注釋・譯序》，（臺北：國立編譯館中華叢書編輯委員
　　　　會，1979年），頁233。

〔註30〕馬瑞辰：《毛詩傳箋通釋・卷十六》，（北京：中華書局，1989年），頁479。

把古音通叚的範圍擴大到一切的雙聲疊韻，這樣就讓穿鑿附會的人
有廣闊的天地，能夠左右逢源，隨心所欲。〔註31〕

王說甚是，言雙聲疊韻通叚，必定要有嚴格的條件，聲母、韻母相去甚遠，是
無法成立的。又馬氏言「烝」爲語詞，於文例上亦有無法通讀的問題；呂珍玉
師在〈《詩經》「烝」字釋義〉一文中提到：

> 若「烝」作語詞，在「烝然罩罩」、「烝然汕汕」句，竟然一句四字
> 中有兩字爲無實義之語詞，有些不可思議；雖然在《詩經》中我們
> 無法找到完全相同的句式比對，但從與「然」複合的詞如「宛然左
> 辟」（葛屨）、「賁然來思」（白駒）、「胡然厲矣」（正月）、「居然生子」
> （生民）皆作狀詞來看，可以確定「烝」不應作語詞。〔註32〕

是本詩「烝在桑野」之「烝」不應作語詞解釋，戴震《毛鄭詩考正》言：「烝，
眾也，語之轉耳。」〔註33〕以「烝」與「眾」二字聲母相同，韻部分別在蒸部
與冬部，旁轉可通，且〈小雅·常棣〉：「烝也無戎」、〈小雅·南有嘉魚〉：「烝
然罩罩」、「烝」然汕汕」、〈大雅·棫樸〉：「烝徒楫之」、〈魯頌·閟宮〉：「烝徒
增增」諸句依文意判斷，均以訓「眾」爲宜，馬瑞辰以「烝」爲「曾」之通叚，
訓爲語詞實爲不妥。

8、〈小雅·天保〉：「俾爾單厚」

《毛傳》：「單，信也。或曰：單，厚也。」《箋》：「單，盡也。天使女盡厚
天下之民」。馬瑞辰曰：

> 單者，亶之假借。《爾雅》邢疏引某氏注曰：「《詩》曰『俾爾亶厚。』」
> 《潛夫論》引《詩》亦作「俾爾亶厚」。蓋本《三家詩》。《說文》：
> 「亶，多穀也。」亶之本義爲多穀，引申之爲信厚。《爾雅·釋詁》：
> 「亶，信也。」又「亶，厚也。」此當訓厚，猶「多益」、「戩穀」

〔註31〕 王力：《王力文集·訓詁上的一些問題》，（濟南：山東教育出版社，1990 年 6 月出
版），頁 195。

〔註32〕 呂珍玉師：〈《詩經》「烝」字釋義〉，《興大人文學報》第三十七期，（臺中：國立
中興大學文學院，2006 年 9 月），頁 57。

〔註33〕 戴震著、續修四庫全書編纂委員會編：《續修四庫全書·毛鄭詩考正》，（上海：上
海古籍出版社，2002 年 3 月），頁 570。

皆二字同義也。單與亶同聲而義近，故通用。《説文》：「單，大也。」

《墨子》：「厚，有所大也。」單、厚同義，皆爲大也。〔註34〕

案：此詩「俾爾單厚」據《傳》、《箋》之説，以訓厚最宜，與下文所出現的「多益」、「戩穀」均爲兩字同義之詞，但馬氏以「單」爲「亶」之通段的説法，仍有值得商榷之處。「單」、「亶」古音俱在端母元部，故古多通用，除馬氏所説《爾雅》訓信、訓厚二者皆作「亶」、《潛夫論・愼微》篇引作「亶」之外，另〈周頌・昊天有成命〉「於緝熙，單厥心」《國語・周語》亦引作「亶」，〔註35〕故馬瑞辰遂以「單」爲「亶」之通段。

然《説文》訓「單」爲大，訓「亶」爲多穀，二者引申皆有厚義，〈昊天有成命〉「於緝熙，單厥心」《毛傳》訓「單」爲厚，又〈桑柔〉詩「逢天僤怒」，《毛傳》亦曰：「僤，厚也。」由此可知，「單」自可訓厚，不必非爲「亶」之通段，馬瑞辰通段改讀之説有待商榷；況馬氏亦自言「單、厚同義，皆爲大也」，表示他明白「單」、「亶」訓厚俱爲本義之引申，但爲何仍以「單」爲「亶」之通段，實令人不解。

9、〈小雅・蓼蕭〉：「鞗革沖沖」

《毛傳》：「鞗，轡也。革，轡首也。沖沖，垂飾貌。」馬瑞辰云：

> 鞗者，鉴之假借。《説文》無鞗有鉴，云：「鉴，轡首銅也。」《玉篇》：「鞗，一作鉴。」《廣韻》：「鉴，靳頭銅飾。」靳頭轡首也。《爾雅》：「轡首爲之革。」轡以絡馬頭者爲首，不以人所靳者爲首。《説文》：「勒，馬頭絡銜也。」革即勒之省。古人多加飾以金。《鹽鐵論・散不足》曰：「今富者黄金琅勒。」《説苑》：「田子方載黄金之勒。」鉴即勒之金垂飾者。〈采芑〉詩「鉤膺鞗革」，《箋》：「鞗革，轡首垂也。」〈載見〉詩「鞗革有鶬」，《箋》：「鞗革，轡首也。鶬，金飾貌。」竝與《説文》以鉴爲轡首銅者合。蓋革爲轡首，以皮爲之；鉴爲轡首之飾，以金爲之。……鞗革古或作鉴勒，〈石鼓文〉及〈寅簋文〉竝云「鉴勒」是也。或省作攸勒、攸革，〈伯姬鼎〉

〔註34〕馬瑞辰：《毛詩傳箋通釋・卷十七》，（北京：中華書局，1989年），頁509。

〔註35〕上海師範大學古籍整理組點校：《國語・周語》，（臺北：里仁書局，1981年12月出版），頁116。

云「攸勒」，〈師酉簋〉云「中絛攸勒」，〈焦山鼎〉、〈頌鼎〉、〈頌簋〉
竝云「攸革」是也。或作絛革，〈康鼎〉曰「幽黃絛革」是也（筆者
案：〈康鼎〉原器字作「鋚革」，非馬氏所引作「絛」，當以原器爲準）。
革古通作鞾。《廣雅》：「鞾，勒也。」《玉篇》：「鞾，勒也。亦作革、
鞾也。」革之作鞾與鞾猶棘子成通作革子成也。〔註36〕

案：鋚革一詞《詩經》凡數見，除本詩外尚可見於〈采芑〉「鉤膺鋚革」、〈韓奕〉
「鋚革金厄」、〈載見〉「鋚革有鶬」等詩，其義均若《毛傳》之說，爲絡馬之器。
然「鋚」乃「鋚」字之或體字，非馬瑞辰所謂「鋚」爲「鋚」之通叚字也。「鋚
革」一詞或作「攸勒」、「鋚革」，或單作「勒」，金文屢見，如〈毛公鼎〉：「易
女……馬四匹、攸勒……。」〔註37〕、〈頌鼎〉：「易女玄衣黹屯、赤巿朱黃、鑾
旂、攸勒……。」〔註38〕、〈師酉簋〉：「新易女赤巿朱黃、中絅、攸勒、……。」
〔註39〕、〈盠盨〉：「易女……馬四匹、鋚勒……。」〔註40〕、〈康鼎〉：「令女幽
黃、鋚革。」〔註41〕、〈諫簋〉：「易女□勒。」〔註42〕由金文文例觀之，是知「攸」
爲「鋚」之初文，「鋚」爲「鋚」之或體，作「鋚」者正用本字，《毛傳》用或
體作「鋚」，非通叚字也。

又「革」者，「勒」之初文。「革」古音屬見母職部，「勒」屬來母職部，舌
音見母與舌齒音爲諧聲，兩字古音同，「革」即「勒」也。「鋚革」即「鋚勒」。
又「革」與「棘」古音同屬見母職部，故可通叚作從「棘」聲之「鞾」或「鞾」。

〔註36〕馬瑞辰：《毛詩傳箋通釋‧卷十八》，（北京：中華書局，1989 年），頁 536。

〔註37〕馬承源：《商周青銅器銘文選‧卷一》，（北京：文物出版社，1988 年 4 月出版），
頁 288。

〔註38〕馬承源：《商周青銅器銘文選‧卷一》，（北京：文物出版社，1988 年 4 月出版），
頁 272。

〔註39〕馬承源：《商周青銅器銘文選‧卷一》，（北京：文物出版社，1988 年 4 月出版），
頁 91。

〔註40〕馬承源：《商周青銅器銘文選‧卷一》，（北京：文物出版社，1988 年 4 月出版），
頁 283。

〔註41〕馬承源：《商周青銅器銘文選‧卷一》，（北京：文物出版社，1988 年 4 月出版），
頁 256。

〔註42〕馬承源：《商周青銅器銘文選‧卷一》，（北京：文物出版社，1988 年 4 月出版），
頁 169。筆者按：金文中單作勒者甚爲少見，此器單作勒者，疑勒上有所脫文。

本詩作「革」、「勒」者本字，作「鞼」、「鞿」者通叚字也。

10、〈小雅・采芑〉：「方叔涖止」

《毛傳》：「涖，臨也。」《箋》：「方叔臨視此戎車。」馬瑞辰云：

> 《説文》：「𣜩，臨也。」古無涖字，《傳》訓涖爲臨，正以涖爲𣜩之
> 假借。《公羊・僖公三年》「公子友如齊莅盟」，字作莅，何休注：「莅，
> 臨也。」〔註43〕

案：《説文》未收涖，立部言：「𣜩，臨也。」本詩「方叔涖止」一句《毛傳》訓「涖」爲臨，與《説文》同，段玉裁注曰：

> 臨者，監也，經典莅字或作涖，注家皆曰臨也。道德經釋文云古無
> 莅字，《説文》作𣜩，按莅行而𣜩廢矣，凡有正字而爲叚借字所敓者
> 類此。〔註44〕

段説是也。經典訓臨者皆作「莅」或「涖」，是知「莅」、「涖」爲「𣜩」之俗字，與「𣜩」同義，然「莅」、「涖」自可訓臨，無須用不通行的冷僻本字「𣜩」爲通叚本字，馬氏訓解違背訓詁解經之原則，有濫用通叚之嫌。

11、〈小雅・無羊〉：「眾維魚矣」

《毛傳》：「陰陽和則魚眾多也。」《鄭箋》：「牧人乃夢見人眾，相與捕魚。」馬瑞辰言：

> 《説文》螽爲𧒒之或體《公羊・桓五年》《釋文》引《説文》作螽。
> 《玉篇》𧒒古文作𧕅。《春秋》「有蝝」，《公羊》皆作螽，文二年「雨
> 螽於宋」，何休《解詁》曰：「螽，猶眾也。」此詩眾當爲螽及𧒒之
> 省借。蝝，蝗也，蝗多爲魚子所化。魚子旱荒則爲蝗，豐年水大則
> 爲魚。蝗亦或化爲魚。〔註45〕

案：〈無羊〉詩言：「牧人乃夢，眾維魚矣。」《毛傳》曰「陰陽和則魚眾多」，乃謂眾多者魚也，言眾是爲表示魚數量之多，對象並非指人而言，《箋》謂：「牧

〔註43〕馬瑞辰：《毛詩傳箋通釋・卷十八》，（北京：中華書局，1989年），頁547。

〔註44〕許慎著、段玉裁注：《説文解字注》，（臺北：洪葉文化事業有限公司，1998年10月出版），頁504。

〔註45〕馬瑞辰：《毛詩傳箋通釋・卷十九》，（北京：中華書局，1989年），頁588～589。

人乃夢見人眾，相與捕魚。」以眾指人，於文意不合，不足採信。

又馬瑞辰以「眾」為「蟓」之省借字，「蟓」為「螽」之或體，言其為蝗蟲之屬。「眾」與「蟓」、「螽」聲韻俱同，同音可通叚，然馬氏「魚子旱荒則為蝗，豐年水大則為魚。蝗亦或化為魚」之說穿鑿荒誕之甚，不足為信。則此詩「眾維魚矣」之「眾」仍當從《毛傳》訓為眾多之意，無勞通叚。

12、〈大雅・文王〉：「有周不顯」

《毛傳》言：「有周，周也。不顯，顯也；顯，光也。不時，時也；時，是也。」《箋》曰：「周之德不光明乎？光明矣。天命之不是乎？又是矣。」馬瑞辰曰：

> 不為語詞，《玉篇》曰「不，詞也」是也，故《傳》曰：「不顯，顯也；不時，時也。」《箋》讀同不然之不，因增「乎」以足其義，失之。不、丕古通用，丕亦語詞，不顯猶丕顯也。時當讀為承，時、承一聲之轉。《大戴・少閒》篇「時天之氣」，《楚策》「抑承甘露而用之」，《新序・雜事》篇承作時，皆時、承古通用之證。詩若作承，則與右不得為韻，故必叚時以韻右。……王尚書釋〈周頌〉「不承」曰：「承者，美大之詞，當讀『文王烝哉』之烝。《釋文》引《韓詩》曰：『烝，美也。』」今按此詩「帝命不時」，時讀承，亦當訓美。〔註46〕

案：「不顯」屢見於金文與經典，其中以《詩經》之〈雅〉、〈頌〉為常見；其見於銘文者，若：〈大盂鼎〉：「不顯玟王」〔註47〕、〈大克鼎〉：「敢對揚天子不顯魯休」〔註48〕、〈大鼎〉：「敢對揚天子不顯休」〔註49〕、〈虢叔旅鐘〉：「不顯皇考惠叔」〔註50〕等等。見於《詩經》之〈雅〉、〈頌〉者，本詩二章另有「不顯

〔註46〕馬瑞辰：《毛詩傳箋通釋・卷二十四》，（北京：中華書局，1989年），頁793。

〔註47〕馬承源：《商周青銅器銘文選・卷一》，（北京：文物出版社，1988年4月出版），頁32。

〔註48〕馬承源：《商周青銅器銘文選・卷一》，（北京：文物出版社，1988年4月出版），頁178。

〔註49〕馬承源：《商周青銅器銘文選・卷一》，（北京：文物出版社，1988年4月出版），頁232。

〔註50〕馬承源：《商周青銅器銘文選・卷一》，（北京：文物出版社，1988年4月出版），頁267。

亦世」、三章「世之不顯」，〈大明〉、〈韓奕〉詩：「不顯其光」、〈思齊〉：「不顯亦臨」、〈崧高〉：「不顯申伯」、〈周頌・清廟〉：「不顯不承」、〈維天之命〉：「於乎不顯」、〈執競〉：「不顯成康」等等。

　　「不顯」《毛傳》言：「不顯，顯也。」《箋》申其義曰：「周之德不光明乎？光明矣。」及馬瑞辰以「不」、「丕」爲語詞，三說均未得其解。上舉金文與《詩經》中所出現的「不顯」，「不」均爲「丕」的初文，《說文》：「丕，大也。」〔註51〕《爾雅・釋詁》：「顯，光也。」〔註52〕「不顯」乃偉大光明之義，凡《詩》中言「不顯」者均言「丕顯」，俱爲讚揚之詞，如《尚書・文侯之命》：「丕顯文武」，〔註53〕正與《詩》之用法相同，金文之「不顯」亦然，則「不顯」之義，俱非如《毛傳》、《鄭箋》之說。又馬氏言「不」與「丕」古通用，均爲語詞，然「不」既爲「丕」之初文，無勞討論兩字通用之問題；又「有周不顯」乃言周之德偉大而光明，則「不」與「丕」不得以語詞釋之，馬瑞辰之解釋並不恰當。

　　13、〈大雅・文王〉：「**無聲無臭**」

　　《箋》云：「天之道難知也，耳不聞聲音，鼻不聞香臭。」馬瑞辰曰：

> 聲當爲馨之假借。聲與馨均從殸得聲，故經傳或通借。漢《魏方碑》「耀此聲香」，正借聲爲馨。《說文》：「馨，香之遠聞也。」〈椒聊〉詩「遠條且」，《傳》：「言聲之遠聞也。」段玉裁謂《傳》聲字爲馨字之譌。今按此詩聲字亦當作馨，馨與臭相對成文。《三家詩》必有作「無馨無臭」者，《文選》嵇叔夜〈幽憤詩〉「庶勖將來，無馨無臭」正本之，三家用本字也。《毛詩》與《中庸》引詩均借作聲，鄭君遂以聲音釋之，蓋失其義也。〔註54〕

案：此詩當從《箋》「耳不聞聲音，鼻不聞香臭」之說，「臭」僅表氣味之總稱，非謂香臭之臭，如《禮記・內則》：「皆佩容臭。」鄭玄注曰：「容臭，香物也，

〔註51〕許愼：《說文解字》，（臺北：洪葉文化事業有限公司，1998 年 10 月出版），頁 1。

〔註52〕李學勤主編：《爾雅注疏》，（北京：北京大學出版社，1999 年出版），頁 26。

〔註53〕李學勤主編：《十三經注疏・尚書正義》，（北京：北京大學出版社，1999 年 12 月），頁 556。

〔註54〕馬瑞辰：《毛詩傳箋通釋・卷二十四》，（北京：中華書局，1989 年），頁 800～801。

以纓佩之。」〔註55〕「臭」爲芳香之義;《左傳·僖公四年》:「一薰一蕕,十年
尚猶有臭。」〔註56〕此則以「臭」爲惡臭之義。是知「臭」本爲氣味之總稱,
後由語義變遷才成爲專表惡臭之義,則「無聲無臭」一句,馬瑞辰以爲是馨與
臭相對成文之說,在證據上仍顯薄弱。

又《詩經》中所言之天,僅是代表某種規律與理序的「形上天」。則若以
原詩文意考之,〈文王〉詩言「上天之載,無聲無臭。儀刑文王,萬邦作孚」,
乃謂天道之運行無任何的私心,自然存在且作爲人世的準則,「無聲無臭」乃
描述天之特性,非如馬瑞辰言以「馨」、「臭」表示對立之義;且「聲」、「馨」
雖古韻同部,但「聲」字聲在透母屬舌音,「馨」聲在曉母爲喉音,兩者聲母
乖隔,無通叚之理。此詩「無聲無臭」一句,不論以文義、證據考量皆當從
《箋》釋「耳不聞聲音,鼻不聞香臭」之義,馬氏之說乃妄言通叚,無助解
經。

14、〈大雅·行葦〉:「酌以大斗」

《毛傳》:「大斗,長三尺也。」馬瑞辰說:

> 斗與枓異物。《說文》:「斗,十升也。」「枓,勺也。」「勺,所以挹
> 取也。」此詩「大斗」與〈小雅〉「維北有斗」,皆枓之省借。古音
> 斗、枓同當口切,徐音主者,音之轉。《釋文》斗又作枓,其本字也。

〔註57〕

案:「斗」於卜辭作「𣁬」,金文作「𣁬」等形,字形象容器側視之形,上象斗
器盛物之部,下象其握柄,乃據實物實象之獨體象形字,至小篆作「𣁬」,握
柄部件進入容器之中,便不易察覺「斗」之初形,故《說文》誤分「𣁬」與「枓」
爲二字。

由「斗」字卜辭與金文之形看來,正象《說文》「枓,勺也」之形,則「枓」
字僅爲一加形以示義的累增字,兩字聲韻俱同,實爲一字之分化,《說文》將其

〔註55〕十三經注疏小組:《十三經注疏·禮記·內則》,(臺北:新文豐出版社,2001年),
　　　　頁1286。

〔註56〕李學勤主編:《十三經注疏·春秋左傳正義》,(北京:北京大學出版社,1999年
　　　　12月出版),頁335。

〔註57〕馬瑞辰:《毛詩傳箋通釋·卷二十五》,(北京:中華書局,1989年),頁891。

分爲兩字乃因不識古文而誤判，馬氏往往依循《說文》考辨通叚之本字，故受到《說文》之誤導。「斗」與「枓」實爲一字，故本詩「酌以大斗」直釋其字即可，無通叚的必要。

15、〈大雅・烝民〉：「天子是若」

《毛傳》：「若，順。」馬瑞辰曰：

> 「若，順」《釋言》文也。《說文》：「婼，不順也。」引《春秋傳》「有叔孫婼」。竊疑《說文》「不」爲衍字，凡經傳訓若爲順者皆婼字之省借。至若之本字，則《說文》云：「若，擇菜也。从艸右。右，手也。」引申通訓若爲擇。〔註58〕

案：「若」自甲骨文作「𤮻」，金文作「𦳋」，象一人跪坐梳髮之形，故有順義，高鴻縉曰：

> 葉玉森釋甲文𤮻字曰：「此象人跪而理髮使順形。《易》：『有孚永若。』荀注：『若，順也』。」故以寄順意。動詞，如《詩》：「天子是若」是也。〔註59〕

高說是也，「若」有順意，後加「口」形作「𦳕」，爲「諾」之初文，許慎誤以「𦳋」爲「屮」，又誤「𦥑」爲「右」，故言「若」爲擇菜，乃誤釋之字。「若」訓順金文常見，如〈大史申鼎〉：「子孫是若」〔註60〕、〈邾王糧鼎〉：「世世是若」，〔註61〕故此詩「天子是若」之「若」無勞改字，「天子是若」乃謂「順從天子」，〈大田〉詩「曾孫是若」、〈閟宮〉「萬民是若」俱與此詩義同，非馬瑞辰所謂爲「婼」之省借。

16、〈周頌・維天之命〉：「文王之德之純」

《毛傳》：「純，大。」《箋》：「純亦不已也。」馬瑞辰言：

> 《說文》：「焞，明也。」引《春秋傳》曰「焞燿天地」。純與焞通用，《漢書・揚雄傳》「光純天地」，純亦明也。此承上「於乎不顯」言

〔註58〕馬瑞辰：《毛詩傳箋通釋・卷二十七》，（北京：中華書局，1989年），頁999。

〔註59〕高鴻縉：《中國字例・第二篇》，（臺北：台灣省立師範大學，1960年6月出版），頁196。

〔註60〕羅振玉：《三代吉金文存》，卷四，（北京：中華書局，2005年1月4刷），頁389。

〔註61〕羅振玉：《三代吉金文存》，卷四，（北京：中華書局，2005年1月4刷），頁371。

之，不顯，顯也；顯，明也；純亦明也。文與明義相引申。《方言》、

《廣雅》並曰：「純，文也。」《中庸》引此詩而釋之曰：「蓋曰文王

之所以爲文也，純亦不已。」正訓純爲文。〔註62〕

案：此詩當從《毛傳》訓大最宜，《爾雅・釋詁》：「純，大也。」是純有大義，金文亦可見「純」表大之例，如〈中山嚳方壺〉：「佳朕皇祖文武，桓祖成考，是有純德，宜以施及子孫。」〔註63〕「純」正作大義，徐中舒曰：「純又有大意。《詩》言「純嘏」、「純熙」、「文王之德之純」，毛鄭《傳》、《箋》皆釋爲大。」〔註64〕徐說是也，此詩「文王之德之純」乃言文王德之偉大，他如《國語・晉語》「德不純」、《尚書・君奭》「天惟純佑命」亦同，故此詩之「純」仍當從《毛傳》訓大，馬瑞辰以爲「焞」之假借乃穿鑿之說，實無必要。

17、〈商頌・長發〉：「昭假遲遲」

《鄭箋》：「假，暇也。」馬瑞辰曰：

《毛傳》於〈雲漢〉篇「昭假無贏」訓假爲至，以假爲假之假借。

此詩無傳，義與彼同，《釋文》引徐云「毛音格」，是也。朱子《集

傳》「昭假于天」即本毛義。昭假與奏假義近而殊，蓋言其精誠之上

達曰奏假，言其精誠之顯達曰昭假。〔註65〕

案：「昭假」乃言祭祀之事，《詩經》中常見，如〈雲漢〉詩：「昭假無贏」，言祭祀之不瑕、〈噫嘻〉：「既昭假爾」，義爲已祭祀爾、〈泮水〉：「昭假烈祖，靡有不孝」，謂明祀功烈之先祖，無不盡孝也。本詩「昭假遲遲」義亦相承，乃言備禮儀、盛祭品以祭祀，久久不懈之誠敬。

考《詩》言「昭假」者即金文屢見之「邵各」，「邵」孳乳爲「昭」，乃光明之義；「假」者大也，與「各」聲同屬見母，韻母分屬魚部與鐸部，古音對轉可通。其云「昭假」或「邵各」者，乃謂備禮盛祭之大祭是也，如〈宗周鐘〉言：

〔註62〕馬瑞辰：《毛詩傳箋通釋・卷二十八》，（北京：中華書局，1989年），頁1044。

〔註63〕馬承源：《商周青銅器銘文選・卷二》，（北京：文物出版社，1988年4月出版），頁615。

〔註64〕徐中舒：《中央研究院歷史語言研究所期刊第六本・金文嘏辭釋例》，（臺北：中央研究院歷史語言研究所集刊編輯委員會，1971年），頁29。

〔註65〕馬瑞辰：《毛詩傳箋通釋・卷三十二》，（北京：中華書局，1989年），頁1174。

「用卲各不顯且考先王。」〔註66〕、〈秦公鐘〉：「以卲雪孝享。」〔註67〕、〈大師虘豆〉：「用劭洛朕文且考，用虘多福。」〔註68〕用法正與《詩》之「昭假」相承，是知《詩》言「昭假」乃與金文之「卲各」義同。以昭假爲備禮儀之大祭，故又稱做「昭事」，如〈文王〉詩言「昭事上帝」、《左傳・文公十五年》曰「以昭事神」。〔註69〕或云「昭祀」、「明祀」，如《國語・楚語》：「道其順辭，以昭祀其祖先」〔註70〕、《左傳・僖公二十一年》：「崇明祀，保小寡」〔註71〕、〈沇兒鐘〉：「惠于明祀」。〔註72〕

由金文與相關文獻之記載可知《詩》之「昭假」即「昭事」、「明祀」之義，乃謂盛禮之極的大祀。非如《毛傳》所言以假爲至，《鄭箋》之以假爲暇，亦非如馬瑞辰所云精誠顯達之「奏假」也。

由上述諸條例之討論，我們明白由通叚字求本字，雖然需要音韻的條件，但仍須就上下文脈的推求，更需要藉由通用或其他文獻之證據來支持才可成立。由馬瑞辰在《毛詩傳箋通釋》濫用通叚之例，可看出馬氏雖然可以藉由音韻的推求時而提出新解，但或因爲過於依賴《說文》，或爲牽合通叚推論而過度詮釋，甚而同一條例之說解也有自相矛盾之處，顯見遜清學人在討論通叚時仍有很大的侷限性。

第二節　《毛詩傳箋通釋》未釋通叚之例

在前面的章節裡，我們已經分別就不同的角度對《毛詩傳箋通釋》中提出

〔註66〕羅振玉：《三代吉金文存》，卷一，（北京：中華書局，2005 年 1 月 4 刷），頁 134。

〔註67〕羅振玉：《三代吉金文存》，卷二，（北京：中華書局，2005 年 1 月 4 刷），頁 653。

〔註68〕羅振玉：《三代吉金文存》，卷十，（北京：中華書局，2005 年 1 月 4 刷），頁 1094。

〔註69〕李學勤主編：《十三經注疏・春秋左傳正義》，（北京：北京大學出版社，1999 年 12 月出版），頁 560。

〔註70〕上海師範大學古籍整理組點校：《國語・周語》，（臺北：里仁書局，1981 年 12 月出版），頁 567。

〔註71〕李學勤主編：《十三經注疏・春秋左傳正義》，（北京：北京大學出版社，1999 年 12 月出版），頁 399。

〔註72〕馬承源：《商周青銅器銘文選・卷二》，（北京：文物出版社，1988 年 4 月出版），頁 364～365。

的通叚字問題考辨，不難發現，在清代學人擁有較前代進步的語音學知識情況下，對於古籍的闡釋有著許多的開發與貢獻；更由於古聲韻學的發達，才使清人得以由古書傳注中判斷出諸多的叚借字，從而解決許多古書窒礙難通的問題。然而學者有時也無可避免的過度探求，或者不當的運用工具書與古文獻材料，加上當時古聲韻學尚不精細，都會影響到清儒判斷通叚字的正確性與可靠性。因爲他們都忽略通叚字通常只是偶而的發生，古人注解古書僅用以通解文意，不可能先在心裡預想要將某字改讀，然後再用以注解典籍的。

儘管清儒在談通叚時有著探求過深、求字不嚴等問題，但通叚畢竟是前人訓解古籍的重要方法之一，清儒利用較前代進步的古聲韻學，在界定通叚字上取得相當豐碩的成果，對於古籍的解讀自有相當大的幫助。通叚在訓詁研究中是不能迴避的問題，馬瑞辰《毛詩傳箋通釋》一書對通叚字著墨甚多，雖提出許多不同於前儒的見解，然其間亦難免有錯誤或疏漏。前一節已經論及馬氏書中濫用通假之問題，本節擬以《毛詩傳箋通釋》疏解《毛傳》應通叚而未以通假訓解的部分加以討論，擇要舉十一例考辨於下：

1、〈周南・漢廣〉：「不可方思」

《毛傳》：「方，泭也。」《說文》曰：

> 方，併船也，象兩舟省總頭形。〔註73〕

馬瑞辰曰：

> 蓋方本併船之名，因而併竹木亦謂之方，凡船及用船以渡通謂之方，《詩》中言方，有宜從舟訓者，〈谷風〉詩「方之舟之」，方即爲舟，猶泳即爲游也。有宜訓爲泭者，此詩「不可方思」，承「江永」言之，故不可編竹木以渡也。〔註74〕

案：「方」於卜辭作「[illegible]」、「[illegible]」等形，金文同。其字從「[illegible]」、「[illegible]」會意，「[illegible]」爲邑之邊界，人在其中，故「[illegible]」之本義應爲方國之謂，如卜辭云：「庚戌貞，惠王自正人方」、〈皇矣〉詩「詢爾仇方」、〈蕩〉詩「覃及鬼方」、〈常武〉詩「徐方繹騷」是也。後引申之表方位、祭名、面積等等之用，無一可見「併船」之

〔註73〕許慎：《說文解字》，（臺北：洪葉文化事業有限公司，1998年10月出版），頁408～409。

〔註74〕馬瑞辰：《毛詩傳箋通釋・卷二》，（北京：中華書局，1989年），頁63。

義者，其字形亦非象兩舟總頭之形，《說文》之訓乃從《爾雅‧釋水》「大夫方舟」〔註75〕而來，以「方舟」釋「方」，出於臆測，並不正確，是知《說文》釋「方」形義俱誤。

又《爾雅‧釋訓》：「舫，泭也。」又言：「舫，舟也。」〔註76〕《毛傳》訓「方」爲「泭」，乃以「方」爲「舫」之叚借。「方」、「舫」古音同屬幫母陽部，同音可通叚，此詩「不可方思」乃言江水之深、廣，編木爲船亦不易渡之是也，故言「不可舫思」。

2、〈召南‧鵲巢〉：「百兩御之」

《毛傳》言：「諸侯之子嫁於諸侯，送御皆百乘。」《鄭箋》：「御，迎也。」此句馬瑞辰無釋，然於二章「百兩將之」下云：

> 上章《傳》云：「諸侯之子嫁於諸侯，送御皆百乘。」是據上章「百
>
> 兩御之」爲迎，此章「百兩將之」爲送，迎與送相對成文。〔註77〕

案：馬說是也，此詩首章「百兩御之」、二章「百兩將之」正以迎送之義相對成文。然「御」字《說文》訓曰：「使馬也，從彳卸。馭，古文御從又馬。」〔註78〕「御」之本義爲使馬，此詩「百兩御之」之「御」《傳》、《箋》俱訓爲「迎」，當以「御」爲「訝」之叚借，「御」、「訝」古音同屬疑母魚部，同音通叚，《說文》云：「訝，相迎也，《周禮》曰：『諸侯有卿訝也。』從言牙聲。」〔註79〕《周禮》有訝士，〔註80〕是知訓迎之字當以「訝」爲本字，《毛傳》作「御」爲通叚字。

3、〈召南‧野有死麕〉：「白茅包之」

《毛傳》：「包，裹也。」《鄭箋》：

〔註75〕李學勤主編：《爾雅注疏》，（北京：北京大學出版社，1999 年出版），頁 224。

〔註76〕李學勤主編：《爾雅注疏》，（北京：北京大學出版社，1999 年出版），頁 70、73。

〔註77〕馬瑞辰：《毛詩傳箋通釋‧卷三》，（北京：中華書局，1989 年），頁 73。

〔註78〕許慎：《說文解字》，（臺北：洪葉文化事業有限公司，1998 年 10 月出版），頁 78。

〔註79〕許慎：《說文解字》，（臺北：洪葉文化事業有限公司，1998 年 10 月出版），頁 96。

〔註80〕《周禮‧秋官‧訝士》言：「訝士掌四方之獄訟，……邦有賓客，則與行人送逆之。」李學勤主編：《周禮注疏‧秋官‧訝士》，（臺北：台灣古籍出版社，2001 年 10 月初版），頁 1096～1097。

欲令人以白茅裹束野中田者所分麕肉，為禮而來。

案：此詩「白茅包之」之「包」馬氏無訓解，考《說文》云：「包，妊也，象人裹妊，巳在中，象子未成形也。」〔註81〕又言：「勹，裹也，象人曲形有所包裹。」〔註82〕段玉裁注曰：「包當作勹，淺人改也。」〔註83〕桂馥《說文解字義證》「勹」字下亦云：

> 裹也者，《玉篇》：「裹，包也」。《詩·公劉》：「乃裹餱糧」、《莊子·大宗師》：「裹飯而往食之」通作包。《書·禹貢》：「包匭菁茅」、《詩·野有死麕》：「白茅包之」、〈樂記〉：「包之以虎皮」。象人曲形有所包裹、包聲相近，《廣韻》：「勹，包也。象曲身兒。」〔註84〕

是訓「裹」之字，當以「勹」為本字。本詩「白茅包之」與下章「白茅純束」對文，皆取裹物之意，則本句「白茅包之」一句當據《說文》以「勹」作本字為最宜，《傳》作「包」者為叚借。

4、〈邶風·柏舟〉：「覯閔既多」

《毛傳》：「閔，病也。」馬瑞辰未釋，《魯》、《齊》皆作「遘愍既多」。

案：此詩言「覯閔既多，受侮不少」，「閔」《毛傳》訓病，乃謂「遭逢諸多災難」，然「閔」《說文》云：「弔者在門也」，〔註85〕乃痛惜、辭問之義，則「閔」字訓病便無從取義。又《說文》云：「愍，痛也。」〔註86〕「愍」本義為痛，引申有災難之義，則此詩《毛傳》訓病者當以「愍」為本字，作「閔」者為通叚字。

5、〈邶風·匏有苦葉〉：「卬須我友」

《毛傳》言：「人皆至，我友未至，我獨待之而不涉。」此句馬瑞辰無訓解，王先謙云：

> 「魯須作頠」者，《釋詁》：「頠，待也。」《邢疏》：「〈邶風·匏有苦

〔註81〕許慎：《說文解字》，（臺北：洪葉文化事業有限公司，1998 年 10 月出版），頁 438。

〔註82〕許慎：《說文解字》，（臺北：洪葉文化事業有限公司，1998 年 10 月出版），頁 437。

〔註83〕許慎著、段玉裁注：《說文解字注》，（臺北：洪葉文化事業有限公司，1998 年 10 月出版），頁 437。

〔註84〕桂馥：《說文解字義證》，（北京：中華書局，1998 年 11 月 2 刷），頁 780。

〔註85〕許慎：《說文解字》，（臺北：洪葉文化事業有限公司，1998 年 10 月出版），頁 597。

〔註86〕許慎：《說文解字》，（臺北：洪葉文化事業有限公司，1998 年 10 月出版），頁 517。

葉〉云：『卬須我友。』」「須」作「頿」，蓋據舊注《魯詩》文。……

《魯》正字，《毛》借字。〔註87〕

案：王說是也。考「須」於卜辭作「𦑣」，金文作「𩓣」，象人面上滿是鬍鬚之形，爲「鬚」之初文。《說文》云：「須，頤下毛也。」〔註88〕是知「須」之本義當爲人之鬍鬚，無等待之義。

此詩「卬須我友」《毛傳》訓「待」，若以「須」訓「待」，則義無所取；又《說文》云：「頿，立而待也，从立須聲。」〔註89〕、《爾雅·釋詁》：「頿，待也。」〔註90〕考「須」與「頿」古音聲韻俱在心母侯部，兩字同音可通叚，是知本詩「卬須我友」之「須」訓「待」者，當從《魯詩》「頿」爲正字，《毛傳》作「須」爲通叚字。

6、〈小雅·采芑〉：「朱芾斯皇」

《毛傳》：「朱芾，黃朱芾也。」《鄭箋》：「命服者，命爲將，受王命之服也。天子之服，韋弁服，朱衣裳也。」馬氏此句未釋，僅在〈車攻〉詩「赤芾金舄」下釋曰：

〈斯干〉詩「朱芾斯皇」，《箋》：「芾者，天子純朱，諸侯黃朱。」

黃朱即赤芾也。〔註91〕

案：言命服、祭服之事當以「巿」爲本字，「芾」字從艸，於命服之事無所取義，應爲通叚字，《說文》：「巿，韠也。上古衣，蔽前而已，巿目象之。天子朱巿，諸侯赤巿，大夫蔥衡。」〔註92〕「巿」從巾象形，〈大盂鼎〉：「易女鬯一卣、冂、衣、巿、舄、車馬。」〔註93〕、〈頌鼎〉：「易女玄衣黹純，赤巿朱黃。」〔註94〕

〔註87〕王先謙：《詩三家義集疏》，（臺北：明文書局，1988 年 10 月出版），頁 168。

〔註88〕許慎：《說文解字》，（臺北：洪葉文化事業有限公司，1998 年 10 月出版），頁 428。

〔註89〕許慎：《說文解字》，（臺北：洪葉文化事業有限公司，1998 年 10 月出版），頁 505。

〔註90〕李學勤主編：《爾雅注疏》，（北京：北京大學出版社，1999 年出版），頁 34。

〔註91〕馬瑞辰：《毛詩傳箋通釋·卷十八》，（北京：中華書局，1989 年），頁 554。

〔註92〕許慎：《說文解字》，（臺北：洪葉文化事業有限公司，1998 年 10 月出版），頁 366。

〔註93〕馬承源：《商周青銅器銘文選·卷一》，（北京：文物出版社，1988 年 4 月出版），頁 32。

〔註94〕馬承源：《商周青銅器銘文選·卷一》，（北京：文物出版社，1988 年 4 月出版），頁 272。

等命服之事均作「市」，是可知言命服之字當以「市」爲本字，《毛傳》作「芾」爲通叚字，「市」、「芾」古音同在幫母月部，同音可通叚。

7、〈小雅・鶴鳴〉：「可以爲錯」

《毛傳》：「錯，石也，可以琢玉。」《淮南子・說林訓》注：「《詩》云：『他山之石，可以爲厝。』」王先謙引曰：

> 「魯錯作厝」者，《淮南・說林訓》高注：「磃，諸治玉之石，《詩》
>
> 云：『他山之石，可以爲厝。』」〔註95〕

案：據王說則《魯詩》作「可以爲厝」，《說文》云：「厝，厝石也，……《詩》曰：『佗山之石，可以爲厝。』」〔註96〕又「錯」字下云：「錯，金涂也。」〔註97〕「錯」之本義與石無涉，則《毛傳》訓石之字應以「厝」爲本字，作「錯」者爲通叚字，「錯」與「厝」古音同在清母鐸部入聲，同音可通叚，故經傳常假「錯」爲「厝」。

8、〈小雅・斯干〉：「君子攸芋」

《毛傳》：「芋，大也。」《鄭箋》：「芋當作幠，幠，覆也，……則鳥鼠之所去也，其堂室相稱，則君子之所覆蓋。」

案：此詩「君子攸芋」《毛傳》訓「大」、《鄭箋》訓「幠」者，乃本《爾雅・釋詁》：「幠、訏、宇，大也。」，〔註98〕「芋」、「訏」、「幠」均爲魚部字，疊韻可通。然此詩言「風雨攸除，鳥鼠攸去，君子攸芋」，《毛傳》訓「芋」爲大，則上下文意不相連貫，難以通讀，不足採信。又《箋》訓爲「幠」，言有覆蓋之義，則「君子攸芋」意謂「君子覆蓋之處」，失之附會，亦不足信。

考此詩「君子攸芋」之「芋」本字當作「宇」，其義爲「居」。王引之《經義述聞》曰：

> 訓大訓覆皆有未妥，芋當讀爲宇，宇，居也。承上文言，約之椓之，
>
> 於是室成而君子居之矣。鄭注《大司徒》「嫩宮室」曰：「爲約椓攻
>
> 堅，風雨攸除，各有攸宇。」彼處云云，皆約舉《詩》解，攸宇即

〔註95〕王先謙：《詩三家義集疏》，（臺北：明文書局，1988 年 10 月出版），頁 640。

〔註96〕許慎：《說文解字》，（臺北：洪葉文化事業有限公司，1998 年 10 月出版），頁 452。

〔註97〕許慎：《說文解字》，（臺北：洪葉文化事業有限公司，1998 年 10 月出版），頁 712。

〔註98〕李學勤主編：《爾雅注疏》，（北京：北京大學出版社，1999 年出版），頁 9。

攸芋也，鄭君注《禮》時用《韓詩》，蓋《韓詩》芋作宇。〔註99〕

王說是也，依文意，此詩「君子攸芋」之「芋」正以「宇」釋之最宜，且〈緜〉詩「聿來胥宇」、〈桑柔〉「念我土宇」、〈閟宮〉「大啓爾宇」等《毛傳》皆言：「宇，居也。」又「芋」、「宇」古聲母同在匣母，古韻同屬魚部，同音可通叚，此詩「君子攸芋」當爲「君子攸宇」，《毛傳》作「芋」乃通叚字。

9、〈小雅・小明〉：「憚我不暇」

《毛傳》：「憚，勞也。」《鄭箋》：「勞我不暇。」

案：《傳》、《箋》均以勞訓「憚」，失之。考《說文》心部下云：「憚，忌難也，從心單聲。一曰難也。」〔註100〕是「憚」應爲忌難、畏懼之義，與「勞」無關。是此詩《毛傳》訓勞者當以「癉」爲本字，《說文》疒部下云：「癉，勞病也。」〔註101〕、《爾雅》：「癉，勞也。」〔註102〕〈大東〉詩「哀我癉人」《毛傳》：「癉，勞也。」正以本義訓之。「憚」與「癉」古音同在定母元部，同音可通叚，是知訓勞之字以「癉」爲本字，《毛傳》作「憚」爲叚借。

10、〈魯頌・閟宮〉：「三壽作朋」

《毛傳》：「壽，考也。」《鄭箋》：「三壽，三卿也。」馬瑞辰曰：

> 據下言「如岡如陵」是祝其壽考，則壽從《傳》訓考爲是。考猶老也，三壽猶三老也。………昭三年《左傳》「三老凍餒」，《杜注》：「三老謂上壽、中壽、下壽、皆八十以上。」《文選》李善注引《養生經》：「黃帝曰：『上壽百二十，中壽百年，下壽八十。』」皆三壽及三老之證。《箋》訓爲三卿，失之。〔註103〕

案：「三壽」一詞金文屢見，如〈仲壺〉：「匃三壽懿德萬年。」〔註104〕、〈晉姜鼎〉：「三壽是利。」〔註105〕或又作「參壽」，如〈宗周鐘〉：「參壽佳刹。」〔註106〕、

〔註99〕王引之：《經義述聞》，（臺北：廣文書局，1971 年 3 月再版），頁 147。

〔註100〕許慎：《說文解字》，（臺北：洪葉文化事業有限公司，1998 年 10 月出版），頁 519。

〔註101〕許慎：《說文解字》，（臺北：洪葉文化事業有限公司，1998 年 10 月出版），頁 355。

〔註102〕李學勤主編：《爾雅注疏》，（北京：北京大學出版社，1999 年出版），頁 32。

〔註103〕馬瑞辰：《毛詩傳箋通釋・卷三十一》，（北京：中華書局，1989 年），頁 1147。

〔註104〕羅振玉：《三代吉金文存》，卷十二，（北京：中華書局，2005 年 1 月 4 刷），頁 1124。

〔註105〕馬承源：《商周青銅器銘文選・卷二》，（北京：文物出版社，1988 年 4 月出版），

〈者減鐘〉:「若召公壽,若參壽。」〔註107〕

　　此詩「三壽作朋」《毛傳》訓「壽」爲「考」,乃稱「三壽」爲「三老」之始,張衡《東京賦》從之曰:「降至尊以訓恭,送迎拜乎三壽。」〔註108〕杜預注《左傳》亦言「三老」,陳奐《詩毛氏傳疏》言:「傳釋壽爲考,三考義未聞,疑考乃老之誤。」,〔註109〕俞樾《群經平議》:「《傳》文考字疑老字之誤,……《傳》於此特釋壽字者,毛意三壽即三老也。」〔註110〕又馬瑞辰與戴震皆據杜預注《左傳》言「三壽」爲「三老」,可知「三壽」自漢晉以至遜清諸家均未得其解,未知「三壽」之「三」乃「參」之叚借也。

　　考詩云「三壽作朋,如岡如陵」,苟如眾家以「三老」釋之,則與下句「如岡如陵」文意不相貫矣;「如岡如陵」乃言如岡陵之永存,而不論「三老」或「三卿」皆無法如岡陵之久遠,故不得言「三老」或「三卿」也。《說文》:「參商,星也。」〔註111〕「參」金文作「❀」,篆文作「叄」,其字均从晶,可證「參」確如《說文》所言爲星名。蓋古人有以星擬人壽長久之習慣,如《荀子・富國》言:「則國安於磐石,授與箕翼。」〔註112〕亦以箕、翼兩星作爲國壽長久之比擬,可爲其證。故知「三壽」乃「參壽」之通借,非如《毛傳》訓「考」、《箋》訓「三卿」、清代諸家訓「三老」之謂也。

　　11、〈商頌・長發〉:「實維阿衡」

　　《毛傳》:「阿衡,伊尹也。」《鄭箋》:「阿,倚。衡,平。」馬瑞辰曰:

頁 629。

〔註106〕羅振玉:《三代吉金文存》,卷一,(北京:中華書局,2005 年 1 月 4 刷),頁 134。

〔註107〕馬承源:《商周青銅器銘文選・卷二》,(北京:文物出版社,1988 年 4 月出版),頁 331。

〔註108〕昭明太子編、周起成等注:《昭明文選・東京賦》,(臺北:三民書局,1997 年 4 月初版),頁 119。

〔註109〕陳奐:《詩毛氏傳疏》,(臺北:台灣學生書局,1968 年 9 月初版),頁 898。

〔註110〕俞樾著、續修四庫全書編纂委員會編:《續修四庫全書・群經平議》,(上海:上海古籍出版社,2002 年),頁 188。

〔註111〕許慎:《說文解字》,(臺北:洪葉文化事業有限公司,1998 年 10 月出版),頁 316。

〔註112〕荀子著、王忠林注譯:《新譯荀子讀本》,(臺北:三民書局,1997 年 8 月十版),頁 166。

《說文》：「伊，殷聖人阿衡，尹治天下者。从人尹。」段玉裁曰：「伊
與阿，尹與衡，皆雙聲，即一語之轉。」今按段說是也。伊、阿、
倚三字並雙聲，故《箋》訓阿爲倚，倚猶伊也。……阿衡蓋師保之
官，特設是官名以寵異之，後以聲轉而爲伊尹，及太甲時改曰保衡。

〔註 113〕

案：《毛傳》言「阿衡」爲「伊尹」者是也。《箋》謂「阿，倚。衡，平。」者
乃望文生訓，斷不可從；又馬氏言「倚猶伊也」、「阿衡蓋師保之官，特設是官
名以寵異之，後以聲轉而爲伊尹，及太甲時改曰保衡」者，乃據《箋》說加以
臆測，亦失之。

考卜辭有「黃尹」一詞，如「己亥卜，㱿貞：侑伐于黃尹，亦侑于箋。」
〔註 114〕、「王占曰：其于黃尹告。」〔註 115〕、「黃尹不我祟。」〔註 116〕、「貞黃
尹弗保我史。」〔註 117〕、「貞侑于黃尹。」〔註 118〕 郭沫若曰：「黃尹余謂即阿衡
伊尹。」〔註 119〕 郭說是也，蓋黃尹即伊尹之異名，伊尹則又稱「阿衡」，故《毛
傳》曰：「阿衡，伊尹也。」其喚「阿衡」者，「阿」僅爲發聲之辭，無義，猶
《史記・吳太伯世家》言「自號句吳」〔註 120〕、《攻吳王夫差鑑》：「攻吳王夫
差。」〔註 121〕「句」、「攻」俱爲發聲之辭也。故卜辭作「黃」爲本字，《詩》
作「衡」者爲通叚，「黃」與「衡」古音同在匣母陽部，同音可通。

是知卜辭之黃尹即伊尹、《詩》之「阿衡」是也，《箋》云「阿，倚。衡，

〔註 113〕馬瑞辰：《毛詩傳箋通釋・卷三十二》，（北京：中華書局，1989 年），頁 1183。

〔註 114〕胡厚宣主編：《甲骨文合集》970 片，（北京：中華書局，1999 年），頁 276。

〔註 115〕胡厚宣主編：《甲骨文合集》3473 片，（北京：中華書局，1999 年），頁 587。

〔註 116〕胡厚宣主編：《甲骨文合集》3480 片（正），（北京：中華書局，1999 年），頁 587。

〔註 117〕胡厚宣主編：《甲骨文合集》3481 片，（北京：中華書局，1999 年），頁 588。

〔註 118〕胡厚宣主編：《甲骨文合集》12627 片，（北京：中華書局，1999 年），頁 1782。

〔註 119〕郭沫若：《殷契粹編・198 片釋文》，（臺北：台灣大通書局，1971 年 2 月初版），頁 407。

〔註 120〕司馬遷：《史記三家注・吳太伯世家》，（臺北：七畧出版社，1991 年 9 月 2 版），頁 572。

〔註 121〕馬承源：《商周青銅器銘文選・卷二》，（北京：文物出版社，1988 年 4 月出版），頁 336。

平。」馬瑞辰曰「倚猶伊也」、「阿衡蓋師保之官,特設是官名以寵異之,後以聲轉而爲伊尹,及太甲時改曰保衡」者乃未知「衡」爲叚借字而望文生訓,俱不可從。

以上據甲骨卜辭、金文與相關文獻資料,擇要舉出《毛詩傳箋通釋》未以通假處理之例子,需要注意的是,在我們發現某字爲通假字的同時,尚必須謹愼的判斷該通假字的正確性,因爲通假並非是單一的文字問題,必須要依據整個文句與前後文的文義來判斷,才可確定某字在一句中是否爲通假,進而依據古聲韻與相關文獻資料求取本字。然而,通假與本字的問題並沒有絕對的必然性,我們求取的本字僅僅只是在古籍解讀中最有可能的用法而已。探詢通假與本字只需要合於文義,能夠使解讀古籍文義通暢即可,不必如清儒一般過度深入的探求,反而扭曲文義,產生出無法取信於人的結論。

將研究材料與範圍限定在單一作品之中,所能發現《毛詩傳箋通釋》關於通假討論的若干問題大致如此,我們除了可見到馬瑞辰在面對通假問題時所採取的態度與方法之外,也可大略的一窺清儒在處理通假時常見的問題;至於欲徹底的解決通假字的問題,則尚賴更有系統的整理與大量的考證文獻以達成,這是目前研究訓詁時所需面臨到的一大難題。本論文僅能就研究範圍內可見到的問題加以考辨及討論,期望可以得到最適合可信的結論。

第三節　《毛詩傳箋通釋》徵引文獻與通叚以外之若干問題

馬氏《毛詩傳箋通釋》一書爲人推崇之特點之一在於善於運用異文資料進行比對、引證,相較於同時代之訓詁學人而言,這種方法可謂相當的先進,也較具科學精神,可以加強其論點的可信度。然而,馬氏此種大量的徵引古籍異文固然有其優點,但亦無法避免會產生問題,進而影響其結論之是否可信。此外,本書除通叚問題以外,尚有許多值得留意思考之處,然由於與本論文討論範圍無關,故此處僅簡略提出問題,以供有志同好參考。本節擬從以下三方面,討論《毛詩傳箋通釋》所徵引文獻與討論通叚問題以外所出現的問題。

一、引《三家詩》、《文選注》及《毛詩》相關時代文獻辨識通叚問題

馬氏釋《詩》時善引《三家詩》、《文選注》或與《毛詩》時代相近之經典作爲判斷異文或通叚的依據,兼採並蓄,折衷適當,在訓詁上得到很大的成效。

然而在這種頗具科學精神的方法背後，卻也存在著相當的風險。竊以爲以《三家詩》、《文選注》或相關經典引文證《詩》之前提必須是：《毛傳》與相關文獻資料相異之處，凡《毛傳》之異文必爲通叚，引文資料皆爲本字之情形下方能成立。以《三家詩》爲例，馬瑞辰之所以大量徵引《三家詩》異文，乃因其爲今文經，爲漢代通行文字，故其異文可以考證以古文經寫成的《毛傳》所出現通叚字；但《三家詩》爲口傳之學，且因學官利祿而興起，其中不乏雜言亂正之文，因此劉歆有「信口說而背傳記，是末師而非往古」之譏，此爲《三家詩》一直爲人詬病之處。又《三家詩》早已亡佚，現今所見爲後人輯佚之作，百年之中，《三家詩》是否經過編輯者的改動或增刪，亦不得而知，此又引《三家詩》訓解《毛傳》時另一值得商榷的問題。

又馬瑞辰亦時常引用《三禮》、《三傳》來考證古禮或史蹟名物，但值得思考的是，《三禮》、《三傳》在成書年代上均晚於《詩經》，且除《周禮》與《左傳》之外均爲今文經，其中隱含大量漢儒之思想，以此套入時代甚古的《詩經》，其禮制與史事，未必能夠一一對應。而《文選注》在年代上則更晚，引用更容易發生錯誤。凡此都是在引用文獻時必須注意的問題，因爲無人能夠保證馬氏所徵引的後出異文資料是否確爲本字，今人管錫華《校勘學》一書便指出使用引文值得思考的方向是：「不僅類書的引文不可盡信，一般書籍的引文和注解同樣都不可盡信。因爲這些引文同樣都不完全忠實於原文。」〔註122〕此種論述，頗爲合理，如果用以比對《毛詩》之異文資料已經經過後人整理或刻意改動，那麼以不正確的本字來考證古語的通叚字，所得出的結論不僅不夠客觀，更無助於對古音古義之理解。

此外，馬瑞辰在某些引用資料上也未能做到詳細校定，許多資料的引文甚至遭到馬氏更動，與原著產生落差，如〈邶風・泉水〉「聊與之謀」，馬瑞辰舉《玉篇》引《聲類》「憀，且也」爲「聊」通叚作「憀」之證據，但實際上《玉篇》似乎並沒有引用《聲類》，這樣改動引文所得出的結論，恐怕還是不夠客觀。這樣的例子在《毛詩傳箋通釋》中還有很多，在廣雅書局版《毛詩傳箋通釋》廖廷相所作的〈跋〉中對這些錯誤引用有很詳細的考證。〔註123〕因此，雖然徵

〔註122〕管錫華：《校勘學》，（合肥：安徽教育出版社，1998 年 9 月 2 刷），頁 195。

〔註123〕馬瑞辰著、陳金生點校：《毛詩傳箋通釋・附廣雅書局本廖跋》，（北京：中華書局，

引豐富一向被視爲馬氏訓詁時的一大優點，但同時也不能忽視是書因徵引文獻而產生的缺點，以免在解讀經典通叚字時產生誤導，致做出錯誤結論。

二、清儒普遍迷信《說文》

馬氏《毛詩傳箋通釋》另一引人非議之處是太迷信《說文》，好用《說文》本字以釋《詩》，但卻未必對解經有所幫助。許慎《說文解字》一書爲中國文字學之濫觴，不論在字形、字音、字義各方面，都有卓著的貢獻，故清儒常有迷信《說文》，進而濫用《說文》的情形。雖然《說文》對訓詁而言是極爲重要的工具書，但在運用時仍須小心，不可字字必據《說文》本字以釋經典，而忽略文字運用上的變化，此點在本論文第三章已有論述，此處僅擬提出馬氏因迷信《說文》本訓，致使討論通叚字時於形、音、義等各方面所產生的問題，其餘不再贅述。

（一）釋形、義之誤

馬瑞辰好以《說文》釋《詩》，在大量運用《說文》本訓辨識通叚字的同時，也難以避免因爲受制於《說文》本身的誤釋與缺陷，進而影響到訓詁的正確性與可靠性。如前章所舉馬氏在解釋〈大雅・行葦〉「酌以大斗」一句時，即因《說文》析形錯誤；誤分「斗」與「枓」爲二字，馬氏即以「斗」爲「枓」之通叚字，但實際上是《說文》不識古文誤判，馬氏不察，因而受到《說文》誤導。又〈大雅・烝民〉「天子是若」一句，馬氏以爲「若」爲「婼」之省借而有「順」義，卻不知「若」於甲骨、金文中爲象形字本就有「順」義，而《說文》訓「擇菜」乃釋形之誤，此馬氏承襲《說文》上釋形的錯誤，進而影響到對字義的掌握，才做出的錯誤判讀。

由此可以看出馬瑞辰因不察《說文》析形上的錯誤，逕自使用《說文》本訓釋《詩》，致使字義上的判斷也跟著錯誤，若此相同情況的例子還有很多，其實並不只存在於對通叚字的認定上。如釋〈陳風・衡門〉「豈其取妻」引《說文》「從肖女」之說，而認爲古代「妻必貴女」，但實際上由甲文、金文檢視，「妻」字部件並無與「貴」相關者；〈周頌・有客〉「降福孔夷」，馬氏引《說文》「從大從弓」之說，認爲「夷」字必有大義，但由甲、金文分作「𡗜」、「𡗦」來看，「夷」字並非從大，故馬氏依《說文》爲據訓解，甚是值得商榷。《說文》是在

1989 年），頁 1193～1194。

訓詁工作上無可避免會使用的工具書，但在使用《說文》的同時，必須體認到《說文》本身是否可盡信；如上述馬氏訓解上的問題便是因爲迷信《說文》說解所產生，一旦《說文》字形析解上出現錯誤，也就無法避免出現字義解釋的錯誤。

　　（二）釋音、義之誤

　　馬氏迷信《說文》，不僅在字形，另一方面也在沿用《說文》的聲訓上。《說文》成書於漢代，其音韻條件與清代相差甚遠，因此馬氏貿然的將《說文》的聲訓資料用於考證經典本字之訓解上，相當危險。如馬氏疏〈周南‧螽斯〉「宜爾子孫」一句時，依《說文》訓「宜」爲「多省聲」，以證「后妃子孫眾多」之意，然考之金文，「宜」字作「𘝶」，非从多聲，則「宜」字並非聲兼義之形聲字，若據《說文》「多省聲」之訓而考定出的結論，令人存疑。又〈大雅‧大明〉「大任有身」，馬氏據大徐本《說文》言「身」字「从人厂聲」，但「身」不論就甲骨文「𠂤」、金文「𠂤」或篆文「𦣻」檢視，均爲一象形字，馬氏將無聲字當成諧聲字，恐怕還是受到《說文》聲訓失當的影響。〈周頌‧酌〉「我龍受之」之「龍」，馬氏據《說文》認爲是「龓」之省借，並以《說文》「龓」从龍含聲，與《毛傳》訓「和」聲近。然以金文考之，「龓」字應爲从龍今聲，非《說文》所言從含聲，馬氏運用《說文》不正確的聲符來解字，所做出的結論自然不甚正確。如此運用《說文》中不當的聲訓以證經典文字的音義，不論最後得出的結論是否能苟合於經恉，單就推論證據的可靠性上，就不免落人口舌，降低推論的可信度。

　　除上述有關形、音、義方面的問題外，馬瑞辰迷信《說文》的情形還表現在引用《說文》本字釋《詩》上，但卻對於解讀經典沒有任何幫助。對於馬瑞辰這種一旦遇上通叚本字的問題，便將《說文》奉爲圭臬，只要《說文》有記錄某字的本訓，就再沒有其他討論餘地之學者而言，自然不易令人信服。如前舉〈周南‧卷耳〉「維以不永傷」、〈秦風‧小戎〉「溫其如玉」、〈周頌‧有客〉「敦琢其旅」等例，馬氏由《說文》本訓求得字源正確之本字爲「慯」、「昷」、「彫」，但此三字是僅見於《說文》的冷僻字，馬氏雖在字源探求上正確無誤，然而卻忽略經傳運用文字時會有以假借字作本字的情形，只求出冷僻字易徒增讀者的困擾，對訓詁工作沒有任何意義。馬氏如此的看重《說文》，至少會面臨

到兩個問題。其一便是以冷僻字解經，忽略文字發展的靈活性與社會性，這些冷僻字對於讀經者未必有幫助；其二是，過度依賴、迷信《說文》，易對本字的觀念不定而遊走在六書假借與經典通叚之間，對《詩經》文字中的某些疏解，僅僅停留在字源學上，而與訓詁沒有關連。

馬氏這種迷信《說文》的情形亦普遍存在於清代訓詁學者之中。清代由於考據學興盛，清儒對於《說文》研究亦極爲深入，對於其所錄之本義與重要性過度的重視與信賴，致使在進行經傳訓詁時，無形中受到《說文》的控制，認爲《說文》一書是文字形、音、義的權威，地位不容撼動。然而經過實際討論，我們不難發現《說文》對訓詁而言，具有一定程度的侷限，不可字字皆據以探求，應把握訓詁以今語釋古語的原則，旁敲側擊，多加比對，妥善運用有所取捨，方能達到訓詁的最佳效果。此外，我們亦發現，雖然馬瑞辰在訓詁的方法上獨樹一格，能夠以全面的角度詮釋經典，得到超越前人的成績。但由他迷信《說文》這一點看來，他在訓詁的思維上與其他清儒並無二致，致其訓詁的可信度與功能性亦大打折扣，影響全文解讀，這是吾人在從事訓詁工作時頗值得注意與深思的問題。

三、馬瑞辰論通叚字以外的其他問題

《毛詩傳箋通釋》一書旨在疏通《毛傳》、《鄭箋》，及導正《正義》的缺失，最終達到解讀《詩經》中的聖人之教。因此，要掌握《詩經》中所寓含的聖賢哲理，必須對文義、章句、字詞有深入的認識，方能正確無誤的達到解讀詩義的目的。前述「以雙聲疊韻別其通借」只是馬氏訓詁的方法之一，除此之外，他對《詩經》的詮釋方法還包含對詞義、句型、篇章經恉等方面，都能有所體會，且參考眾家說法，得其折衷，對於《詩經》詮釋有不錯的成果。然而，雖然馬氏在詮釋《詩經》時能夠根據詞義、句型等方面有所創獲，但仍不免小有缺陷，這些問題或因爲馬氏本身對字詞的關係不夠清晰，或因爲自身思維觀念的侷限而產生，都對他在詮釋《詩經》時有所影響。本節擬經由考辨馬氏通叚問題時所發現的相關問題爲主體，分別概述馬氏於詞義、句型與思維觀點上的若干現象，期能對《毛詩傳箋通釋》有更詳細的補述。

詞義爲語言的基本單位，也是解讀經典的基本資產。但文字語言經過長時間的使用，有許多字詞已與原先面貌有所不同，故詮釋者在面對字詞的訓解時應如

何取捨拿捏，是解讀古書時相當重要的問題。詞語分虛詞與實詞，在《毛詩傳箋通釋》中對虛詞的討論大多沿用前人說法，方法與論點亦少有創發；而在對實詞的解釋上，有些則存在著可商榷的空間，如將實詞解釋爲虛詞：〈召南‧野有死麕〉「舒而脫脫兮」、〈唐風‧蟋蟀〉「職思其居」、〈小雅‧正月〉「彼求我則」、〈大雅‧文王〉「有周不顯」等例之「脫」、「職」、「則」、「不」等字，馬氏均將其釋爲無義之語詞，但考詩句尋思文義，這些詞語恐怕還是得訓爲實詞方能詮釋詩句所表達之義，馬氏的說法並不妥善。此外又有時將應該分釋的字詞合釋爲同意複詞：如〈周頌‧酌〉「我龍受之」，「龍」應爲「寵」之通叚，但馬氏卻將「龍受」合爲同義複詞，背離詩意。又或對古制不甚瞭解，如〈商頌‧長發〉「昭假遲遲」之「昭假」應爲古時祭祀之事，但馬氏卻以爲與精誠所至之「奏假」相近，此乃因對上古禮制不夠瞭解，因而對詞義掌握出現問題，影響對詞義的詮釋。

除上述問題之外，馬氏在解讀詞義時尙有並存異說的現象，如〈大雅‧假樂〉「顯顯令德」以「顯」、「憲」雙聲，認爲「顯顯」爲「憲憲」之通叚，但隨即又引《說文》而言「憲」引申之有「顯」義，同一條例中引申、通叚並存，引證過於繁瑣，不但令人感到無所適從，更對詩意的解讀沒有幫助。又〈大雅‧卷阿〉「茀祿爾康矣」一句之「茀」，《毛傳》訓爲「小」，爲「芾」之通叚，《鄭箋》訓「福」，爲「祓」之通叚，馬氏則認爲「《傳》、《箋》各有所本」，認爲兩者均可爲解，因此兩說並存。馬氏雖認爲兩說並通而兼采《傳》、《箋》，但對讀者而言，究竟本字該訓「芾」或是「祓」，也不免會有莫衷一是，不知取捨的感覺。因此，雖然馬瑞辰對於詞義的訓解上有相當程度的貢獻，但對於字或詞的掌握上仍有許多不夠清晰之處，如果以此討論文義或考證通叚字，必定會對經典的詮釋產生某種程度上的侷限，因此在肯定馬氏對詞義訓解成績優異的同時，也不能忽視他在詞義訓解上的缺陷，以免對經典原意模糊不明。

馬氏在訓詁時除詞義的討論之外，他還使用句型來作爲解讀文義的根據，雖然通過對句型的比對，將同篇各章或分散於不同詩篇，句型相同或相似的句子連結起來，可以更有效率對《詩經》的文義做出解讀。然而，在馬氏使用句型訓解文義的同時，也同樣的會受到句型結構、章法的限制，進而影響對文義詮釋的判定，如前所舉〈周頌‧酌〉「我龍受之」一句，馬氏所以會訓「龍受」爲同義複詞，乃是在於他看到〈周頌‧賚〉「我應受之」一句，認爲兩句「句法

相同」，卻忽略「龍受」與詩意不合，無法成文。「我龍受之」與「我應受之」僅僅句型相類，在詞義上則完全不同，馬氏對此句型的理解顯然不恰當。又卷一〈詩人義同字變例〉中所舉出〈王風・兔爰〉「逢此百罹」一句，馬氏以三章文句對應的角度出發，認為「罹」為「羅」之別體；然而此詩中三章疊句的形式應為「逢此百罹」、「逢此百憂」、「逢此百凶」，若將「罹」改為「羅」，反破壞本詩三章疊詠的形式，使詩文的原意無法顯現。雖然馬氏通過句型的探討可以作為詮釋經典的依據，也可從中得到某些詞義的解釋，但若是對於句型判斷不正確，便很容易影響到全文的詮釋，甚或曲解文義，產生錯誤。

馬氏另一影響詮釋的問題，是在於自身的思維觀點，馬氏認為《詩經》中的詩歌均具有政教意義，詮釋《詩經》的最大目的在於「譯聖」，此為馬氏訓解《詩經》的前提，但可能也因此影響馬氏在詮釋上的判斷。首先，因為馬氏認同《詩經》中寓含古聖先王的政教思想，因而有「序本經文以立訓」之想法，他在書中對《詩序》少有批評，甚至對於許多文義詞句的訓解幾乎是力求合於《詩序》，對於某些文字的意義也侷限於《詩序》所表達之立場。這對訓詁來說是相當不適宜的，馬氏受到儒家思維的影響，將封建道德觀念帶入訓詁的解釋當中，無形中對於某些詞義或文字便已有先入為主的意識型態，賦予某些政教上的價值，如此不但會忽視詩歌在文學方面所欲表達的思想與情感，更背離了訓詁疏通文義的基本原則，容易曲解經文，產生錯誤的訓解，對訓詁工作來說是沒有幫助的。

同時，馬氏將著眼點放在《詩經》的政教環境與創作的時代背景上，往往又侷限在先秦兩漢的時代，對於語言的時間變化與語言的活潑性視而不見，此點在他大量運用《說文》解釋《詩經》文字的情形上已可清楚看出。如此，對《詩經》的研究僅是停留在考古的階段，對語言文字在歷史演進的情況與社會生活運用的變化上無法充分掌握，所做出的訓解效果自然要大打折扣。馬氏在《毛詩傳箋通釋》書中所表現出的訓詁態度十分具有科學性，在方法上亦屬清儒中之先進，但其思想守舊，封建觀念根深蒂固，在許多詞句、文字訓解拘泥於思想觀念則實有待商榷。

第六章　結　論

　　《毛詩傳箋通釋》全書共疏《詩》句 2207 例，其中馬氏判定爲通叚條例者計有 872 例，約佔全書釋例之 39.5%；若再細部統計可得以下數據：

類　　型	小　　計	比　　率
正確例	628	72%
濫用例	140	16%
可備一說	79	9%
訓解不周例	24	2.7%
存疑	1	0.1%

　　而經由前面幾章的討論與考辨，我們大致能夠掌握馬瑞辰《毛詩傳箋通釋》一書對通叚字的觀點與訓詁之優劣。本章則就馬瑞辰《毛詩傳箋通釋》關於通叚字詮釋的幾個面向綜合作結論，藉以印證《毛詩傳箋通釋》對於《詩經》訓詁的貢獻與價值，及需要檢討改正之處，並且藉馬氏處理通叚字的觀點與方法，深入探討清儒在面對通叚問題時所採取的方法與對《說文》依賴所衍生出的問題。

第一節　馬瑞辰論通叚字之優點及其價值

　　《毛詩》爲古文經著作，除古音古義艱澀難懂之外，其詞語難以掌握之另一原因，是其中擁有大量的通叚字，使讀者難以領會其中奧妙。訓解者若不能

理解通叚字的意義，便容易誤解經義，而判讀錯誤。此為詮釋《毛詩》時所面臨的重大課題，因此自東漢以來注解《毛詩》之學者皆致力於通叚字之考辨，其間以清儒貢獻最大。可惜歷來注解家或由於對通叚的認定模糊，或由於語言音韻上的改變，使《毛詩》通叚字的討論解說分散，甚至產生誤釋，且時至今日，仍沒有人可以對通叚字作徹底而有效的整理。清儒馬瑞辰《毛詩傳箋通釋》一書，其訓詁方法擅長於通叚字之判讀，於眾多《毛詩》注本中，馬氏之作可謂頗有成果之一。

馬瑞辰著《毛詩傳箋通釋》主要目的在闡釋《毛傳》、《鄭箋》釋義上的問題，並藉由對通叚字的判讀以疏解《毛傳》與《鄭箋》在故訓上的障礙，使讀經之人能夠直窺經義，得到正詁。馬氏是書對通叚字的考辨取證相當豐富，除古音韻上的關連，亦擅長以《三家詩》及與《詩經》時代相關之文獻進行比對，並將通叚字之本字驗證於詩文之中，經由詩句上下文脈推斷通叚字的正確與否，以得到最可靠、有效的結論。《清史稿》論《毛詩傳箋通釋》體例特點為：「以三家辨其異同，以全經明其義例，以古音、古義正其互譌，以雙聲、疊韻別其通借。」〔註1〕馬氏之訓詁方法大致如《清史稿》所論，可以看出，馬氏在對於通叚字的考證上雖仍延續乾嘉學派的方法，且以通叚釋《詩》也非其首創，但他善於運用異文資料比對，釐清《毛傳》與《鄭箋》注釋上的優劣得失，且「以全經明其義例」，將詩文中各自分散之討論連成一線，以整體的視野來討論通叚字在《詩經》訓詁中的問題，進而解決許多訓詁上的窒礙，對《詩經》的訓詁而言，是相當具有創發性的。

第二節　馬瑞辰論通叚字之缺失

清代是訓詁學發達的時期，利用古音通叚的方法來訓解古籍，引起不小的作用，更讓馬氏訓解《毛詩》得到相當豐碩的成果，但同時也產生了若干問題。清代雖然對古音韻學有諸多的研究，但仍處於萌芽階段，尚不夠精密，而訓詁時慣於以「因聲求義」之方法考辨通叚字的馬瑞辰，亦有許多考證結果值得再商榷。

〔註1〕國史館校註：《清史稿校註·卷四百九十六·列傳二百六十九·儒林三》，（臺北：台灣商務印書館，1999 年 9 月出版），頁 11077。

　　馬氏在古韻的分部上較今日寬鬆；在聲母的認定上也不完全與其他學者一致，故馬氏在言及雙聲、疊韻的問題時都比較寬鬆，如〈豳風‧七月〉「一之日觱發」、「二之日栗烈」二句，馬氏認為「觱發」與「栗烈」均為雙聲疊韻之詞，但若以今日嚴格的古韻分部來看，「觱、栗」為質部字，「發、烈」為月部字，兩詞各字的關係應為旁轉，而非疊韻，馬氏質部月部不分，因而認定其為疊韻。由於馬氏對古聲韻的認定寬鬆，往往影響他對於通叚字的判定；如馬氏先以主觀的角度認定詩句中的某些意義，進而去求取雙聲疊韻的證據來考定通叚本字，一旦語音條件有所誤差，勢必會影響到對本字的確定，而產生誤釋，例如以下各條即是：〈豳風‧東山〉「烝在桑野」，馬氏以為「烝」為「曾」之通叚、〈大雅‧文王〉「無聲無臭」，馬氏言「聲」為「馨」之通叚、〈周頌‧酌〉「我龍受之」，馬氏言「龕」從含聲與「和」雙聲，言「龍」為「龕」之省借，事實上「烝」、「曾」與「聲」、「馨」兩組字聲母發音部位乖隔，全然無相通之理；「含」、「和」韻母又相去甚遠，亦無法互通。馬氏僅以雙聲疊韻或一聲之轉來界定本字，便會影響對全詩文例的判讀與對經恉的掌握，而做出錯誤的判斷，更甚者易曲解經文，歪曲經義，造成困擾，此為馬氏討論通叚時的瑕疵，亦為清儒普遍之通病。

　　此外，馬氏有時運用通叚之時機也值得討論。筆者以為處理通叚問題必須以謹慎態度為之，解經之書更需慎重。討論通叚的時機，必須是在經典原文或引申義不足以說明時，方可考慮是否涉及通叚的層面。因為通叚只是用字時偶一發生，學者不能因古書存在有通叚現象，便將破通叚當成訓詁時的唯一方式；訓詁最終之目的在於解讀文義，使讀者掌握經典之微言大義，若學者反將通叚當作訓詁時優先考慮的條件，過度探求文字之本源，是古非今，輕言通叚，則與訓詁之本意背道而馳，對訓解典籍絲毫沒有幫助。如前文所舉：〈周南‧漢廣〉「江之永矣」、〈鄘風‧牆有茨〉「中冓之言」、〈小雅‧天保〉「俾爾單厚」、〈大雅‧文王〉「無聲無臭」、〈大雅‧烝民〉：「天子是若」等例，依原句均可直解經文，無需考慮通叚，馬氏卻深入探求本字，但所得出之結論反而無法令人置信，如此對於解讀經文並無意義。馬氏這種輕言假借的現象亦普遍存在於清代學者之訓詁討論中，王力《中國語言學史》指出清儒這種輕言通叚之現象：「以古音求古義的原則是對的，但是把聲近義通作為臆斷的護符是不對的。語言有社會

性，文字也有它的社會性，不能設想古人專愛寫別字。」〔註2〕便清楚道出清儒面對通叚字所常犯的錯誤，吾人不得不引以爲戒。馬氏處理通叚字時所產生的瑕疵除上述問題之外，有時也會因其所徵引的文獻或工具書本身不夠健全，或引述運用不當，亦令人對他所辨識出的通叚本字心存疑惑，爲其遺憾之處。

　　《毛詩傳箋通釋》一書中，辨別通叚字佔了很大份量，雖然馬瑞辰辨識通叚字「因聲求義」之方式與清代考據學者並無二致，但他善於運用異文比對、詩文上下文脈及詞語與句型上的歸納，充分掌握詩義，在辨別通借功力上確實超越前儒，得到相當豐碩的成果。但其對通叚觀念的模糊與將通叚字當作釋《詩》優先方法的態度、及對《說文》的依賴、加上引用失當、著述不嚴等情形對訓解《詩經》時所產生的問題，仍是值得關注與討論。因此在推崇馬氏《毛詩傳箋通釋》在《詩經》訓詁上的貢獻時，同時亦提出馬氏在訓解上的缺點與值得思考的問題，期待本文能起拋磚引玉之效，引發更多學者進一步探討《毛詩傳箋通釋》一書，日後能有更多研究成果出現。

〔註 2〕王力：《中國語言學史》，（臺北：谷風出版社，1987 年 8 月），頁 197。

參考書目

（書目依四庫總目分類、著者依姓氏筆數排列）

一、經 部

（一）十三經總經類

1. （清）王引之撰，《經義述聞》，（臺北：廣文書局印行，1971 年 3 月）。

2. 甘鵬雲撰，《經學源流考》，（臺北：廣文書局印行，1977 年 1 月）。

3. （清）阮元校，《十三經注疏附校勘記》，（臺北：藝文印書館，1956 年）。

4. 李學勤主編，《十三經注疏‧尚書正義》，（北京：北京大學出版社，1999 年 12 月）。

5. 李學勤主編，《十三經注疏‧毛詩正義》，（北京：北京大學出版社，1999 年 12 月）。

6. 李學勤主編，《十三經注疏‧爾雅注疏》，（北京：北京大學出版社，1999 年 12 月）。

7. 李學勤主編，《十三經注疏》整理本，（臺北：台灣古籍出版社，2001 年 10 月）。

8. 吳雁南等編，《中國經學史》，（福州：福建人民出版社，2001 年 9 月）。

9. 屈萬里撰，《尚書今註今譯》，（臺北：台灣商務印書館，1997 年 3 月）。

10. 馬宗霍撰，《中國經學史》，（臺北：台灣商務印書館，1986 年 2 月）。

11. （清）郝懿行撰，《爾雅義疏》，（臺北：藝文印書館，1987 年 10 月）。

12. （唐）陸德明撰，《經典釋文》，（濟南：山東友誼書社，1991 年 9 月）。

13. 蔣伯潛撰，《十三經概論》，（臺北：中新書局有限公司，1977 年 4 月）。

（二）詩經類

1. 于省吾撰，《澤螺居詩經新証》，（北京：中華書局，1982 年 11 月）。

2. 于茀撰，《金石簡帛詩經研究》，（北京：北京大學出版社，2004 年 10 月）。

3. （清）王先謙撰，《詩三家義集疏》，（臺北：明文書局，1988 年 10 月）。

4. 文幸福撰，《詩經毛傳鄭箋辨異》，（臺北：文史哲出版社，1989 年 10 月）。

5. 向熹撰，《詩經語文論集》，（成都：四川民族出版社，2002 年 7 月）。

6. （宋）朱熹撰，《詩集傳》，（臺北：中華書局，1991 年 3 月）。

7. 朱守亮撰，《詩經評釋》，（臺北：台灣學生書局，1988 年 8 月）。

8. 江舉謙撰，《詩國風箇略》，（臺中：私立東海大學出版，1978 年 6 月）。

9. 呂珍玉師撰，《詩經訓詁研究》，（臺北：文津出版社，2007 年 3 月）。

10. 岑溢成撰，《詩補傳與戴震解經方法》，（臺北：文津出版社，1992 年 3 月）。

11. 屈萬里撰，《詩經詮釋》，（臺北：聯經出版社，2004 年 10 月）。

12. 洪文婷撰，《毛詩傳箋通釋析論》，（臺北：文津出版社，1993 年 8 月）。

13. 林耀潾撰，《西漢三家詩學研究》，（臺北：文津出版社，1996 年 9 月）。

14. 林慶彰編，《詩經研究論集》（一）（二），（臺北：台灣學生書局，1987 年 9 月）。

15. （清）胡承珙撰，《續修四庫全書·毛詩後箋》，（上海：上海古籍出版社 2003 年 3 月）。

16. （清）馬瑞辰撰，《毛詩傳箋通釋》，（臺北：廣文書局，1999 年 5 月）。

17. （清）馬瑞辰撰、陳金生點校，《十三經清人注疏·毛詩傳箋通釋》，（北京：中華書局，2005 年 7 月）。

18. （明）陳第撰，《毛詩古音考》，（北京：中華書局，1988 年 8 月）。

19. 陳溫菊撰，《詩經器物考釋》，（臺北：文津出版社，2001 年 8 月）。

20. 夏傳才撰，《詩經研究史概要》，（臺北：萬卷樓圖書公司，1993 年 7 月）。

21. 夏傳才撰，《思無邪齋詩經論稿》，（北京：學苑出版社，2000 年 9 月）。

22. 夏傳才主編，《詩經研究叢刊》，（北京：學苑出版社，2005 年 1 月）。

23. 高本漢撰，《詩經注釋》，（臺北：國立編譯館中華叢書編審委員會，1979 年 2 月）。

24. 楊合鳴撰，《詩經疑難詞語辨析》，（武漢：湖北辭書出版社，2002 年 5 月）。

25. （漢）鄭玄箋，《毛詩鄭箋》，（臺北：新興書局，1964 年 10 月）。

26. 潘富俊撰，《詩經植物圖鑑》，（臺北：貓頭鷹出版、城邦文化發行，2001 年 6 月）。

27. 趙沛霖撰，《現代學術文化與詩經研究》，（北京：學苑出版社，2006 年 7 月）。

28. 劉操南撰，《詩經探索》，（杭州：浙江大學出版社，2003 年 8 月）。

29. 蔣善國撰，《詩三百篇演論》，（臺北：台灣商務印書館，1966 年 1 月）。

（三）小學類

1. 于省吾主編，《甲骨文字詁林》，（北京：中華書局，1996 年 5 月）。

2. （清）王念孫撰，《廣雅疏證》，（臺北：新興書局，1965 年 11 月）。

3. 王力撰，《中國語言學史》，（臺北：谷風出版社，1987 年 8 月）。

4. 王讚源撰，《周金文釋例》，（臺北：文史哲出版社，1982 年 5 月）。

5. 王初慶撰，《中國文字結構析論》，（臺北：文史哲出版社，1997 年 9 月）。

6. 王輝撰，《古文字通叚釋例》，（臺北：藝文印書館，1993 年 4 月）。

7. 李國英撰，《說文類釋》，（臺北：南嶽出版社，1970 年 3 月）。

8. 周何撰，《中國訓詁學》，（臺北：三民書局印行，1997 年 11 月）。

9. 周法高主編，《金文詁林》，（京都：中文出版社株式會社，1981 年 10 月）。

10. 林尹撰，《文字學概說》，（臺北：正中書局印行，2002 年 10 月）。

11. 林尹撰，《訓詁學概要》，（臺北：正中書局印行，1989 年 9 月）。

12. 胡厚宣主編，《甲古文合集》，（北京：中華書局，1999 年）。

13. 胡楚生撰，《訓詁學大綱》，（臺北：華正書局，1989 年 9 月）。

14. 馬承源編，《商周青銅器銘文選》，（北京：文物出版社，1988 年 4 月）。

15. 高鴻縉撰，《中國字例》，（臺北：台灣省立師範大學，1960 年 6 月）。

16. 高本漢撰，《先秦文獻假借釋例》，（臺北：國立編譯館中華叢書編審委員會，1974 年 6 月）。

17. 陳新雄撰，《訓詁學》（上）（下），（臺北：台灣學生書局，1999 年 9 月）。

18. 馮浩菲撰，《中國訓詁學》，（濟南：山東大學出版社，1997 年 7 月）。

19. 裘錫圭撰，《文字學概要》，（臺北：萬卷樓圖書公司，1994 年 3 月）。

20. 管錫華撰，《校勘學》，（合肥：安徽教育出版社，1998 年 9 月）。

21. 趙振鐸撰，《字典論》，（臺北：正展出版公司，2003 年 7 月）。

22. 劉又辛撰，《通假概說》，（成都：巴蜀書社，1988 年 11 月）。

23. 魯實先撰，《轉注釋義》，（臺北：洙泗出版社，1992 年 12 月）。

24. 魯實先撰，《假借遡原》，（臺北：文史哲出版社，1973 年 9 月）。

25. 羅振玉編，《三代吉金文存》，（臺北：樂天出版社，1973 年 10 月）。

二、史　部

1. （漢）司馬遷撰，《二十四史‧史記》，（臺北：藝文印書館，1955 年 4 月）。

2. 梁啓超撰，《中國近三百年學術史》，（臺北：華正書局，1989 年 8 月）。

3. 徐世昌等編，《清儒學案》，（臺北：世界書局，1962 年 2 月）。

4. 國史館校註，《清史稿校註》，（臺北：台灣商務印書館，1999 年 9 月）。

三、子　部

1. （清）王先謙集解，《荀子集解》，（臺北：世界書局印行，1969 年）。

2. 陳鼓應註，《莊子今註今譯》，（臺北：台灣商務印書館，1989 年 5 月）。

四、集　部

1. （梁）蕭統編，《昭明文選》，（臺北：台灣古籍出版有限公司，2001 年 3 月）。

2. （清）馬其昶撰，《桐城耆舊傳》，（臺北：文海出版社，1969 年）。

3. 梁啓超撰，《清代學術概論》，（臺北：台灣商務印書館，1994 年 1 月）。

五、期刊論文

1. 王曉平,〈馬瑞辰毛詩傳箋通釋的訓釋方法〉,《中國經學史論文選集》,(臺北:文史哲出版社,1993 年 3 月)。

2. 杜其容,〈說詩經死麕〉,《台大中文學報》創刊號,(臺北:台灣大學中國文學係印行,1985 年 11 月)。

3. 呂珍玉師,〈詩經「烝」字釋義〉,《興大人文學報》第 37 期,(臺中:中興大學文學院,2006 年 9 月)。

4. 孫良朋,〈古籍譯注依據句法結構的一範例——讀馬瑞辰《毛詩傳箋通釋》〉,《古籍整理研究學刊》第 44 期,(長春:東北師範大學古籍整理研究所,1993 年 7 月)。

5. 梅廣,〈詩三百篇「言」字新議〉,《漢語史研究:紀念李方桂先生百年冥誕論文集》,(臺北:中央研究院語言學研究所,2005 年 6 月)。

6. 陳智賢,《清儒以說文釋詩之研究:以段玉裁陳奐馬瑞辰之著作爲依據》,國立政治大學博士學位論文,1996 年。

7. 黃忠慎,〈馬瑞辰《毛詩傳箋通釋》對通叚字判讀的問題〉,《彰化師範大學文學院學報》,(彰化:彰化師範大學,2003 年 11 月)。

8. 趙汝眞,《詩國風通叚字考》,私立中國文化學院碩士論文,1969 年 6 月。

9. 劉邦治,《馬瑞辰毛詩傳箋通釋研究》,私立東吳大學碩士論文,1989 年。

10. 劉彩祥,《毛詩國風用字叚借研究》,私立玄奘人文社會學院碩士論文,2002 年 1 月。

附表：《三家詩》、王氏父子、馬瑞辰《詩經》通叚字異同表

　　本表主要目的在將《毛詩傳箋通釋》書中以通叚釋《詩》之條例列出，並將正文未及討論之條例略加考辨，以求會通。各詩表後均作簡易之考辨，並於備註欄著名古音關係，若仍有不足，則於頁尾加註討論之，以補正文之不足。並藉以檢視馬瑞辰《毛詩傳箋通釋》一書以通叚釋《詩》之概況。

周　南
關　雎

	異文	王氏父子	馬瑞辰	考辨	備註
君子好逑	仇（鄭）		仇	正確	溪母幽部同音
左右流之	求（毛）	捄	求	正確	幽部疊韻
寤寐思服			伏	濫用	作服即可通讀
輾轉反側			仄	正確	精母職部同音
左右芼之	覒（韓）		覒	正確	明母宵部同音

葛　覃

	異文	王氏父子	馬瑞辰	考辨	備註
施于中谷			延	正確	歌、元對轉
是刈是濩	鑊（魯詩）		鑊	正確	匣母鐸部同音

卷 耳

	異文	王氏父子	馬瑞辰	考辨	備註
我馬虺隤	穨（魯詩）		積	正確	定母微部同音
我姑酌彼 金罍			及	濫用	見母魚部同音
維以不永傷			慯 〔註1〕	訓解 不周	透母陽部同音
云何吁矣			忓 〔註2〕	正確	曉母魚部同音

樛 木

	異文	王氏父子	馬瑞辰	考辨	備註
福履綏之			祿	正確	來母雙聲通叚
福履將之			胩 〔註3〕	訓解 不周	將應通作壯
葛藟縈之	（魯詩、韓詩）		蔡	正確	影母耕部同音

螽 斯

	異文	王氏父子	馬瑞辰	考辨	備註
揖揖兮	集集（三家詩）		集 〔註4〕	正確	緝部疊韻通叚

桃 夭

	異文	王氏父子	馬瑞辰	考辨	備註
桃之夭夭	枖枖（魯詩 、韓詩）		枖枖	正確	影母宵部同音
灼灼其華	焯焯（魯詩 、韓詩）		焯焯	正確	端母藥部同音
之子于歸			曰、聿	正確	匣母雙聲
有蕡其實			頒 〔註5〕	可備 一說	諄部疊韻

〔註 1〕 見第四章第二節，頁 75～76。

〔註 2〕 見第四章第一節，頁 55。

〔註 3〕 見第四章第二節，頁 77。

〔註 4〕 見第四章第一節，頁 56。

〔註 5〕 見第四章第三節，94～95。

兔罝

	異文	王氏父子	馬瑞辰	考辨	備註
肅肅兔罝			縮縮	正確	覺部疊韻

漢廣

	異文	王氏父子	馬瑞辰	考辨	備註
不可休息	思（韓詩）		思	正確	心母雙聲通叚
江之永矣			羕〔註6〕	訓解不周	永羕異字同義
言刈其蔞			蘆	正確	來母雙聲通叚

汝墳

	異文	王氏父子	馬瑞辰	考辨	備註
遵彼汝墳			坋〔註7〕	正確	並母諄部同音
伐其條肆			杝	正確	肆與杝雙聲
惄如調饑	朝（毛）、輖（三家詩）		朝	正確	端定旁紐雙聲

麟之趾

	異文	王氏父子	馬瑞辰	考辨	備註
麟之定			頂	正確	耕部疊韻

召南
草蟲

	異文	王氏父子	馬瑞辰	考辨	備註
喓喓草蟲	螽（三家詩）		螽	正確	蟲螽古通用
趯趯阜螽			虫皇	正確	並母幽部同音
我心則降			夅〔註8〕	濫用	匣母多部同音

采蘋

	異文	王氏父子	馬瑞辰	考辨	備註
于彼行潦			洐	正確	陽、元通轉

〔註6〕見第四章第二節，頁 77～78。

〔註7〕見第四章第一節，頁 56～57。

〔註8〕見第五章第一節，頁 105～106。

爲筐及筥			簾〔註9〕	濫用	異體字
于以湘之	鬺（韓詩）		鬺	正確	陽部疊韻
有齊季女	齌（韓詩）		齌〔註10〕	可備一說	從母脂部同音

甘　棠

	異文	王氏父子	馬瑞辰	考辨	備註
召伯所茇			废	正確	並母月部同音
勿翦勿拜			扒	錯誤	誤本字爲通假

行　露

	異文	王氏父子	馬瑞辰	考辨	備註
厭浥行露			湆	正確	影母雙聲侵談旁轉
謂行多露			畏	正確	影匣旁紐微沒對轉

羔　羊

	異文	王氏父子	馬瑞辰	考辨	備註
羔羊之革			䩜	濫用	見溪旁紐職錫對轉

摽有梅

	異文	王氏父子	馬瑞辰	考辨	備註
摽有梅	莩（韓詩）		受	正確	並母宵部同音
頃筐塈之			乞〔註11〕	訓解不周	乞亦假借義
迨其謂之			會	可備一說	匣母雙聲通叚

江有汜

	異文	王氏父子	馬瑞辰	考辨	備註
其嘯也歌			歗〔註12〕	濫用	誤或體爲通假

〔註 9〕「筥」、「簾」乃一字之異體，《説文》誤分爲二，馬氏從之，故誤以爲通叚。

〔註10〕見第四章第三節，95～96。

〔註11〕見第四章第二節，頁 79～80。

〔註12〕見第五章第一節，頁 106～107。

野有死麕

	異文	王氏父子	馬瑞辰	考辨	備註
吉士誘之			羑	濫用	誤或體爲通假
白茅純束	屯（鄭箋、三家詩）		屯	正確	定母諄部同音
舒而脫脫兮			娧娧	濫用	無須通假改讀

何彼襛矣

	異文	王氏父子	馬瑞辰	考辨	備註
何彼襛矣	戎（毛、韓詩）		莪	正確	泥母冬部同音

邶　風
柏　舟

	異文	王氏父子	馬瑞辰	考辨	備註
耿耿不寐	儆儆（毛）		儆儆	正確	見母耕部同音
如有隱憂	慇（韓詩）		慇〔註13〕	正確	影母諄部同音
不可以茹			如〔註14〕	訓解不周	茹引申有度義
不可選也	算（三家詩）		算	正確	心母元部同音
寤辟有摽			擘	正確	幫母錫部同音

燕　燕

	異文	王氏父子	馬瑞辰	考辨	備註
其心塞淵	寒（三家詩）		塞	正確	職部疊韻
以勗寡人	畜（韓詩）		畜	可備一說	詩原文亦通

日　月

	異文	王氏父子	馬瑞辰	考辨	備註
逝不古處			故	正確	古故古通用
報我不述	術（韓詩）		術	正確	述術古通用

〔註13〕見第四章第一節，頁 57～58。

〔註14〕見第四章第二節，頁 80。

終　風

	異文	王氏父子	馬瑞辰	考辨	備註
謔浪笑敖			傲	正確	疑母宵部同音
曀曀其陰	墳（韓詩）		壒	正確	影母質部同音

擊　鼓

	異文	王氏父子	馬瑞辰	考辨	備註
擊鼓其鏜	鼞（齊詩、韓詩）		鼞	正確	鏜爲鐘鼓之聲鼞則專指鼓聲
不我活兮			佸	可備一說	匣母月部同音
于嗟洵兮	夐（魯詩、韓詩）		夐〔註15〕	正確	曉母雙聲通假

凱　風

	異文	王氏父子	馬瑞辰	考辨	備註
母氏劬勞			趯〔註16〕	濫用	劬自可訓勞

雄　雉

	異文	王氏父子	馬瑞辰	考辨	備註
展矣君子			亶	正確	端母元部同音

匏有苦葉

	異文	王氏父子	馬瑞辰	考辨	備註
深則厲	濿（魯詩）砅（齊詩、韓詩）		濿	正確	來母月部同音
旭日始出			好	濫用	旭義即可解經
迨水未泮	判（三家詩）		判	正確	滂母元部同音
人涉卬否			姎	正確	陽部疊韻

〔註15〕《毛傳》訓「洵」爲「遠」，然「洵」本爲均，並無遠義，《春秋穀梁傳・文公十四年》云：「夐入千乘之國」，《注》曰：「夐，猶遠也。」是知《齊》、《韓》詩作「夐」爲本字，《毛傳》作「洵」爲通叚字。

〔註16〕「劬」字本已有勤勞、勞苦之義，如「劬學」、「劬勞」，無須通叚改字。馬瑞辰使用冷僻字「趯」爲本字，曰：「走顧則勞，勞則病。」其說迂曲不通，實無必要濫用通叚解經。

谷　風

	異文	王氏父子	馬瑞辰	考辨	備註
習習谷風			輯輯	正確	緝部疊韻
黽勉同心			忞	正確	明母雙聲通用
中心有違	愇（韓詩）		愇	正確	匣母微部同音
薄送我畿	機（三家詩）		機	正確	微部疊韻
湜湜其沚	止（三家詩）		止	正確	端母之部同音
我躬不閱			說〔註17〕	正確	影母月部同音
不我能慉			媷〔註18〕	可備一說	本字當作畜
既詒我肄			勩	可備一說	作肄足可解經
伊余來墍		愾	愒	可備一說	王氏訓愾較佳

式　微

	異文	王氏父子	馬瑞辰	考辨	備註
胡爲乎中露	路（列女傳）		路	正確	來母鐸部同音
微君之躬			窮	可備一說	多部疊韻通假
胡爲乎泥中			坭、襺	可備一說	以文獻異文爲依據

旄　丘

	異文	王氏父子	馬瑞辰	考辨	備註
何誕之節			延	正確	定母元部同音
匪車不東			彼	正確	幫母雙聲通叚

簡　兮

	異文	王氏父子	馬瑞辰	考辨	備註
山有榛			亲	濫用	似作榛即可

〔註17〕《說文》：「閱，具數於門中也。」「閱」之本義爲數，非詩意。今據馬氏引《左傳注》之說，《毛傳》本亦應作「說」，取容閱之義，故以「閱，容也。」釋之。

〔註18〕見第四章第三節，頁96～97。

泉　水

	異文	王氏父子	馬瑞辰	考辨	備註
愿彼泉水	秘（韓）		泌	正確	幫母質部同音
聊與之謀			僇	正確	來母雙聲通叚

北　門

	異文	王氏父子	馬瑞辰	考辨	備註
王事適我			擿〔註19〕	訓解不周	本字應作敵
室人交徧讁我			適	濫用	讁自有責罰義
王事敦我			搥〔註20〕	濫用	敦訓迫較佳

北　風

	異文	王氏父子	馬瑞辰	考辨	備註
其虛其邪			舒	正確	魚部疊韻通叚
其虛其邪			徐	正確	心母魚部同音
北風其喈			湝	正確	見母脂部同音

靜　女

	異文	王氏父子	馬瑞辰	考辨	備註
靜女其姝			婧	正確	從母耕部同音
愛而不見			薆、僾〔註21〕	正確	影母沒部同音

〔註19〕 于省吾曰：「適、敵古通，……。《爾雅・釋詁》：『敵，當也。』《左傳》文四年『諸侯敵王所愾』注：『敵猶當也。』疏：『敵者相當之言。』『王事適我』，言王事當之於我也。」于說是也，「適」、「敵」古聲母分屬透母、定母，韻母同屬錫部，古無舌上音，故「適」當讀如「敵」，兩者同音通叚。馬氏以「擿」爲本字訓「投」與經怡不合，於義未確。

〔註20〕 「敦」、「督」雙聲，「督」又與「篤」通，引申有厚義，故《毛傳》訓「敦」爲厚。然此詩之「敦」應從《韓詩》訓「迫」爲宜，「王事敦我」即謂王之命促迫我行之，《爾雅・釋詁》：「敦，勉也。」勉之過急即爲迫，勉與迫義近，故「敦」亦可訓迫，本詩無須通叚改讀。

〔註21〕 見第四章第一節，頁 58～59。

新　臺

	異文	王氏父子	馬瑞辰	考辨	備註
新臺有泚	玼（三家詩）		玼〔註22〕	正確	清母支部同音
新臺有洒	漼（韓詩）		漼	正確	清心旁紐 微諄對轉
河水浼浼			潣潣	可備一說	明母諄部同音
蘧篨不殄	腆（鄭）		腆〔註23〕	正確	諄部疊韻

二子乘舟

	異文	王氏父子	馬瑞辰	考辨	備註
中心養養			恙恙	正確	影母陽部同音
不瑕有害			遐	正確	匣母魚部同音

鄘　風

柏　舟

	異文	王氏父子	馬瑞辰	考辨	備註
髧彼兩髦	鬏（齊詩、韓詩）		鬏	正確	明母雙聲
實爲我儀			偶	可備一說	疑母雙聲
之死矢靡慝			忒	正確	透母質部同音

牆有茨

	異文	王氏父子	馬瑞辰	考辨	備註
牆有茨	薺（齊詩、韓詩）		薺	正確	從母脂部同音

〔註22〕《說文》：「泚，清也。」言水之清。《毛傳》訓爲「鮮明貌」者，與「玼」義同，〈君子偕老〉「玼兮玼兮」，《毛傳》以訓「玼」爲「鮮明貌」，故此詩作「泚」爲通叚字，作「玼」爲本字。

〔註23〕《爾雅・釋詁》與《毛傳》〈瞻卬〉「邦國殄瘁」之「殄」均訓盡，與《說文》同。《毛傳》於本詩訓「殄」爲盡之引申。《傳》用古文，古文「殄」爲「腆」之通叚，故本字當作「腆」。

中[菁]之言			垢〔註24〕	濫用	菁足以解經
不可[詳]也	揚（韓詩）		揚〔註25〕	正確	陽部疊韻

君子偕老

	異文	王氏父子	馬瑞辰	考辨	備註
其之[展]也			襄〔註26〕	濫用	本字當作襢
[蒙]彼縐絺	冡（三家詩）		冡	正確	東部疊韻
是[紲]袢也	褻（三家詩）		褻	正確	心母月部同音

定之方中

	異文	王氏父子	馬瑞辰	考辨	備註
作[于]楚宮	爲（三家詩）	爲	爲	正確	匣母雙聲通叚
[星]言夙駕			姓	正確	從心旁紐 耕部疊韻

蝃蝀

	異文	王氏父子	馬瑞辰	考辨	備註
[蝃]蝀在東	蝃(韓詩)		蠆〔註27〕	正確	端母月部同音
[崇]朝其雨			終	正確	冬部疊韻通叚

衛風

淇澳

	異文	王氏父子	馬瑞辰	考辨	備註
瞻彼淇[奧]	隩（魯詩）、澳（齊詩）		澳	正確	影母覺部同音
[綠]竹猗猗	菉（魯詩）		菉	正確	來母屋部同音

〔註24〕見第五章第一節，頁 107～109。

〔註25〕《毛傳》作「詳」可通，然《韓詩》作「揚」重在彰顯宣播之義，較「詳」更近經恉，故此應從《韓詩》作「揚」較佳。

〔註26〕「展」當從《箋》說爲字誤，本字當作「襢」。「襢」爲古「袒」字，〈大叔于田〉「襢裼暴虎」是也。《釋名》：「襢衣，襢，坦也。坦然正白，無文采也。」意即以禮見於君子之盛裝需以正白色以顯其敬意。是知言禮衣者作「襢」者正字，《詩》作「展」者爲通叚字。非馬氏所謂「服展衣者宜有展誠之德」也。

〔註27〕見第四章第一節，頁 59。

	異文	王氏父子	馬瑞辰	考辨	備註
綠竹猗猗	薄(韓詩)		薄	正確	覺部疊韻通叚
有匪君子	斐（魯詩、齊詩）		斐〔註28〕	正確	幫母微部同音
如切如磋	瑳（魯詩）		瑳〔註29〕	正確	清母質部同音
赫兮咺兮	宣（韓詩）		宣〔註30〕	濫用	字當作爟或烜
終不可諼兮			蕿	正確	曉母元部同音
會弁如星			繪	正確	溪母月部同音
猗重較兮	倚（三家詩）		倚	正確	影母歌部同音

考槃

	異文	王氏父子	馬瑞辰	考辨	備註
考槃在澗			昇	濫用	作槃即可通讀
碩人之薖	過（韓詩）		過	正確	溪母歌部同音
永矢弗告			鞫	濫用	《毛傳》說是

碩人

	異文	王氏父子	馬瑞辰	考辨	備註
碩人其頎			嫣	濫用	作頎即可通讀
衣錦褧衣			檾	濫用	褧即檾之成品
齒如瓠犀			瓠	存疑	引舍人本異文
齒如瓠犀			棲	正確	心母雙生 微諄對轉

〔註28〕《說文》：「匪，器似竹匧，从匚非聲。」爲器物名，訓文章貌者當以「斐」爲本字。

〔註29〕《毛傳》訓「切」爲治骨，但骨骼非可切之物，本字當從《爾雅》作「齹」。《說文》：「齹，齒差也。」差爲　之初文，則「齹」亦可引申由磨物之義。《毛傳》言治骨，必以骨之不齊而欲治之，「齹」之義爲齒差，與此義近。故本詩以「切」訓治骨者爲通叚字，《爾雅》作「齹」爲本字。

〔註30〕《說文》：「咺，朝鮮謂兒泣不止曰咺。」，與《毛傳》異；又云「宣，天子宣室也。」是「咺」、「宣」二者均無威儀之義，《毛傳》作「咺」、馬瑞辰作「宣」者，俱通叚字也。訓威儀者當從《爾雅·釋訓》作「烜」，「烜」亦作「爟」，爲其重文，《說文》訓曰：「取火於日，官名。《周禮》曰司爟長行火之政令。舉火曰爟。」故「爟」有光明之義，與經恉所謂威儀光顯於外者合，故本詩「赫兮咺兮」之「咺」訓威儀者本字當作「爟」或「烜」，作「咺」與「宣」者均爲通叚字。

	異文	王氏父子	馬瑞辰	考辨	備註
蠑首蛾眉			頮〔註31〕	濫用	作蠑首較佳
蠑首蛾眉			娥	濫用	作蛾眉爲佳
巧笑倩兮			瑳〔註32〕	濫用	倩爲好口輔
碩人敖敖			贅贅	濫用	無須通叚改讀
說于農郊			林	可備一說	作農亦通
庶姜孽孽	钀（韓詩）		欁	正確	月元對轉通叚
庶士有朅	桀（韓詩）		傑	正確	溪母月部同音

氓

	異文	王氏父子	馬瑞辰	考辨	備註
氓之蚩蚩			藐、懇〔註33〕	濫用	作民解爲宜
體無咎言	履（韓詩）		履	正確	脂部疊韻通叚
士貳其行		忒	忒〔註34〕	正確	透母職部同音
信誓旦旦			悬悬	正確	端母雙聲 月元對轉

竹　竿

	異文	王氏父子	馬瑞辰	考辨	備註
巧笑之瑳			齜	正確	精清旁紐雙聲

芄　蘭

	異文	王氏父子	馬瑞辰	考辨	備註
能不我知		而	而	正確	聲近通假
垂帶悸兮			縰	正確	訓垂本字爲縰
能不我甲	狎（韓詩）		狎	正確	見匣旁紐 盍部疊韻

〔註31〕見第五章第一節，頁 109～110。

〔註32〕見第五章第一節，頁 110～111。

〔註33〕本句當從《毛傳》訓「民」。馬瑞辰言「氓、藐一聲之轉」，是以「氓」爲「懇」之通叚，故可訓美。但若以「氓」訓作美貌則與「蚩蚩」一詞之義不相連貫，無法通解，是知本句之「氓」當從《毛傳》訓「民」爲是。

〔註34〕「貳」應爲「貣」之譌誤。「貣」、「忒」同音故可通叚。

河 廣

	異文	王氏父子	馬瑞辰	考辨	備註
一葦杭之			斻	正確	匣母陽部同音
跂予望之	企（魯詩、齊詩）		企	正確	溪母支部同音
曾不容刀			舠	可備一說	不必拘泥於船義

伯 兮

	異文	王氏父子	馬瑞辰	考辨	備註
伯兮朅兮	桀（韓詩）		桀	正確	溪母月部同音
焉得諼草	萱（韓詩）		蕿	正確	曉母元部同音

有 狐

	異文	王氏父子	馬瑞辰	考辨	備註
有狐綏綏	夊夊（齊詩）		夊夊	正確	心母微部同音

王 風

黍 離

	異文	王氏父子	馬瑞辰	考辨	備註
中心搖搖			愮愮	正確	影母宵部同音
悠悠蒼天			遙遙	正確	影母雙聲 宵幽旁轉
中心如噎			欭	正確	影母雙聲同音

君子于役

	異文	王氏父子	馬瑞辰	考辨	備註
苟無饑渴			瀄	濫用	無須改少用字

君子陽陽

	異文	王氏父子	馬瑞辰	考辨	備註
君子陶陶			徭	濫用	無須改少用字

揚之水

	異文	王氏父子	馬瑞辰	考辨	備註
不與我戍許			鄦	正確	曉母魚部同音

中谷有蓷

	異文	王氏父子	馬瑞辰	考辨	備註
暵其濕矣		曬	曬	正確	緝部疊韻通叚
啜其泣矣	惙（韓詩）		惙	正確	月部疊韻通叚

兔 爰

	異文	王氏父子	馬瑞辰	考辨	備註
尚無爲			僞	濫用	無須換字改讀

葛 藟

	異文	王氏父子	馬瑞辰	考辨	備註
謂他人昆			翯	濫用	無須用罕見字
亦莫我聞		問	問	正確	明母諄部同音

大 車

	異文	王氏父子	馬瑞辰	考辨	備註
大車檻檻			轞轞	正確	匣母談部同音
畏子不敢			忓	可備一說	原詩文亦通
穀則異室			毃	可備一說	原詩文亦通
有如皦日			曉	濫用	皦亦有日光義

鄭 風
緇 衣

	異文	王氏父子	馬瑞辰	考辨	備註
予受子之粲兮			餐	正確	清母元部同音
緇衣之蓆兮			席	正確	心母鐸部同音

叔于田

	異文	王氏父子	馬瑞辰	考辨	備註
巷無服馬			犕	正確	並母職部同音

大叔于田

	異文	王氏父子	馬瑞辰	考辨	備註
襢裼暴虎			膻	正確	定母元部同音
襢裼暴虎			摶	正確	並母藥部同音
將叔無狃			㺄	正確	泥母幽部同音

兩服上襄			驤	正確	心母陽部同音

清　人

	異文	王氏父子	馬瑞辰	考辨	備註
駟介旁旁			甲	正確	月盍通轉通叚
二矛重英			緟	正確	定母東部同音
二矛重喬	鷮（韓詩）		鷮〔註35〕	正確	宵部疊韻通叚
左旋又抽			搯	正確	透母幽部同音

羔　裘

	異文	王氏父子	馬瑞辰	考辨	備註
洵直且侯	恂（韓詩）		恂	正確	心母眞部同音
捨命不渝	偷（韓詩）		偷	正確	透母侯部同音
羔裘晏兮			殷	正確	影母雙聲諄元旁轉
三英粲兮			效	濫用	粲引申有美義

遵大路

	異文	王氏父子	馬瑞辰	考辨	備註
無我魗兮			殼	正確	定母幽部同音

女曰雞鳴

	異文	王氏父子	馬瑞辰	考辨	備註
士曰昧旦			旸	可備一說	不改字亦通
莫不靜好			靖	正確	從母耕部同音

有女同車

	異文	王氏父子	馬瑞辰	考辨	備註
顏如舜華	蕣（魯詩）		蕣	正確	透母諄部同音

山有扶蘇

	異文	王氏父子	馬瑞辰	考辨	備註
山有扶蘇			枎	正確	並母魚部同音
山有扶蘇			疏	正確	心母魚部同音
不見子都			奢	正確	魚部疊韻

〔註35〕見第四章第一節，頁60。

乃見狂且			但〔註36〕	濫用	且應作語詞
濕有游龍			蘢	正確	來母東部同音

狡童

	異文	王氏父子	馬瑞辰	考辨	備註
彼狡童兮			佼	正確	佼狡古通用

褰裳

	異文	王氏父子	馬瑞辰	考辨	備註
褰裳涉溱			潧	正確	音近通假
豈無他士			事	濫用	作士即可通讀
狂童之狂也且			僮	正確	童僮古通用

風雨

	異文	王氏父子	馬瑞辰	考辨	備註
雞鳴膠膠			嘐嘐	正確	見母幽部同音

子衿

	異文	王氏父子	馬瑞辰	考辨	備註
青青子衿			紟〔註37〕	濫用	衿字可通
子甯不嗣音	詒（韓詩）		詒	正確	之部疊韻通叚
挑兮達兮			佻	正確	透母宵部同音
在城闕兮			鈌	正確	溪母月部同音

揚之水

	異文	王氏父子	馬瑞辰	考辨	備註
終鮮兄弟			既、已	正確	終既一語之轉
人實迋女			誑	正確	見匣旁扭 陽部疊韻

〔註36〕見第五章第一節，頁 111～113。

〔註37〕《說文》有「襟」無「衿」，義爲交衽。案《釋文》「衿」音金，作「衿」乃後人轉寫之俗體字。古人衣著領下即連於衿，本詩「青青子衿」從《毛傳》訓作領即可解經，不必如馬氏強爲之說，改讀以「衣系」之「紟」字。

出其東門

	異文	王氏父子	馬瑞辰	考辨	備註
匪我思[且]			徂	正確	精從旁紐 魚部疊韻

野有蔓草

	異文	王氏父子	馬瑞辰	考辨	備註
野有[蔓]草			曼 〔註38〕	濫用	蔓已有延義

溱洧

	異文	王氏父子	馬瑞辰	考辨	備註
方[渙]渙兮	洹洹（韓詩）		洹洹、汍汍	正確	元部疊韻
方秉[蕑]兮	蘭（毛、韓詩）		蘭	正確	元部疊韻
洵[訏]且樂	盱（韓詩）		盱 〔註39〕	正確	盱訓樂
[伊]其相謔			繄	濫用	影母脂部同音
伊其[將]虐			相	正確	陽部疊韻

齊　風

還

	異文	王氏父子	馬瑞辰	考辨	備註
子之[還]兮	嫙（韓）、營（齊）	嫙	嫙	正確	心母元部同音
並驅從兩[肩]兮			豣	正確	見母元部同音
揖我爲我[儇]兮	婘（韓）	婘	婘	正確	曉母元部同音

著

	異文	王氏父子	馬瑞辰	考辨	備註
俟我於[著]乎而			宁	正確	端定旁紐 魚部疊韻

〔註38〕 「蔓」已有延續、滋長之義，故經典習用之，非必深求改讀本字「曼」以解經。

〔註39〕 見第四章第一節，頁 60～61。

東方之日

	異文	王氏父子	馬瑞辰	考辨	備註
履我發兮			跋	濫用	作發即可通讀

東方未明

	異文	王氏父子	馬瑞辰	考辨	備註
東方未晞			昕	正確	曉母雙聲通叚
折柳樊圃			柣	正確	並母元部同音
狂夫瞿瞿			眗	正確	見母魚部同音
不能辰夜			晨	可備一說	作辰亦通

南　山

	異文	王氏父子	馬瑞辰	考辨	備註
齊子由歸			繇	可備一說	作由亦通
葛屨五兩			緉	正確	來母陽部同音
曷又鞠止			窮	正確	見溪旁紐雙聲

甫　田

	異文	王氏父子	馬瑞辰	考辨	備註
無田甫田			畋	正確	定母眞部同音
維莠驕驕	喬喬（魯詩）		喬喬	正確	宵部疊韻通叚
勞心忉忉			惆惆	可備一說	作忉忉亦通
維莠桀桀			揭揭	正確	溪母月部同音

盧　令

	異文	王氏父子	馬瑞辰	考辨	備註
盧令令			鈴鈴	正確	來母耕部同音

敝　笱

	異文	王氏父子	馬瑞辰	考辨	備註
其魚唯唯	遺遺（韓詩）		瀢瀢〔註40〕	正確	影母微部同音

〔註40〕魚游水相隨從，即不能禁之義，《傳》、《箋》之訓相同。《韓詩》作「遺遺」。「唯唯」、「遺遺」均狀魚游水相隨之貌，爲無本字之假借，以同音之字爲記也。若其

載 驅

	異文	王氏父子	馬瑞辰	考辨	備註
齊子豈弟			闓	正確	溪母微部同音
齊子豈弟			圛	正確	定母雙聲通叚

猗 嗟

	異文	王氏父子	馬瑞辰	考辨	備註
抑若揚兮			懿	正確	懿抑古通用
猗嗟名兮			明	正確	明母雙聲 耕陽旁轉

魏 風
葛 屨

	異文	王氏父子	馬瑞辰	考辨	備註
摻摻女手	纖（韓詩）		攕攕	正確	侵添旁轉通叚
好人提提	媞媞（魯詩）		媞媞 〔註41〕	正確	定母支部同音

汾沮洳

	異文	王氏父子	馬瑞辰	考辨	備註
美如英			瑛	正確	影母陽部同音

園有桃

	異文	王氏父子	馬瑞辰	考辨	備註
其實之殽			肴	正確	匣母宵部同音
我歌且謠			繇 〔註42〕	訓解 不周	作謠即可通讀
蓋亦勿思			盍	正確	見匣旁紐雙聲

陟 岵

	異文	王氏父子	馬瑞辰	考辨	備註
上愼旃哉	尚（魯詩）		尚	正確	定母陽部同音

本字，《玉篇》作「濆濆」者較合造字之法，當爲本字。「唯」、「遺」、「濆」古音同屬影母微部，音同可通叚。

〔註41〕 《爾雅·釋訓》：「媞媞，安也。」是本詩《傳》訓安諦者，當以「媞」爲本字，作「提」者爲同音通叚字。

〔註42〕 見第四章第二節，頁80～81。

碩　鼠

	異文	王氏父子	馬瑞辰	考辨	備註
碩鼠碩鼠			鼫	正確	定母鐸部同音
三歲貫女	宦（魯詩）		宦	正確	見匣旁紐 元部疊韻
爰得我直	職〔註43〕		道	可備 一說	應讀爲職

唐　風

蟋　蟀

	異文	王氏父子	馬瑞辰	考辨	備註
日月其慆	陶（韓詩）		滔	正確	透母幽部同音

山有樞

	異文	王氏父子	馬瑞辰	考辨	備註
山有樞	蕅（魯詩）		蕅	正確	影母侯部同音
弗曳弗婁	摟（魯詩、 韓詩）		摟	正確	來母侯部同音
宛其死矣			苑	可備 一說	作宛亦通
弗洒弗掃			灑	正確	心母雙聲通叚
弗鼓弗考			攷	濫用	考攷實一字

揚之水

	異文	王氏父子	馬瑞辰	考辨	備註
從子於鵠			皋	正確	見匣旁紐 幽覺對轉

椒　聊

	異文	王氏父子	馬瑞辰	考辨	備註
遠條且			脩	正確	幽部疊韻通叚
蕃衍盈匊			弆	濫用	匊足以解經

綢　繆

	異文	王氏父子	馬瑞辰	考辨	備註
子兮子兮		嗞	嗞	正確	精母之部同音

〔註43〕見第四章第三節，頁97～98。

杕　杜

	異文	王氏父子	馬瑞辰	考辨	備註
獨行 睘睘			趥、𤖼	正確	溪母耕部同音

鴇　羽

	異文	王氏父子	馬瑞辰	考辨	備註
王事 靡 盬		苦	苦	正確	苦盬音同義通

有杕有杜

	異文	王氏父子	馬瑞辰	考辨	備註
生於道 周	右（韓詩）		右〔註44〕	濫用	當從《毛傳》訓曲

采　苓

	異文	王氏父子	馬瑞辰	考辨	備註
人之 為 言		譌	偽	正確	歌部疊韻通叚
苟 亦無信			姑	可備一說	作苟亦通

秦　風
駟　驖

	異文	王氏父子	馬瑞辰	考辨	備註
駟 驖 孔阜			騺	正確	透母質部同音
奉時 辰 牡		愼	震	正確	定母諄部同音
舍 拔 則獲			發〔註45〕	訓解不周	本字當作栝
載 獫 歇驕			才	濫用	牽合《箋》義

小　戎

	異文	王氏父子	馬瑞辰	考辨	備註
陰靷 鋈 續			鐐	正確	宵部疊韻通叚

〔註44〕「周」古音屬端母幽部；「右」古音在匣母之部，二者既非雙聲，亦非疊韻，以「周」為「右」之通叚說法不能成立。高本漢《詩經注釋》言：「《釋文》所引的《韓詩》有問題。或者是《韓詩》的文字就是『生于道右』；或是《韓詩》訓「周」為「右」……《韓詩》既然有問題，就應當依 A（筆者按：指《毛傳》訓曲之說）說。」

〔註45〕見第四章第二節，頁82～83。

	異文	王氏父子	馬瑞辰	考辨	備註
溫其如玉			盈 〔註46〕	濫用	作溫即可解經
厹矛鋈錞			酋	正確	幽部疊韻通叚
蒙伐有苑			瞂	正確	並母月部同音
竹閉緄縢			柲	正確	幫母質部同音
載寢載興			再	正確	精母之部同音
厭厭良人	愔愔（三家詩）		懕	正確	影母談部同音

蒹 葭

	異文	王氏父子	馬瑞辰	考辨	備註
在水一方			旁	正確	陽部疊韻古通
宛在水中坻			墀、汦	正確	定母脂部同音

終 南

	異文	王氏父子	馬瑞辰	考辨	備註
有條有梅			稻	正確	透定旁紐 幽部疊韻
有條有梅			某	正確	某爲酸果本字
有紀有堂		杞	杞	正確	見溪旁紐 之部疊韻
有紀有堂		棠	棠	正確	定母陽部同音

黃 鳥

	異文	王氏父子	馬瑞辰	考辨	備註
交交黃鳥			咬咬 〔註47〕	正確	宵部疊韻可通
殲我良人			瀸	濫用	作殲即可通釋
子車仲行			桁	可備一說	作行亦通
子車鍼虎			狦、麙	可備一說	作鍼亦通

〔註46〕見第四章第二節，頁83～84。

〔註47〕《詩經》中出現鳥類之句多形容其鳴叫之聲，〈關雎〉「關關雎鳩」、〈匏有苦葉〉「雝雝鳴雁」等，疑本詩「交交」亦形容鳥鳴之聲，當从口作「咬」，《傳》、《箋》以爲往來貌者，失之。

晨　風

	異文	王氏父子	馬瑞辰	考辨	備註
鴥彼晨風			鷐	正確	定母諄部同音
隰有六駁			駁	正確	幫母藥部同音

權　輿

	異文	王氏父子	馬瑞辰	考辨	備註
于嗟乎不承權輿			薖藬	正確	此聯緜詞也，聯緜詞無定字，故依常用字形較佳。

陳　風
宛　丘

	異文	王氏父子	馬瑞辰	考辨	備註
子之湯兮			愓	正確	透母雙聲通叚

東門之枌

	異文	王氏父子	馬瑞辰	考辨	備註
榖旦于差	嗟（韓詩）		嗟	正確	精清旁紐歌部疊韻

衡　門

	異文	王氏父子	馬瑞辰	考辨	備註
可以樂饑	療（魯詩）、（韓詩外傳）		療（瘵）	正確	來母宵部同音

東門之池

	異文	王氏父子	馬瑞辰	考辨	備註
可以晤歌			寤	正確	疑母魚部同音

東門之楊

	異文	王氏父子	馬瑞辰	考辨	備註
其葉牂牂			將將〔註48〕	正確	精母陽部同音
其葉肺肺			米米	正確	幫滂旁紐雙聲

〔註48〕「牂」《說文》訓爲牝羊，則《毛傳》訓「盛貌」無所取義。「牂」篆文形體與「牂」字相近，又古音同在精母陽部，故二字形近音同通叚。

墓　門

	異文	王氏父子	馬瑞辰	考辨	備註
歌以訊之		誶	誶	正確	心母雙聲通叚

防有鵲巢

	異文	王氏父子	馬瑞辰	考辨	備註
邛有旨苕			芀	可備一說	苕無礙解經
誰侜予美			譸	正確	端母幽部同音
誰侜於美	娓（韓詩）		媄〔註49〕	可備一說	作美即可通讀
邛有旨鷊			虉	正確	疑母錫部同音

月　出

	異文	王氏父子	馬瑞辰	考辨	備註
佼人僚兮			姣	正確	見母宵部同音
佼人僚兮			嫽	正確	來母宵部同音
舒窈糾兮			噬	正確	透定旁紐雙聲
佼人瀏兮			嫽	正確	來母幽部同音

株　林

	異文	王氏父子	馬瑞辰	考辨	備註
乘我乘駒			驕	可備一說	作駒亦通

澤　陂

	異文	王氏父子	馬瑞辰	考辨	備註
有蒲與荷	茄（魯詩）		茄	正確	歌部疊韻通叚
涕泗滂沱			洟	正確	脂質對轉通叚
有蒲與蕑			蘭、蓮	正確	來紐雙聲通叚
碩大且卷			婘	正確	見母元部同音

〔註49〕見第四章第三節，頁98。

檜　風

素　冠

	異文	王氏父子	馬瑞辰	考辨	備註
棘人欒欒兮			瘝	錯誤	本字當作瘝
棘人欒欒兮	戀戀（魯詩）		欒欒	正確	來母元部同音
聊與子同歸兮			僇	可備一說	聊亦有且義

隰有萇楚

	異文	王氏父子	馬瑞辰	考辨	備註
夭之沃沃			枖	正確	影母宵部同音

匪　風

	異文	王氏父子	馬瑞辰	考辨	備註
匪風發兮			彼	正確	幫母雙聲通叚

曹　風

蜉　蝣

	異文	王氏父子	馬瑞辰	考辨	備註
衣裳楚楚			黼黼	正確	清母魚部同音
蜉蝣掘閱			闋	正確	溪母雙聲通叚
蜉蝣掘閱			穴	正確	質月旁轉同部

候　人

	異文	王氏父子	馬瑞辰	考辨	備註
不遂其媾			冓	可備一說	未必兩章詩義相類如此

豳　風

七　月

	異文	王氏父子	馬瑞辰	考辨	備註
一之日觱發			滭	正確	幫母質部同音
一之日觱發			冹	正確	月部疊韻
二之日栗烈			溧	正確	來母質部同音

二之日栗烈			冽	正確	來母月部同音
田畯至喜	饎（鄭）		饎	正確	之部疊韻通叚
蠶月條桑	挑（韓詩）		挑	正確	透定旁紐雙聲
八月剝棗			攴	正確	幫滂旁紐 屋部疊韻
黍稷重穋			種	正確	東部疊韻通叚
上入執宮功			功	正確	見母東部同音
稱彼兕觥			偁	正確	透母蒸部同音

鴟 鴞

	異文	王氏父子	馬瑞辰	考辨	備註
鬻子之閔斯			鞠	正確	影母覺部同音
徹彼桑土			撤	正確	透母月部同音
徹彼桑土	杜（韓詩）		杜	正確	透定旁紐 魚部疊韻
予手拮据			撠	正確	見母雙聲通叚
予手拮据			搰	正確	見母雙聲通叚
予口卒瘏			頓	正確	精從旁紐 沒部疊韻
予尾翛翛			脩脩	正確	心母幽部同音

東 山

	異文	王氏父子	馬瑞辰	考辨	備註
慆慆不歸			滔滔	正確	透母幽部通用
烝在桑野			曾 〔註50〕	濫用	烝應作眾
烝在栗薪	蓼（韓詩）		蓼	可備一說	作栗即可通

破 斧

	異文	王氏父子	馬瑞辰	考辨	備註
四國是皇			匡	正確	溪匣雙聲 陽部疊韻

〔註50〕見第五章第一節，頁 113～115。

四國是遹			遚	正確	精從旁紐幽部疊韻

狼 跋

	異文	王氏父子	馬瑞辰	考辨	備註
德音不瑕			假	濫用	字當作遐訓遠

小 雅

鹿鳴之什

鹿 鳴

	異文	王氏父子	馬瑞辰	考辨	備註
食野之苹			荓	正確	並母耕部同音
視民不恌	示（鄭）		示	正確	定母脂部同音
視民不恌			偷	正確	透母雙聲通叚
和樂且湛	耽（韓詩）		媅	正確	侵部疊韻通叚

四 牡

	異文	王氏父子	馬瑞辰	考辨	備註
嘽嘽駱馬			疼疼	可備一說	作嘽亦通
不遑啓處			跽	正確	溪母雙聲通叚
不遑啓處			凥	正確	魚母疊韻通叚
將母來諗			念	正確	侵部疊韻通叚

皇皇者華

	毛傳鄭箋	王氏父子	馬瑞辰	考辨	備註
駪駪征夫	侁侁（魯詩、齊詩）、莘莘（韓詩外傳）		侁侁	正確	心母諄部同音
我馬維駒			驕	可備一說	作駒亦通

常 棣

	毛傳鄭箋	王氏父子	馬瑞辰	考辨	備註
常棣之華			棠	正確	定母陽部同音
死喪之威			畏	正確	影母微部同音
原隰裒矣			捊	正確	幫並旁紐幽部疊韻

況也永歎			兄	正確	曉母陽部同音
外禦其務	侮（鄭）		侮	正確	明母侯部同音
飲酒之飫	醧（韓詩）		醧	正確	影母侯部同音

伐　木

	異文	王氏父子	馬瑞辰	考辨	備註
神之聽之			愼	正確	定母眞部同音
伐木許許			所所	正確	魚部疊韻通叚
釃酒有藇			與	正確	定母魚部同音
砍砍鼓我	轗（三家詩）		轗轗	正確	溪母雙聲通叚

天　保

	異文	王氏父子	馬瑞辰	考辨	備註
俾爾單厚			亶〔註51〕	濫用	單已有厚義
何福不除			捈	可備一說	作除亦通
降爾遐福			嘏〔註52〕	濫用	作遐訓遠較佳
君曰卜爾			畁	可備一說	作卜亦通
神之弔矣			迅〔註53〕	訓解不周	弔爲末之誤
徧爲爾德			訛	正確	歌部疊韻通叚

采　薇

	異文	王氏父子	馬瑞辰	考辨	備註
靡使歸聘			饋	正確	見母微部同音
楊柳依依			殷殷	正確	影母雙聲微諄對轉

〔註51〕見第五章第一節，頁 115～116。

〔註52〕見第四章第二節，頁 84～85。

〔註53〕見第四章第二節「不弔昊天」條，頁 86～87。

出　車

	異文	王氏父子	馬瑞辰	考辨	備註
出車[彭]彭			骄骄	正確	並母陽部同音
旆旐[央]央			英英	正確	影母陽部同音
畏此[簡]書			盟	濫用	作簡即通
執訊[獲]醜			馘	正確	職鐸旁轉通叚

杕　杜

	異文	王氏父子	馬瑞辰	考辨	備註
卜筮[偕]止			嘉	正確	見母雙聲通叚

南嘉有魚之什

南嘉有魚

	異文	王氏父子	馬瑞辰	考辨	備註
嘉賓式燕[又]思			侑	正確	匣母之部同音

南山有臺

	異文	王氏父子	馬瑞辰	考辨	備註
保[艾]爾後			乂	可備一說	艾亦有治義

蓼　蕭

	異文	王氏父子	馬瑞辰	考辨	備註
[零]露湑兮			霝	正確	來母雙聲 眞耕通轉
是以有[譽]處兮		與（王念孫）、豫（王引之）	豫〔註54〕	訓解不周	作與者義長
[儵]革沖沖			鋈〔註55〕	錯誤	或體非通叚

〔註54〕古「譽」、「與」兩字通，王念孫謂「欲」即「與」字，與處爲古人慣用語例。如〈黃鳥〉詩言「不可與處」是也。乃言人與人相見之後，情意相契，故有與處兮，非《箋》言聲譽、馬瑞辰言作「豫」訓樂也。

〔註55〕見第五章第一節，頁116～117。

湛　露

	異文	王氏父子	馬瑞辰	考辨	備註
匪陽不晞			暘	正確	影母陽部同音
厭厭夜飲	愔愔（韓詩）		懕懕	正確	影母談部同音

彤　弓

	異文	王氏父子	馬瑞辰	考辨	備註
中心貺之			況	正確	曉母陽部同音
一朝右之			侑	正確	匣母之部同音

菁菁者莪

	異文	王氏父子	馬瑞辰	考辨	備註
菁菁者莪	蓁蓁（韓詩）		蓁蓁	正確	精母疊韻通叚

六　月

	異文	王氏父子	馬瑞辰	考辨	備註
六月棲棲			徥徥	正確	脂部疊韻通叚
我是用急			戒	正確	見母雙聲通叚
共武之服			恭	正確	見溪旁紐 東部疊韻
織文鳥章			識、幟	正確	端母職部同音
白旆央央			帛	正確	並母鐸部同音
炰鱉膾鯉			烰	正確	幫母幽部同音

采　芑

	異文	王氏父子	馬瑞辰	考辨	備註
方叔涖止			蒞〔註56〕	濫用	蒞一字異體
方叔率止			衛〔註57〕	訓解不周	本字當作蒞

〔註56〕見第五章第一節，頁117～118。

〔註57〕見第四章第二節，頁85～86。

車 攻

	異文	王氏父子	馬瑞辰	考辨	備註
東有囿草	圃（韓詩）		圃	正確	幫母魚部同音
搏獸於敖			薄〔註58〕	正確	幫並旁紐 鐸部疊韻
搏獸於敖			狩	正確	透母幽部同音
助我舉柴			骴	正確	從母支部同音

吉 日

	異文	王氏父子	馬瑞辰	考辨	備註
既伯既禱			禡	正確	幫明旁紐 魚鐸對轉
麀鹿麌麌			嚄嚄	正確	疑母魚部同音
其祈孔有			麎〔註59〕	濫用	作祁即可通
儦儦俟俟			駇駇	正確	從母之部同音

鴻雁之什

鴻雁

	異文	王氏父子	馬瑞辰	考辨	備註
爰及矜人			憐	正確	真部疊韻通叚

沔 水

	異文	王氏父子	馬瑞辰	考辨	備註
沔彼流水			衍	可備一說	沔、衍聲近

鶴 鳴

	異文	王氏父子	馬瑞辰	考辨	備註
鶴鳴於九皐			澤	濫用	九析之澤釋義 過迂曲
其下維蘀		檡	檡	正確	鐸部疊韻通叚

〔註58〕見第四章第一節，頁61～63。

〔註59〕胡承珙《毛詩後箋》言：「此承上章獸之所同而言，故但言其形體祁大又甚多有，而其爲獸自明，不必改祁爲麎，以見獸名也。或疑《詩》中無此文例者；〈正月〉：『瞻彼阪田，有菀其特。』《箋》云：『有菀然茂特之苗。』然經文並不言特者何物，與此『其祁孔有』文法正相似也。」

祈 父

	異文	王氏父子	馬瑞辰	考辨	備註
祈父			圻	正確	溪母雙聲通叚

白 駒

	異文	王氏父子	馬瑞辰	考辨	備註
在彼空谷	穹（韓詩）		穹〔註60〕	正確	溪母雙聲通叚

黃 鳥

	異文	王氏父子	馬瑞辰	考辨	備註
不可與明	盟（鄭）		盟	正確	明母陽部同音

我行其野

	異文	王氏父子	馬瑞辰	考辨	備註
言采其蓫			藡	正確	定母雙聲通叚
成不以富			誠	正確	定母耕部同音

斯 干

	異文	王氏父子	馬瑞辰	考辨	備註
秩秩斯干			澗	正確	見母元部同音
無相猶矣			猷	正確	影母幽部同音
約之閣閣			輅輅	可備一說	閣閣亦可訓舉
椓之橐橐			檁檁	正確	透母鐸部同音
如矢斯棘	戟（鄭）、朸（韓詩）		戟	正確	見母雙聲職鐸旁轉
如鳥斯革	翮（韓）		翮	正確	見母職部同音
噲噲其正			快快	正確	見溪旁紐月部疊韻
載衣之裼	褅（韓）		褅	正確	透母錫部同音

無 羊

	異文	王氏父子	馬瑞辰	考辨	備註
眾維魚矣			螽〔註61〕	濫用	作眾指魚眾多

〔註60〕見第四章第一節，頁63。

〔註61〕見第五章第一節，頁118～119。

節南山之什

節南山

	異文	王氏父子	馬瑞辰	考辨	備註
節彼南山			巀	正確	精從旁紐雙聲
維石巖巖			礹礹	正確	疑母談部同音
何用不監			鑒	濫用	監即有視義
有實其猗		阿	阿	正確	影母歌部同音
天方薦瘥	瘥（三家詩）		疵	濫用	瘥即訓病
憯莫懲嗟			朁	正確	清母侵部同音
不弔昊天			迅〔註62〕	訓解不周	弔為未之誤
降此鞠訩			窮	正確	溪母覺部同音
降此鞠訩			凶	正確	曉母多部同音
卒勞百姓			瘁	正確	精母沒部同音
四牡項領			唯	正確	匣母東部同音
以究王訩			凶	正確	曉母多部同音

正 月

	異文	王氏父子	馬瑞辰	考辨	備註
莠言自口			醜	正確	幽部疊韻通叚
憂心愈愈			瘉瘉	正確	影母侯部同音
有倫有脊			迹	正確	精母錫部同音
天之扤我			刓、抏、刖	正確	疑母雙聲通叚
寧或滅之		乃	能	可備一說	王說較佳
屢顧爾僕			轐	濫用	作僕即可解
曾是不意		億	隱	可備一說	王說較佳

〔註62〕見第四章第二節，頁86～87。

洽比其鄰			佮	正確	見匣旁紐 緝部疊韻
夭夭是椓			諑	正確	端母屋部同音

十月之交

	異文	王氏父子	馬瑞辰	考辨	備註
日有食之			蝕	正確	定母職部同音
山冢崒崩		猝	碎	可備一說	王說義較佳
胡憯莫懲			朁	正確	清母侵部同音
仲允膳夫			術	正確	定母雙聲通叚
悠悠我里			悝	正確	來母之部同音

雨無正

	異文	王氏父子	馬瑞辰	考辨	備註
淪胥以鋪			湑	正確	心母魚部同音
淪胥以鋪		痛	痛	正確	滂母魚部同音
匪舌是出			疶	正確	沒部疊韻通叚

小　旻

	異文	王氏父子	馬瑞辰	考辨	備註
謀猷回遹			夒	濫用	作回即可通讀
潝潝訿訿			翕翕	正確	曉母緝部同音
不我告猶			繇	訓解不周	猶亦謀也
是用不集	就（韓詩外傳）		就	正確	從母雙聲通叚
如匪行邁謀			彼	正確	幫母雙聲通叚
為邇言是爭			諍	濫用	作爭即可通釋
是用不潰于成			遂	正確	沒部疊韻通叚
或蕭或艾			乂	正確	疑母月部同音
不敢馮河			淜	正確	並母蒸部同音

小 宛

	異文	王氏父子	馬瑞辰	考辨	備註
翰飛戾天	厲（韓詩）		厲	正確	來母雙聲 質月旁轉
彼昏不知			惛	正確	曉母諄部同音
題彼脊令			鶗	濫用	題鶗一字異體
哀我塡寡			殄	正確	定母雙聲通叚
宜岸宜獄			犴	正確	疑母元部同音

小 弁

	異文	王氏父子	馬瑞辰	考辨	備註
弁彼鸒斯			昪	正確	並母元部同音
歸飛提提			狋狋（猀）	正確	透定旁紐 支部同音
怒焉如擣	疛（韓詩）		疛	正確	端母幽部同音
萑葦淠淠			渂渂	濫用	淠淠亦有茂義
維足伎伎			趌、歧	正確	溪母支部同音
譬彼壞木			檓	正確	匣母微部同音

巧 言

	異文	王氏父子	馬瑞辰	考辨	備註
亂如此憮			幠	正確	明母魚部同音
僭始既涵			譖	正確	精母侵部同音
匪其止共			恭	正確	見溪旁紐 東部疊韻
聖人莫之			謨	正確	明母雙聲 魚鐸對轉
予忖度之			刌	正確	清母諄部同音
予忖度之			剫	正確	定母鐸部同音
遇犬獲之			虞〔註63〕	可備一說	作遇亦通
荏染柔木			桼	正確	泥母侵部同音

〔註63〕本詩「遇」馬瑞辰作「虞」，曾釗作「愚」，《韓詩》直訓其字，三說皆可通。蓋四家詩師法各有不同，故偶有異讀出現，然無礙文義判讀，可備一說。

	異文	王氏父子	馬瑞辰	考辨	備註
荏[染]柔木			丹	正確	泥母談部同音
君子[樹]之			尌	濫用	作樹即可
[蛇蛇]碩言			訑訑	正確	影母歌部同音
無[拳]無勇			捲	正確	見溪旁紐 元部疊韻
[職]為亂階			適	正確	職部疊韻
為[猶]將多			猷	正確	影母幽部同音

何人斯

	異文	王氏父子	馬瑞辰	考辨	備註
遄[脂]爾車			支	可備一說	作脂亦通
俾我[祇]也			疧	正確	溪母支部同音
[視]人罔極			示	正確	定母脂部同音

巷 伯

	異文	王氏父子	馬瑞辰	考辨	備註
[萋]兮斐兮			緀 〔註64〕	正確	清母脂部同音
[緝緝]翩翩	絹絹（韓）		咠咠	正確	清母緝部同音
[緝緝]翩翩	繽繽（韓）		諞諞	正確	滂母真部同音
[捷捷]幡幡			倢倢	正確	精從旁紐帖部 疊韻
捷捷[幡幡]			便便	正確	幫並旁紐 元部疊韻

谷風之什

谷 風

	異文	王氏父子	馬瑞辰	考辨	備註
維山[崔]嵬			厜	濫用	作崔即可通讀
維山崔[嵬]			羛	濫用	作嵬即可通讀
無木不[萎]			矮	濫用	無須改讀罕見字

〔註64〕 「萋」本義為艸盛貌，訓文章者當以緀、斐為本字。《毛傳》作「萋」、《釋文》「斐」
作「菲」者均為同音通叚。

蓼 莪

	異文	王氏父子	馬瑞辰	考辨	備註
鮮民之生			尟 〔註65〕	訓解不周	鮮當訓寡
母兮鞠我			育	正確	影見鄰紐 覺部疊韻
拊我畜我	慉（鄭）		慉	濫用	當作畜訓養
南山烈烈			颲颲	正確	來母月部同音
飄風發發			泧泧	正確	月部疊韻
南山律律			㷏㷏	可備一說	狀聲無定字
飄風弗弗			泧泧	正確	幫並旁紐雙聲

大 東

	異文	王氏父子	馬瑞辰	考辨	備註
有捄棘匕			觓	正確	溪母幽部同音
杼柚其空			軸	正確	幽覺對轉通叚
無浸穫薪			檴	正確	匣母雙聲 魚鐸對轉
契契寤歎			挈挈	正確	溪母月部同音
職勞不來			勑	正確	來母之部同音
舟人之子			周	正確	端母幽部同音
跂彼織女			攲	正確	溪母支部同音
不以服箱			犕 〔註66〕	訓解不周	服作負較佳
東有啓明			启	正確	溪母支部同音
維北有斗			枓 〔註67〕	濫用	斗枓實爲一字

〔註65〕 見第四章第二節，頁 87～88。

〔註66〕 俞樾《群經評議》曰：「服當讀爲負，服、負一聲之轉……不可以服箱猶云不可以負箱，言牽牛雖有牛名而不可以負車箱也。如以服爲牝服，當則云不可以駕服箱，如下章云：『不可以挹酒漿』文義方足，如但曰不可以酒漿，則文不成義矣。故知服非牝服也。」俞說是也，馬氏以服爲駕車義，訓本字作「犕」，然無法與下章文義連貫，似有不妥。

〔註67〕 見第五章第一節「酌以大斗」條，頁 121～122。

四 月

	異文	王氏父子	馬瑞辰	考辨	備註
百卉具腓	痱（韓詩）		痱	正確	並母微部同音
亂離瘼矣			罹	正確	來母歌部同音
廢為殘賊			茀	濫用	廢亦有大義
我日構禍			遘	正確	見母侯部同音
匪鶉匪鳶			鷻	正確	定母諄部同音

北 山

	異文	王氏父子	馬瑞辰	考辨	備註
率土之濱			瀕	濫用	濱自可訓涯
王事傍傍			旁旁	正確	並母陽部同音
鮮我方將			奘	可備一說	將亦大也
旅力方剛		膂	膂	正確	來母魚部同音
或湛樂飲酒			酖	正確	侵部疊韻通叚

無將大車

	異文	王氏父子	馬瑞辰	考辨	備註
無將大車			牂	錯誤	將牂實一字
祇自重兮			腫〔註68〕	濫用	當作重訓累

小 明

	異文	王氏父子	馬瑞辰	考辨	備註
念彼共人			恭	正確	見溪旁紐東部疊韻
興言出宿			虛、舒	濫用	與詩義不合

楚 茨

	異文	王氏父子	馬瑞辰	考辨	備註
楚楚者茨			薺	正確	從母脂部同音
獻醻交錯			迭	濫用	無須改字

〔註68〕此句「重」當從《箋》訓累積之「累」。馬瑞辰據《左傳》「重腿」通作「腫」，謂
人之憂也必腫，此說荒誕無稽之甚，切不可從。

獻醻交錯			遣	濫用	無須改字
神保是格			衆	正確	見母鐸部同音
我孔熯矣			戁〔註69〕	濫用誤	本字當作謹
既齊既稷			亟	正確	職部疊韻通叚
禮儀既備			葡	濫用	備意即言完備
廢徹不遲			勶	濫用	作徹即通

信南山

	異文	王氏父子	馬瑞辰	考辨	備註
信彼南山			伸	正確	眞部疊韻可通
既優既渥			瀀	正確	影母幽部同音

甫田之什
甫　田

	異文	王氏父子	馬瑞辰	考辨	備註
以我齊明			齍	正確	精從旁紐 脂部疊韻
以我齊明			盛	正確	古明盛同義
與我犧羊			牷	正確	歌元對轉通叚
禾易長畝			移	可備一說	作易亦通

大　田

	異文	王氏父子	馬瑞辰	考辨	備註
既備乃事			服	濫用	備意即言完備
既備乃事			菑	濫用	事之常義可通
以我覃耜			剡	正確	侵談旁轉通叚
俶載南畝			菑	可備一說	作載亦通
去其螟螣			蟦、蟘、蟘	正確	定母職部同音

〔註69〕于省吾曰：「熯即謹之本字。金文觀不从見，勤不从力。〈女爻㞢聿厽女嬖毁〉觀作𡠘，〈宗周鐘〉勤作𡠘。𡠘、熯同字，今楷作堇。謹之作堇，猶觀、勤之作堇矣…段玉裁謂熯爲戁之叚借，非也。讀爲『我孔謹矣，式禮莫愆』，則語意調適。」于說是也，馬氏之說承段氏而來，亦非。

及其孟賊			蟊	正確	明母幽部同音
秉畀炎火	卜（韓詩）		卜[註70]	正確	幫紐雙聲通叚
有渰萋萋			淒淒	正確	清母脂部同音

裳裳者華

	異文	王氏父子	馬瑞辰	考辨	備註
裳裳者華			常常	正確	定母陽部同音
芸其黃矣			貟	正確	匣疑鄰紐 諄部疊韻

桑扈

	異文	王氏父子	馬瑞辰	考辨	備註
不戢不難			濈	正確	精母緝部同音
不戢不難			戁	正確	泥母元部同音
受福不那			難	濫用	作那即可通讀
彼交匪敖		姣	傲	正確	見母宵部同音
萬福來求		逑	逑	正確	溪母幽部同音

頍弁

	異文	王氏父子	馬瑞辰	考辨	備註
兄弟具來	俱（鄭、三家詩）		俱	正確	溪母喉部同音

車舝

	異文	王氏父子	馬瑞辰	考辨	備註
間關車之舝兮	轄（三家詩）		轄	正確	匣母月部同音
德音來括			會	濫用	本字當作佸
依彼平林			殷	正確	影母雙聲 微諄對轉

賓之初筵

	異文	王氏父子	馬瑞辰	考辨	備註
籩豆有楚			且、齟	正確	清母魚部同音

〔註70〕馬氏本字作「卜」訓作予，胡承珙訓「卜」爲「報」或「赴」，考「赴」從卜聲，報又讀爲赴，則胡適訓卜爲「赴」，謂卜畀炎火爲急取之意，其說亦通。

· 172 ·

	異文	王氏父子	馬瑞辰	考辨	備註
殽[核]維旅			覈〔註71〕	正確	匣母雙聲通叚
殽核維[旅]			臚〔註72〕	訓解不周	旅應作嘉
酌彼[康]爵			荒	正確	陽部疊韻通叚
威儀[反反]	昄昄（韓詩）		昄昄	正確	幫母元部同音
威儀[抑抑]			懿懿	正確	影母質部同音
[側]弁之俄			仄	正確	精母職部同音
屢舞[傞傞]			娑娑	正確	清母雙聲通叚
矧敢多[又]			侑	正確	匣母之部同音

魚藻之什

魚藻

	異文	王氏父子	馬瑞辰	考辨	備註
有[那]其居			儺	正確	泥母歌部同音

采菽

	異文	王氏父子	馬瑞辰	考辨	備註
何[錫]予之			賜	正確	古多假錫爲賜
[觱]沸檻泉			滭	正確	幫母質部同音
觱沸[檻]泉			濫	正確	濫泉字當從水
君子所[屆]			誡	可備一說	作屆亦通
彼[交]匪紓		絞	傲	可備一說	作交亦通

〔註71〕段玉裁謂本詩作核爲傳寫之譌誤，《周官》「覈」注家作「核」，顯示漢時已用「核」爲「覈」。馬瑞辰謂此詩「殽核」與前文「籩豆」對舉，一者盛物容器，一者所盛之物，《毛傳》誤「殽核」承「籩豆」而來，故訓豆實、加籩，不若《三家詩》以肉、骨分離爲確，其說甚是。

〔註72〕本詩「籩豆有楚」一句，《毛傳》訓「楚」爲列貌，則本句之「旅」不應再訓爲陳列之義。于省吾《詩經新證》言本詩「旅」猶「嘉」也，其說較善，「殽核維旅」即「殽核維嘉」也。

平平左右	便便（韓詩）		便便、辯辯	正確	並母雙聲通叚 便辯同音可通
紼纚維之			纍	無須通叚	作纚即可通讀

角　弓

	異文	王氏父子	馬瑞辰	考辨	備註
騂騂角弓			觲觲	正確	心母耕部同音
民胥然矣			嘫 〔註73〕	濫用	作然即通
見晛曰消	曣（韓詩）		曣	正確	元部疊韻通叚
莫肯下遺			隤	正確	微部疊韻通叚

菀　柳

	異文	王氏父子	馬瑞辰	考辨	備註
上帝甚蹈			陶	正確	幽部疊韻通叚
後予極焉			殛	正確	見匣鄰紐 職部疊韻

都人士

	異文	王氏父子	馬瑞辰	考辨	備註
綢直如髮			髫	濫用	綢已有稠密義
垂帶而厲	裂（鄭）		裂	正確	來母月部同音

采　綠

	異文	王氏父子	馬瑞辰	考辨	備註
終朝采綠			菉	正確	來母屋部同音

黍　苗

	異文	王氏父子	馬瑞辰	考辨	備註
蓋云歸哉			盍	正確	見匣鄰紐雙聲

〔註73〕見第三章第二節，借字行而本義廢一項，頁37。

隰 柔

	異文	王氏父子	馬瑞辰	考辨	備註
其葉有[幽]			黝、蔜〔註74〕	訓解不周	雙本字並列
德音孔[膠]			膠〔註75〕	正確	見母幽部同音
中心[藏]之			臧	可備一說	作藏即可通

白 華

	異文	王氏父子	馬瑞辰	考辨	備註
視我[邁邁]	怖（韓詩）		怖怖	正確	月部疊韻通叚

緜 蠻

	異文	王氏父子	馬瑞辰	考辨	備註
[緜]蠻黃鳥			覭	正確	明母雙聲通叚
緜[蠻]黃鳥			髳	正確	明母雙聲通叚

漸漸之石

	異文	王氏父子	馬瑞辰	考辨	備註
[漸漸]之石			嶄嶄	正確	精從旁紐 談部疊韻
維其[勞]矣	遼（鄭）		遼	正確	作勞足矣
不[皇]朝矣			遑	正確	匣母陽部同音
維其[卒]矣			崒	正確	精母沒部同音
曷其[沒]矣			勿	正確	明母沒部同音

苕之華

	異文	王氏父子	馬瑞辰	考辨	備註
牂羊[墳]首			羒	正確	並母諄部同音

〔註74〕馬瑞辰以文獻資料爲據，證明「幽」與「蔜」一聲之轉可通，但隨即又以《毛傳》訓「幽」爲色黑而讀爲「黝」，引申亦得有茂盛之訓。馬瑞辰認爲「幽」、「蔜」一聲之轉，且《漢書》之文可以證明「蔜」有茂盛之義，故訓本字爲「蔜」，但他又無法推翻《毛傳》訓「黝」的說法，因而採取雙本字並存之作法，令讀者無所適從。事實上「蔜」本義只是草名，要訓作茂盛仍略嫌牽強，《毛傳》訓「幽」爲黑作「黝」，在意義上已相當完整，應無必要通叚作「蔜」。

〔註75〕見第四章第一節，頁63～64。

何草不黃

	異文	王氏父子	馬瑞辰	考辨	備註
何人不矜			鰥	正確	見溪旁紐 眞諄旁轉

大　雅

文王之什

文　王

	異文	王氏父子	馬瑞辰	考辨	備註
有周不顯			丕〔註76〕	濫用	不即丕字
帝命不時			承〔註77〕	可備一說	作時亦通
亹亹文王			忞忞	正確	諄部疊韻
陳錫哉周			申〔註78〕	正確	透並旁紐 眞部疊韻
其麗不億			酈	正確	來母支部同音
王之藎臣			逮	濫用	無須改讀
上天之載	緯（三家詩）		事	濫用	作載即通
無聲無臭			馨〔註79〕	濫用	作聲較合經恉

大　明

	異文	王氏父子	馬瑞辰	考辨	備註
大任有身			偛〔註80〕	濫用	本字當作身
文王初載			栽	正確	精母之部同音
在洽之陽	郃（三家詩）		郃	正確	匣母緝部同音

〔註76〕見第五章第一節，頁119～120。

〔註77〕「帝命不時」之「時」疑爲四時之「時」，其義爲：上帝不拘其時而故又周邦之謂也。

〔註78〕見第四章第一節，頁64～65。

〔註79〕見第五章第一節，頁120～121。

〔註80〕見第三章第四節，頁52～53。

	異文	王氏父子	馬瑞辰	考辨	備註
俔天之妹			磬〔註81〕	訓解不周	前後說解不清
纘女維莘			䌕	正確	精母元部同音
篤生武王			筐	正確	端母覺部同音
燮伐大商			襲〔註82〕	正確	心母雙聲通叚
矢於牧野			誓	正確	透定旁紐 脂月旁對轉
無貳爾心			忒	正確	透母職部同音
時維鷹揚			鸉	濫用	鷹揚非並列複合詞
涼彼武王			亮	正確	來母陽部同音

縣

	異文	王氏父子	馬瑞辰	考辨	備註
陶復陶穴			掏	正確	定母幽部同音
陶復陶穴			覆	正確	並母覺部同音
來朝走馬			趣	正確	侯部疊韻
縮版以載			栽	正確	精母之部同音
虡鼓弗勝			皋	正確	見母幽部同音
皋門有伉			阬	正確	溪母陽部同音
維其喙矣			獩	濫用	作喙即通
文王蹶厥生			性	正確	心母耕部同音

棫樸

	異文	王氏父子	馬瑞辰	考辨	備註
追琢其章			彫	正確	端母雙聲通叚

旱麓

	異文	王氏父子	馬瑞辰	考辨	備註
瑟彼玉瓚		卹	璱	正確	心母質部同音
清酒既載			䣛	正確	精母之部同音
求福不回			蔑	正確	匣母微部同音

〔註81〕見第四章第二節，頁88～90。

〔註82〕見第四章第一節，頁65～67。

思　齊

	異文	王氏父子	馬瑞辰	考辨	備註
以御於家邦			訝	正確	疑母魚部同音
烈假不瑕			癘	可備一說	作烈假亦通
烈假不瑕			瘕	可備一說	作烈假亦通
古人之無斁			殬	可備一說	斁亦可作厭解
譽髦斯士			豫	可備一說	作譽亦通

皇　矣

	異文	王氏父子	馬瑞辰	考辨	備註
求民之莫			嘆	可備一說	訓病或可作瘼
上帝耆之			稽	正確	溪母脂部同音
此維與宅			度	可備一說	作宅言居亦通
作之屏之		柞	槎	正確	精母雙聲鐸歌通轉
作之屏之			姘	正確	滂並旁紐耕部疊韻
其菑其翳	殪（三家詩）		殪	正確	影母雙聲通叚
其貫其栵		烈	烈	正確	來母月部同音
串夷載路			畎、患	可備一說	國名未必通叚
串夷載路			露	可備一說	作路亦可通
天立厥配			妃〔註83〕	可備一說	以假借義解經

〔註83〕「配」之本義《說文》訓爲「酒色」。馬瑞辰據此認爲表匹配之本字應以「妃」爲本字。但馬氏在訓解時卻仍然使用「配」之假借義爲說，求取本字卻無助內容之理解，反而易使讀者混淆。

	異文	王氏父子	馬瑞辰	考辨	備註
其德靡悔			晦	可備一說	作悔訓恨亦通
以按徂旅			莒	正確	魚部疊韻通叚
無然畔援			泮、叛	正確	滂並旁紐 元部疊韻
無然畔援			奐、換	正確	曉匣旁紐 元部疊韻
侵自阮疆			寑	可備一說	不改讀亦通

靈 臺

	異文	王氏父子	馬瑞辰	考辨	備註
麀鹿濯濯			燿燿	正確	定母藥部同音
於論鼓鐘			侖	正確	來母諄部同音
鼉鼓逢逢			彭彭	正確	並母雙聲通叚

下 武

	異文	王氏父子	馬瑞辰	考辨	備註
世德作求			逑	正確	溪母幽部同音
昭茲來許			哉	正確	精母之部同音
昭茲來許			御	正確	魚部疊韻通叚
不遐有佐			胡	正確	匣母魚部同音

文王有聲

	異文	王氏父子	馬瑞辰	考辨	備註
遹駿有聲			吷	正確	定母雙聲通叚
築城伊淢	洫（韓詩）		洫	正確	曉母雙聲通叚
匪棘其欲			革	正確	見母職部同音
匪棘其欲			猶	可備一說	作欲亦通
王公伊濯			功	正確	見母東部同音
維禹之績			蹟	可備一說	作績訓功較佳
豐水有芑			簹	正確	溪母雙聲 之微通轉

生民之什

生　民

	異文	王氏父子	馬瑞辰	考辨	備註
載震載夙			娠	正確	端母諄部同音
先生如達			牵	正確	透定旁紐 月部疊韻
實覃實訏			寔	正確	定母雙聲 錫質通轉
克岐克嶷			跂	正確	溪母支部同音
克岐克嶷			嶷〔註84〕	正確	疑母之部同音
禾役穟穟	穎（三家詩）		穎	正確	影母雙聲 錫耕對轉
瓜瓞唪唪		菶菶	菶菶	正確	端母東部同音
茀厥丰草	拂（韓詩）		拔	正確	滂並旁紐雙聲
或舂或揄			舀	正確	影母雙聲 幽侵旁轉
釋之叟叟			釋	正確	透母鐸部同音
於豆於登			桓〔註85〕	濫用	豆桓實爲一字
於豆於登			豋	正確	端母蒸部同音

行　葦

	異文	王氏父子	馬瑞辰	考辨	備註
維葉泥泥			苨苨	正確	泥母脂部同音
敦弓既堅			弴	正確	端母諄部同音
敦弓既句			瞉	正確	見母雙聲通叚
酌以大斗			枓〔註86〕	濫用	斗枓實爲一字

〔註84〕段玉裁謂此乃俗人不識「嶷」字，蒙上岐字改山旁耳。

〔註85〕此條原理與〈行葦〉詩「酌以大斗」同，乃《說文》誤分之字。說見第五章第一節，頁 121～122。

〔註86〕說見第五章第一節，頁 121～122。

既　醉

	異文	王氏父子	馬瑞辰	考辨	備註
籩豆靜嘉			竫	正確	從母耕部同音
永錫爾類			頪	濫用	作類即通
景命有僕			樸	濫用	作僕即通
釐爾女士			賚	正確	來母之部同音

鳧　鷖

	異文	王氏父子	馬瑞辰	考辨	備註
鳧鷖在亹			湄	正確	明母雙聲通段

假　樂

	異文	王氏父子	馬瑞辰	考辨	備註
假樂君子			嘉	正確	見母雙聲 魚歌通轉
顯顯令德			憲憲	訓解 不周	說解矛盾不清
民之攸塈			⿸尸既 〔註 87〕	濫用	似作憩可通

公　劉

	異文	王氏父子	馬瑞辰	考辨	備註
而無永嘆			咏	濫用	作永即可通
陟則在巘			鮮	正確	元部疊韻通段
何以舟之			匍	正確	端母幽部同音
乃造其曹			祰	濫用	作造訓往即通
乃造其曹			褿	濫用	作曹訓羣即通
取厲取鍛			碫	正確	端母元部同音
芮鞫之即			汭	正確	泥母沒部同音
芮鞫之即			坜	正確	見母覺部同音

〔註 87〕筆者案，馬氏自言：「⿸尸既、愒、憩三字實一字之異體。」若此，何不採用較爲通行之「憩」字，而使用罕見字「⿸尸既」？實令人不解。

卷　阿

	異文	王氏父子	馬瑞辰	考辨	備註
泮奐爾游矣			畔	正確	滂並旁紐 元部疊韻
泮奐爾游矣			援	正確	曉匣旁紐 元部疊韻
俾爾彌爾性			瀰	正確	明母脂部同音
茀祿爾康			芾；袚	訓解不周	雙本字並存
有馮有翼			淜	濫用	今經典皆作馮

民　勞

	異文	王氏父子	馬瑞辰	考辨	備註
無縱詭隨		訑	訑	正確	歌部疊韻通叚
以謹惽恢			怋	正確	明母眞部同音
戎雖小子			女	正確	泥母雙聲通叚
王欲玉女			畜	正確	幽覺對轉可通

板

	異文	王氏父子	馬瑞辰	考辨	備註
下民卒癉	瘁（韓詩外傳）		悴	濫用	訓病當作瘁
出話不然			嘫	濫用	作然即可通讀
爲猶不遠			繇	可備一說	作猶訓謀可通
靡聖管管			悹悹	正確	見母元部同音
無然憲憲			欣欣	正確	曉母雙聲通叚
民之洽矣			佮	正確	匣母緝部同音
辭之懌矣			殬	正確	影母鐸部同音
老夫灌灌			懽懽	正確	元部疊韻通叚
我言維服			㞋	濫用	作服即可通讀
民之方殿屎	唸（魯詩）		唸	正確	端定旁紐 諄侵通轉

民之方殿[屎]	吚（魯詩）		呬	正確	脂部疊韻通叚
喪亂蔑[資]			齎	正確	精母脂部同音
天之[牖]民			誘	正確	影母幽部同音
敬天之[渝]			愉	可備一說	作渝亦通

蕩之什

蕩

	異文	王氏父子	馬瑞辰	考辨	備註
文王曰[咨]			嗞	正確	精母雙聲通叚
侯[作]侯祝			詛	正確	精母雙聲魚鐸對轉
侯作侯[祝]			詶	正確	端母雙聲幽覺對轉
女[炰]烋於中國			咆	正確	並母幽部同音
女炰[烋]於中國			哮	正確	曉母幽部同音
式號式[呼]			嘑	濫用	此爲字形之省借
[顛]沛之揭			槙	正確	端母眞部同音
顛[沛]之揭			跋	正確	滂並旁紐月部疊韻
本實先[撥]			敗	正確	幫並旁紐月部疊韻

抑

	異文	王氏父子	馬瑞辰	考辨	備註
荒[湛]於酒	愖（韓詩外傳）		酖	正確	端母侵部同音
女[雖]湛樂從			唯	正確	影曉旁紐微部疊韻

	異文	王氏父子	馬瑞辰	考辨	備註
質爾人民	告（韓詩外傳）		詰〔註88〕	濫用	作質、告皆通
輯柔爾顏			濈	正確	精從旁紐 緝部疊韻
輯柔爾顏			脜	濫用	作柔即可通讀
實虹小子			訌	正確	匣母東部同音
亦既抱子			孚	正確	滂並旁紐 幽部疊韻
民之靡盈			縊	濫用	作盈即可通讀
視爾夢夢			儚	可備一說	作夢即可通讀

桑 柔

	異文	王氏父子	馬瑞辰	考辨	備註
倉兄塡兮			滄	可備一說	似作愴較佳
倉兄塡兮			況	可備一說	四作怳較佳
靡國不泯			怋	可備一說	作泯訓亂可通
天不我將			牂	濫用	將牂實一字
靡所止疑			疕	正確	疑母脂部同音
載胥及溺			休	濫用	本字當作溺
亦孔之僾			炁	正確	影見鄰紐 沒部疊韻
滅我立王			粒	濫用	作立即可通讀
民人所瞻			彰	可備一說	作瞻即可通讀
有空大谷			籠	訓解不周	本字作穹爲佳
時亦弋獲			惟	濫用	弋惟實一字

〔註88〕《毛傳》「質」訓「成」，《鄭箋》訓「平」，皆由《爾雅‧釋詁》而來，義皆可通；《韓詩外傳》「質」作「告」、《鹽鐵論》作「詰」者，亦通。若馬瑞辰以「詰」爲「詰」之譌誤，曰：「《三家詩》蓋作『詰爾民人』，後以形近而譌詰，又省作告。」此說迂曲無據，切不可從。

既之陰女			諳	可備一說	影母侵部同音

雲　漢

	異文	王氏父子	馬瑞辰	考辨	備註
饑饉薦臻			增〔註89〕	訓解不周	說解不清
蘊隆蟲蟲	烔烔（韓詩）		爞爞	正確	定母冬部同音
則不我聞		問	問	正確	明母諄部同音
滌滌山川	菽菽（三家詩）		菽菽	正確	透定旁紐覺部疊韻
如惔如焚			炎	正確	談部疊韻通叚
散無友紀			有	正確	匣母之部同音
鞫哉庶正			趜	正確	見溪旁紐覺部疊韻
疚哉冢宰			㝢〔註90〕	訓解不周	說解不清

蕩之什

崧　高

	異文	王氏父子	馬瑞辰	考辨	備註
維周之翰			榦	正確	見匣雙聲元部疊韻
四方于宣			垣	正確	元部疊韻通叚
錫爾介圭			玠	正確	見母月部同音
以峙其粻			偫	正確	定母之部同音
以贈伸伯			增	正確	精從旁紐蒸部疊韻

〔註89〕《毛傳》訓「臻」爲「至」，則本句義爲飢饉一再到來之謂。馬瑞辰據《爾雅》訓「薦」爲「臻」，二字同義，爲同義複詞，亦有一再之義。然訓詁工作至此已達到解讀文義之目的，但馬氏卻又另言「臻」、「增」雙聲通叚，雖其義亦通，但從《毛傳》訓解，或將「薦臻」訓爲複詞已可充分解讀文句，似無必要再將討論擴及到通叚範圍，如此複詞、通叚並存於同一說解之中，難免令讀者有無所適從之感。

〔註90〕見第四章第二節「倪天之妹」條，頁88～90。

烝 民

	異文	王氏父子	馬瑞辰	考辨	備註
威儀是□力			仂	可備一說	作力亦通
天子是□若			婼〔註91〕	濫用	無須通叚改讀
□賦政於外			敷	正確	幫滂旁紐 魚部疊韻
既明且□哲			知	可備一說	似不改亦通
□愛莫助之			薆	正確	影母沒部同音
袞□職有闕			識	可備一說	訓職事即通

韓 奕

	異文	王氏父子	馬瑞辰	考辨	備註
鞹鞃淺□幭			幦	正確	明母雙聲通叚
□炰鼈鮮魚			烰	正確	並母幽部同音
□汾王之甥			墳	正確	並母諄部同音
其□追其貊			雕〔註92〕	濫用	無須通叚改讀

江 漢

	異文	王氏父子	馬瑞辰	考辨	備註
武夫□洸洸			僙僙	正確	見匣旁紐 陽部疊韻
□矢其文德			施、弛、肆	正確	脂質對轉通叚
□洽此四國			協〔註93〕	正確	匣母雙聲通叚

〔註91〕見第五章第一節，頁122～123。

〔註92〕「追」古聲母屬知系，「雕」古聲母在端系，古無舌上音，「追」、「雕」二字雙聲，故馬瑞辰以「追」、「雕」二字通叚。考「追」從「𠂤」得聲，「𠂤」之本義爲師，從辵作「追」乃爲追師之義，故《說文》訓逐。然「追」於本句如馬氏所言爲北狄之名，魯實先《假借遡原》言：「方國之名，聲不釋義。」「追」者北狄部族之名，「追」字非爲其方國而設，取聲而已，非必如馬瑞辰所言必有本字也。

〔註93〕見第四章第一節，頁67～68。

常　武

	異文	王氏父子	馬瑞辰	考辨	備註
徐方繹[騷]			慅	正確	心母幽部同音
闞如虓[虎]			唬	正確	曉母魚部同音
[鋪]敦淮濆			敷	正確	滂母魚部同音
不[測]不克			側	正確	精清旁紐 職部疊韻
不測不[克]			剋	正確	溪母職部同音
徐方來[庭]			廷	正確	定母耕部同音
徐方不[回]			違	正確	匣母微部同音

瞻　卬

	異文	王氏父子	馬瑞辰	考辨	備註
女覆[奪]之			斂	濫用	今經典皆作奪
[懿]厥哲婦			噫	正確	影母雙聲通叚
伊胡為[慝]			忒	正確	透母職部同音
婦無[公]事		功	宮	訓解 不周	似作功較佳
何神不[富]			福	正確	幫母職部同音

召　旻

	異文	王氏父子	馬瑞辰	考辨	備註
[潰潰]回遹			憒憒	正確	見匣旁紐 沒部疊韻
[皋皋]訿訿			嘷	正確	見匣旁紐 幽部疊韻
草不[潰]茂			遂	正確	心匣鄰紐 沒部疊韻
無不[潰]止			讚	濫用	作潰訓亂即通

周　頌

清廟之什

清　廟

	異文	王氏父子	馬瑞辰	考辨	備註
於[穆]清廟			廖	可備 一說	作穆亦通

維天之命

	異文	王氏父子	馬瑞辰	考辨	備註
文王之德之**純**			焞〔註94〕	濫用	無須通叚改讀
駿惠我文王			馴	可備一說	作駿訓大亦通
曾孫**篤**之			箮	濫用	作篤即可通讀

昊天有成命

	異文	王氏父子	馬瑞辰	考辨	備註
單厥心			亶〔註95〕	濫用	作單即可通讀

我　將

	異文	王氏父子	馬瑞辰	考辨	備註
我**將**我享			臡	濫用	將臡古今字

時　邁

	異文	王氏父子	馬瑞辰	考辨	備註
莫不震**疊**			慴〔註96〕	正確	定母緝部同音

執　競

	異文	王氏父子	馬瑞辰	考辨	備註
執**競**武王			倞	正確	溪母陽部同音
斤斤其明			昕昕	正確	諄部疊韻通叚
鐘鼓**喤喤**			鍠鍠〔註97〕	正確	匣母陽部同音
磬筦**將將**			鎗鎗〔註98〕	正確	精清旁紐陽部疊韻
威儀**反反**	昄昄（韓詩）		昄昄	正確	幫母元部同音

〔註94〕見第五章第一節，頁123。

〔註95〕「單」自可訓厚，說見第五章第一節〈天保〉「俾爾單厚」條，頁115～116。

〔註96〕見第四章第一節，頁68。

〔註97〕見第四章第一節，頁69。

〔註98〕或作「鏘」，乃「鎗」之俗體，段玉裁說。

臣工之什

臣　工

	異文	王氏父子	馬瑞辰	考辨	備註
嗟嗟臣工			官	正確	見母雙聲通叚
王釐而成			往	濫用	不需通叚作往
王釐爾成			禧	濫用	訓喜即可通讀
嗟嗟保介			甲	正確	見母雙聲通叚
奄觀銍艾			挃	正確	端母質部同音
奄觀銍艾			乂	正確	疑母月部同音

噫　嘻

	異文	王氏父子	馬瑞辰	考辨	備註
噫嘻成王			歆	濫用	噫嘻嘆詞也

振　鷺

	異文	王氏父子	馬瑞辰	考辨	備註
以永終譽			眾	可備一說	永終宜連讀

有　瞽

	異文	王氏父子	馬瑞辰	考辨	備註
崇牙樹羽			侸	濫用	作樹即可通讀
應田縣鼓	朄（鄭、三家詩）		朄	正確	真部疊韻通叚

潛

	異文	王氏父子	馬瑞辰	考辨	備註
潛有多魚	涔（韓詩）		涔[註99]	正確	從母侵部同音

雝

	異文	王氏父子	馬瑞辰	考辨	備註
既右烈考			侑	正確	匣母之部同音

載　見

	異文	王氏父子	馬瑞辰	考辨	備註
率見昭考			訊	濫用	今經典皆作昭

[註99] 見第四章第一節，頁69～70。

| 和鈴央央 | 鉠（三家詩） | | 鉠 | 正確 | 影母陽部同音 |

有　客

	異文	王氏父子	馬瑞辰	考辨	備註
敦琢其旅			琱〔註100〕	訓解不周	過度深求本字
有客信信			申申	正確	透心鄰紐　眞部疊韻

武

	異文	王氏父子	馬瑞辰	考辨	備註
耆定爾功			厎	正確	脂部疊韻通叚

閔予小子之什

閔予小子

	異文	王氏父子	馬瑞辰	考辨	備註
嬛嬛在疚			煢煢〔註101〕	正確	溪母耕部同音
陟降庭止			騭	濫用	作陟即可通讀

訪　落

	異文	王氏父子	馬瑞辰	考辨	備註
繼猶判渙			畔	正確	滂並旁紐　元部疊韻
繼猶判渙			援	正確	曉匣旁紐　元部疊韻

敬　之

	異文	王氏父子	馬瑞辰	考辨	備註
天維顯思			㬎	訓解不周	今經典皆作顯
佛時仔肩	弗（韓詩）		弼	正確	並母沒部同音

〔註100〕見第四章第二節，頁90～91。

〔註101〕見第四章第一節，頁70～71。

小　毖

	異文	王氏父子	馬瑞辰	考辨	備註
莫予[荓]蜂			俜	正確	滂並旁紐 耕部疊韻
莫予荓[蜂]			夆	正確	滂母東部同音
自求辛[螫]	赦（韓詩）		赦	正確	透母雙聲 職鐸旁轉

載　芟

	異文	王氏父子	馬瑞辰	考辨	備註
載芟載[柞]			槎	正確	從母雙聲通叚
其耕[澤澤]			釋釋	正確	透定旁紐 鐸部疊韻
有[依]其士			殷	正確	影母雙聲 微諄對轉
有[略]其耜			㓞〔註102〕	正確	鐸部疊韻通叚
[厭厭]其苗	稴（韓詩）		稴稴	正確	影母談部同音
有[椒]其馨			俶	正確	幽覺對轉通叚
[匪且]匪且			此	正確	清母雙聲通叚

良　耜

	異文	王氏父子	馬瑞辰	考辨	備註
或來[瞻]女			贍	濫用	作瞻即可通讀
有[捄]其角			觓	正確	溪母幽部同音
以[似]以續			嗣	正確	心母之部同音

絲　衣

	異文	王氏父子	馬瑞辰	考辨	備註
自堂徂[基]			畿	正確	見溪旁紐 之微通轉

〔註102〕《說文》無「㓞」有「剠」，段玉裁曰：「以《說文》折衷之，「㓞」者古字，「剠」者今字，「剠」者正字，「略」者假借字。」其說是也。

酌

	異文	王氏父子	馬瑞辰	考辨	備註
我龍受之			寵〔註103〕	訓解不周	本字當作寵

賚

	異文	王氏父子	馬瑞辰	考辨	備註
時周之命			承	可備一說	作時亦通
時周之命			名	濫用	作命即可通讀

魯　頌

駉

	異文	王氏父子	馬瑞辰	考辨	備註
有驪有黃			皇	正確	匣母陽部同音
思馬斯徂			駔	正確	從母魚部同音

有　駜

	異文	王氏父子	馬瑞辰	考辨	備註
在公明明			勉勉	正確	明母雙聲陽元通轉
鼓咽咽			鷰鷰	正確	影母眞部同音

泮　水

	異文	王氏父子	馬瑞辰	考辨	備註
其旂茷茷			旆旆	正確	並母雙聲通叚
鸞聲噦噦	鉞鉞（三家詩）		鉞鉞	正確	影曉旁紐月部疊韻
狄比東南			逖	正確	透並旁紐錫部疊韻
不吳不揚			瘍	可備一說	作揚似較佳
戎車孔博			傅	正確	幫母魚部同音

〔註103〕見第四章第二節，頁91～93。

憬彼淮夷			獷	正確	見母陽部同音
大賂南金			輅〔註104〕	濫用	無須通叚改讀

閟　宮

	異文	王氏父子	馬瑞辰	考辨	備註
實始翦商			踐	可備一說	作翦訓割亦通
敦商之旅			屯	濫用	作敦即可通讀
六轡耳耳			爾爾	正確	泥母雙聲通叚
白牡騂剛			犅	正確	見母陽部同音
犧尊將將			疏	濫用	犧酒器名也
不震不騰			滕	正確	定母蒸部同音
戎狄是膺			應	正確	影母蒸部同音
則莫我敢承			懲	正確	定母蒸部同音
魯邦所詹	瞻（韓詩外傳）		瞻〔註105〕	正確	端母談部同音
遂荒大東	宄（韓詩）		宄	濫用	作荒即可通讀
是斷是度			劉	訓解不周	作度即可通讀

商　頌

那

	異文	王氏父子	馬瑞辰	考辨	備註
置我鞉鼓			植	正確	端定旁紐職部疊韻
湯孫奏假			徦	正確	見母雙聲魚鐸通轉
既和且平			龢	正確	匣母歌部同音

〔註104〕屈萬里《詩經詮釋》言：「大賂二字，貫上下文，言所賂遺者，有元龜、象齒及南金也。」

〔註105〕見第四章第一節，頁71～72。

烈　祖

	異文	王氏父子	馬瑞辰	考辨	備註
有[秩]斯祜			戴	濫用	今經典皆作秩
亦有[和]羹			盉	正確	匣母歌部同音
[鬷]假無言			奏	正確	精母雙聲 侯東對轉

玄　鳥

	異文	王氏父子	馬瑞辰	考辨	備註
宅殷土[芒] [芒]			荒荒	正確	陽部疊韻通叚
[方]命厥后			旁	正確	幫並旁紐 陽部疊韻
奄有九[有]			域 〔註106〕	正確	匣母雙聲通叚
受命不[殆]			怠	正確	定母之部同音
[邦]畿千里			封	正確	幫母東部同音
[肇]域彼四海			犀	濫用	作肇即可通讀
[景]員維河			廣	正確	見母陽部同音

長　發

	異文	王氏父子	馬瑞辰	考辨	正確
[濬]哲維商			睿	濫用	濬為睿之重文
玄王[桓]撥			亘	濫用	作桓訓武可通
玄王桓[撥]	發（韓詩）		發	正確	幫母月部同音
昭[假]遲遲			假 〔註107〕	濫用	無須通叚改讀
受大[球]小 球		捄	捄	正確	溪母幽部同音
百祿是[遒]			揂	正確	精從旁紐 幽部疊韻
為下國[駿] 厖			恂	正確	精心旁紐通叚

〔註106〕見第四章第一節，頁 72～73。

〔註107〕見第五章第一節，頁 123～125。

	異文	王氏父子	馬瑞辰	考辨	備註
爲下國駿厖	駹（齊詩）		蒙	正確	明母東部同音
不戁不竦			愯	正確	聯緜詞無定字
武王載斾	發（韓詩外傳）	發	發	正確	幫並旁紐 月部疊韻
則莫我敢曷			遏	正確	月部疊韻通叚
昔在中葉			世	正確	透定旁紐通叚

殷　武

	異文	王氏父子	馬瑞辰	考辨	備註
設都于禹之績			迹	正確	精母錫部同音
不僭不濫			嬐	濫用	作濫訓過即通
松柏丸丸			兊兊	正確	月元對轉通叚
旅楹有閑			鑢	濫用	旅當作眾解